心灵之旅

曹雨河　著

河海大學出版社
HOHAI UNIVERSITY PRESS
·南京·

图书在版编目（CIP）数据

心灵之旅 / 曹雨河著. -- 南京 : 河海大学出版社, 2019.6

ISBN 978-7-5630-5734-4

Ⅰ. ①心… Ⅱ. ①曹… Ⅲ. ①散文集-中国-当代 Ⅳ. ①I267

中国版本图书馆CIP 数据核字(2018) 第263968 号

书　　名 / 心灵之旅
书　　号 / ISBN 978-7-5630-5734-4
责任编辑 / 毛积孝
特约编辑 / 李　路　高　焕
责任校对 / 齐　岩
封面设计 / 侯　建
排版设计 / 西橙工作室
出版发行 / 河海大学出版社
地　　址 / 南京市西康路 1 号（邮编：210098）
电　　话 / （025）83722833（营销部）
　　　　 / （025）83737852（总编室）
经　　销 / 全国新华书店
印　　刷 / 三河市元兴印务有限公司
开　　本 / 660 毫米 ×960 毫米　1/16
印　　张 / 17.25
字　　数 / 237 千字
版　　次 / 2019 年 6 月第 1 版
印　　次 / 2019 年 6 月第 1 次印刷
定　　价 / 59.80 元

序

一条谦逊而闪亮的雨中之河

——王方晨——

曹雨河有一个充满诗意的好名字。终于有一天，他把自己多年来的文学阅读积累点滴汇集在一起，这就是他的评论新著《心灵之旅》。在我看来，就像他的名字冥冥中成了这本书的预设，而这本书也似乎成了对他命运的应和。

接到书的电子稿，我先把目录浏览了一下，发现几乎涉及了国内所有活跃在当下文坛的新老作家，本人忝列其中。先从我与曹雨河最初的交集说起。

曹雨河的文名，倒是早有耳闻，但我先入为主，只是注意到了那湿润甜美的雨和大平原上舒缓沉静的河的意象，将这个名字当成了一部小说或者所有优秀的文学作品中的人物。那时候的曹雨河，对我来说如同虚构。

几年前我写那篇与鲁奖失之交臂的短篇小说《大马士革剃刀》，接下来计划创作“老实街”系列，大处的立意，小处的谋篇布局、遣词造句，用去了我很多工夫，耗时四年才得以完成。《老实街》出版后，我勉为其难地配合出版社做了一些宣传发行活动，读者反应颇好。

曾有人对我说自己见过的省内作家颇多，唯独没见过我，认为我“隐藏颇深”。信以为然。自我移居济南，多是闭门不出，少有参加公开的文学活动。上网也差不多仅限于自己的新浪微博和博客。从我的博客，我收到了曹雨河要看《老实街》电子版的纸条。似乎也是从博客上，我发现曹雨河买了这本书，并给予了手写的简短点评，见解深刻、独到。

自然，我的邮箱里也收到了曹雨河为《老实街》撰写的评论。从文章中，看的出来他对《老实街》的关注。那些大家在报刊、杂志发表过的评论，他不但读过，也分析过。

“眼前有景道不得，崔颢题诗在上头。”曹雨河似有李白黄鹤楼之畏，自认为别人留下的“话语空间”已不多，但又认为《老实街》是一座“原始矿山”，自信用心挖掘总会有收获。于是，他放弃了全局地把握，转而选取了作品中惊世骇俗的女性“鹅”以及与其相关联的人物作为自己的论述对象。相信这是他的策略，也证明了他运思的灵巧。

的确，《老实街》里的鹅非同寻常，而至于“罕见”。曹雨河能够令人信服地阐释人物身上展现出的魅力，把心灵的翅膀和尘世的肉身之间的冲突，用理性的论述再次鲜明地呈现在读者面前。我觉得这样的论述或许就是文学评论的目的。从作品文本中发现“迷惑”，继而破除“迷惑”，而达到深刻的见地，形成文学最终的意义。看得出来，曹雨河是用过大心思的。他拥有一个评论家的敏锐，他看到了人物外表下的决绝与低徊，洞察到了隐于平淡、灰暗生活中的摇曳生姿和五彩缤纷。他的挖掘得到了应有的收获。

并非唯独对《老实街》如此。

格外有意思的是，在他的这本评论专著中，他对自己论述的作家做了分类，包括著名作家、成熟作家，还有新锐作家，看上去略有些机械。但仔细想想，很有道理。最关键的是，他以此表达了个人化的判断。

在“著名作家”中，他评论了莫言先生获得诺奖之后的新作。莫言先生当然是一位重量级的作家，对其作品的阐释可以车载斗量，而且也是一个已修成正果的作家。曹雨河取其一端，力图通过对比莫言先生之前的创作，捕捉三篇短篇小说所发生的改变，以表达自己新的发现。对迟子建、毕飞宇、格非等作家，他同样见解独到，并且也都没有刻意追求全面化。我想，这体现了一种规避窠臼的努力。他评迟子建的《一匹马两个人》，评毕飞宇《玉米》中的柳粉香形象，评东西《后悔录》里的曾广贤，评乔叶《打火机》里的余真，评徐则臣的《耶路撒冷》《王城如海》，评付秀莹的《陌上》，评李敬泽的《大白小白》，评《寻找张展》《解密》等等，都能看出他思考的别致。他对作品的判断，很多不是依从大众的或者说约定俗成的规则，而是出于自己的思考，惟其如此，才愈加显得珍贵。这种珍贵恰恰就是我所能感受到的深含在文字里的闪光之处。它们有时候不免细碎，但它们无不让我联想到了飞洒在和煦的空气里的雨滴，大则如珠，小则似雾，或在灰暗里，或在阳光的映射下。

本来以为曹雨河是一种文学虚构，可是我已经发现他差不多还是我的乡党。这样，他也是有着尘世里的肉身的。而吾乡之人，多纯朴厚道，曹雨河也定有一副淳朴厚道的相貌。这倒不须多想了，因为这样的肉身也会有一个力图挣脱尘俗而去的灵魂，所以，他的心灵的翅膀就这样以文论的形式带他不断飞翔在精神的世界里。而我所期待的是，他大可不必搬出那个“大狗叫小狗叫”的俗套，为自己的论述寻找现实的依据。不光是因为我不喜欢这种看似平等的理论，而是因为我觉得世界上的平等会有一个更雅致的表述。偏偏他不想破俗，大抵正应了我的乡党的血液，总有一种仿佛天生的谦逊在里面。

总而言之，那些闪亮的雨点，汇成了一条精神的文字的河流。真是没有什么能比一条静水流深的河流更有诗意的了，更何况，那是一条雨中的河，在为自身的亮光沉静地照耀着。

是以为序。

二〇一八年九月九日 了之斋

王方晨：山东作协副主席，著有长篇小说《老大》《公敌》《芬芳录》《老实街》，中短篇小说集《王树的大叫》《祭奠清水》《北京鸡叫》等，共计800余万字。曾获《小说选刊》年度大奖、《中国作家》优秀短篇小说奖、第十六届百花文学奖、第七届鲁迅文学奖提名，先后入选全国最新文学作品排行榜、中国小说学会排行榜。

目录

第一辑 著名作家

第二辑 成熟作家

第三辑 新锐作家

第四辑　杂花生树

著名作家

第一辑

时代流转与人性丰富

——读莫言的一组短篇小说《故乡人事》

在莫言获得诺贝尔文学奖后的第五年，人们终于盼来了他喷发式的新作。短短几个月内，他陆续在《人民文学》《收获》《十月》《花城》等全国性刊物上发表作品，也解开了读者这几年的疑窦，莫言归来了！其实他一直在路上。作为一枚草根读者，我最喜欢他这一批作品中的《故乡人事》（包括《斗士》《地主的眼神》《左镰》，刊载于 2017 年第 5 期《收获》）。这三个短篇小说明显区别于他此前的作品，一改汪洋恣肆的泥石流叙事风格，而蜕变为日常叙事，节制又内敛，留白空间开阔，看似随手拈来，实则匠心独运，用简言漫语勾画出历史的递进、命运的流转、人性的丰富，用中国故事表达出世界性的主题。不可简单地说莫言的这种变化是现实主义的回归，它是驰骋现代疆场后的凯旋，无论是主旨还是叙事策略，都在螺旋上升。

时代流转

江河的一滴水不可孤立存在，一个人难以脱离他的时代而生存，个体的命运裹挟在历史流变的怀抱中。《斗士》中的方明德从朝鲜战场复员回乡，乘时代东风当上村里的党支部书记，加上家族人多势众，成了“跺一脚，全村哆嗦”的土皇帝，意欲全村之土莫我所有、全村之物非我莫属。偏偏出身不好的武功与其叫板，方支书看上了武功家传的一副象牙棋，按说他该乖顺地将棋拱手送给方支书，他却不知好歹一子不剩地撇进河里。武功的灾祸临头就顺理成章了，他被借故吊到房梁上殴打。斗转星移，历史进入新时代，方明德被撤了村支书的位置，走进他哀叹的岁月，而六七十岁的武功却笑到了最后，无儿无女的他成了“五保户”，基本生活有了保障。

《地主的眼神》里的孙敬贤，是一个庄稼好把式（镰用三截，一天磨一次镰就够了，割的麦捆穗头整齐，麦茬贴着地面，地上几乎不落麦穗），因多置几亩薄地被划为地主，无端地遭批斗、挨拳脚、受羞辱，跟贫协主任讲理被打得呻吟不止，因为一个孩子的胡言乱语大祸临头，差点送命。而他的孙子因喜爱一望无际的麦田，顺应土地流转的时代趋势大面积承包土地，反而成为时代的宠儿。

时代是河流，个人是水滴，个人的命运被时代的河流挟持着运转。人的命运也和其他事物一样有特例。《左镰》中的田奎被误指为带头打一个傻孩子，其父因冲动剁去他的右手，本来学习优良的他断送了继续晋学的机会（学习不如他的同桌考上了大学，成为吃商品粮的公家人），沦为将铁条固定在右臂上整天躲在墓地里割草的孩子，长大后因残疾连媳妇也娶不上，最后娶了带着两个孩子的“克夫”女人。田奎的一生毁于人性黑洞暗藏的那条毒蛇。

人性的丰富

人性丰富而复杂，其源自于天性也受训于环境，险恶的环境引出人性黑洞的毒蛇，晴朗的环境焕发出人性的阳光，出污泥不染者当为理想样态。

《斗士》中的武功出身不好，连个老婆也讨不上，常遭人欺辱；他知道自己的命贱，常用玩命来换取生存空间。他“不是个善主儿”，尤其没有容人之量，常以牙还牙，可他是一块宁折不弯的硬骨头，敢跟权势倾村的方支书斗。方支书欲强占他家传的象牙棋，他一个子不留地撇进河里，后来得知那副棋是皇宫器物，可以换一辆奔驰，他非但不后悔，还自我赞赏“那事做得有英雄气概”。当他遭到方支书栽赃报复，吊在房梁上殴打得死去活来时，他缓过气依然说：“你不把我弄死，我就跟你没完！”

后来他真的时常伺机报复，就连方支书死了也不放过，告发方支书的儿子隐瞒死亡，冒领抚恤金。武功与村里力气最大的王魁打架，被王魁打得昏死过去，醒来后，拄着拐杖找上门来大骂，喉咙顶着王魁的锹刃依然面不改色，恶骂不止，最后王魁为躲避他不得不逃离本村。武功睚眦必报，做过许多不仁不义的事，他药死了方支书大儿子家的肥猪，把黄秏子（他们打架时，黄秏子把他打倒后往他身上撒过尿）家的玉米拦腰砍断一亩……他是一个胸怀仇恨的人，因为在屈辱中浸泡的时间太长了。我们崇尚宽容，但不能一味宽容，不然就是对恶的纵容、对善的扼杀，硬骨头的鲁迅就表示“一个都不饶恕”。

《地主的眼神》中的地主孙敬贤遭遇时代不公正的待遇，可他到底不算好人。“他总是显出无限痛苦的可怜样，但他的两只黄色的眼珠子里同时也射出阴沉沉的光芒。”他为了躲避繁重的劳动，五分病五分装地混迹于妇女儿童群里；他竟然还打儿媳妇的主意，要喝儿媳妇的奶来养胃，未得逞，居然将儿子一家三口赶出家门，迫使儿媳妇抱着吃奶的孩子劳动。

《左镰》中一群顽皮的孩子围着用泥巴攻击起了傻瓜喜子，连护着傻瓜喜子的妹妹欢子也遭了秧，“我们感到很开心，嘻嘻哈哈笑起来。”一群孩子很开心地欺负一个傻子，他的妹妹百般哀求也不为所动，谁说人性本善呢？问责随之来了，“我”和哥哥为了免遭父亲的毒打随口说出并确认追打傻瓜喜子的领头人是田奎，为此不惜编造谎言，致使其父盛怒之下，剁去儿子的右手，造成残疾，凄惨一生，“我”也愧疚一辈子。

人性的善恶混沌一体，如硬币的两面，在不同的环境下显示或善或恶，方明德、武功、孙敬贤和“我”都是如此展现的。方明德权势倾村，在村里为所欲为；武功为了卑微的尊严和生存空间以恶对恶；孙敬贤的恶关乎时代，更源于本性；“我”是躲避父亲的严惩，指鹿为马。

人性是复杂的，人性不同侧面的显现随环境不同而变化，大抵如此。

《故乡人事》叙事简洁、留白、余味绵长，其源头应该是《世说新语》，又与其有所不同。莫言在这组短篇小说中融贯了现代派的表现手法，使其更为灵动通融，如“三个人站成三角形，三柄锤相互追逐着，中间似乎密不透风，有排山倒海之势，有雷霆万钧之力，最柔软的和最坚硬的，最冷的和最热的，最残酷的和最温软的，混合在一起，像一首激昂高亢又婉转低回的音乐……少年就这样成长，梦就这样实现，爱恨情仇都在这样一场轰轰烈烈的锻打中得到呈现与消解”。这是铁匠干活的情景，更是人事与命运的象征，道出人生无常亦有其内在的轨迹。又如田奎比“我”二哥（考上了大学）学习好，但因失去右臂未能升入中学，其命运可想而知，当人问起此事时，文本没有展现血腥的场面，而是通过留白给予读者深长的余味，继而转为墓中一条蛇的描述，墓窟中的蛇即是人性之恶致使人物凄惨命运的隐喻。《故乡人事》的艺术，言其贯通东西不为过也。

解读莫言的三个故事

2012年12月8日诺贝尔文学奖获得者莫言在瑞典文学院发表了“讲故事的人”的文学讲座，在这里他一共讲了三个故事。

故事一

八个外出打工的泥瓦匠，为避一场暴风雨，躲进了一座破庙。外边的雷声一阵紧似一阵，一个个的火球在庙门外滚来滚去，空中似乎还有吱吱的龙叫声。众人都胆战心惊，面如土色。有一个人说：“我们八个人中，必定一个人干过伤天害理的坏事，谁干过坏事，就自己走出庙接受惩罚吧，免得让好人受到牵连。”自然没有人愿意出去。又有人提议道：“既然大家都不想出去，那我们就将自己的草帽往外抛吧，谁的草帽被刮出庙门，就说明谁干了坏事，那就请他出去接受惩罚。”于是大家就将自己的草帽往庙门外抛，七个人的草帽被刮回了庙内，只有一个人的草帽被风卷了出去。大家就催这个人出去受罚，他自然不愿出去，众人便将他抬起来扔出了庙门。故事的结局：那个人刚被扔出庙门，那座破庙轰然坍塌。

这是一个微言大义的寓言故事，几个泥瓦匠面临暴雷的轰鸣，闪电的腾跃翻滚，蛟龙的吱吱怪叫；风雨是龙的坐骑，雷电是龙的兵器，龙行使上天的旨意惩治恶人，谁能抗拒？只有接受。这是一场灭顶之灾，会不会是天欲降大任之前的考验呢？

胆战心惊的泥瓦匠们想：他们中的恶人主动站出来接受惩罚，大家就可免遭牵连了。可是没人站出来，于是想出了抛草帽来决定恶人。“恶人”决出了，可他不愿接受惩罚（或许他根本就不是恶人，这种决定恶人的方法就很可疑），其余的泥瓦匠就七手八脚地将“恶人”扔出庙门（在这之前，或许泥瓦匠们都不是恶人）。从心理上讲，如若八个泥瓦匠中真有做过伤天害理之事的恶人，他会使劲往庙门外扔草帽吗？他必定谨小慎微地轻抛自己的草帽，唯恐草帽被风刮出庙门，即使没做过坏事的“有心眼”的人，也不会使劲扔自己的草帽，只有那个既没做过坏事又心直的人才会不遗余力地扔自己的草帽：他秉信“没做亏心事，不怕鬼叫门”，扔吧！草帽就被风卷出庙门。那人还在诧异之中，已被伙伴们扔出庙门，落入雷电交加的境地——这下谁伤天害理就昭然若揭了。龙行使了上天的旨意，破庙轰然倒塌！

面临灾难，不是想着共同担当，而是打着冠冕堂皇的旗帜，以耍心机为依据，意在陷害他人保全自己。这就揭示了一些人的阴暗心理：“天罗罗地罗罗，人家死了我活着。”这也是人类文明进程中尚未洗涤干净的人性糟粕，日常会用种种面纱掩饰着，一旦面临危境就暴露无遗。

科学发展到今天，世界已是地球村了。去太空生活对于大多数的人类而言，还是幻想，在幻想成为现实之前，地球村的居民还是和谐共处为妙，切莫瞎折腾，弄得地球乌烟瘴气，千疮百孔，一旦地球村无法生存，再精明的人也必须共同承担灭顶之灾！

故事二

二十世纪六十年代，一群小学生，由老师带领去参观一个苦难展览，学生们在老师的引导下放声大哭。有的学生为了能让老师看到表现，舍不得擦去脸上的泪水；还有的学生悄悄地将唾沫抹到脸上冒充泪水。在一片真哭假哭的学生之间，有一位同学，脸上没有一滴泪，嘴巴里没有一点声音，也没有用手掩面。他（她）睁着大眼看着同学，眼睛里流露出惊讶和困惑的神情。事后，有几个同学打了小报告，学校给了那位不哭的学生处分。

哭是常态，不哭是异数。我们试想：一群小学生，又是有绝对权威者老师的“引导”，苦大仇深啊，哭如何有意义啊，一个好学生必哭啊。一颗颗纯真的心动情了，哭声一片，泪如雨下；还有几个学生不知何种原因，没看出“苦大仇深”，也没听出“意义”何在，干哭不掉泪，怕“坏学生”的帽子落到头上，冲着“好学生”，以手遮掩将唾沫抹到脸上，嘴里发出哭的声音。听着这一片哭声，我们会想起“羊随大群不挨打，人随大流不挨罚”的从众心理，这种心理已化作一些人明哲保身的人生经验。这里我不想探讨形成这种文化的根源，也不忍责备那片哭声，我只想致敬那位不哭的孩子！

哭容易，不哭难。一片真哭假哭的学生之间，有一位同学，脸上没有一滴泪，嘴巴里没有一点声音，也没有用手掩面。随后，这位学生遭到了学校的处分。这位学生没听老师的“引导”吗？他（她）不想当好学生吗？他（她）不明白不哭的后果吗？他（她）是我们常说的一根筋吧？还是他（她）更相信自己的眼睛，忠于自己的内心感受？抑或他（她）有一颗早慧的独立思考的头颅，并且勇于思考，勇于坚持自己的判断？这让我们想起了莫言《生死疲劳》里的蓝脸，历经生死磨难见证单干在人类特定历史阶段的正确性，使我们想起一次次爬上比萨斜塔的那位老头儿，纠正人类近两千年的错误认知，昭示真理，他的身躯倒于教会的淫威，而头颅屹立于人类文明史册！还有烈火中永生的大胡子，烧毁的只是他的形体，他的思想犹如“日心”一样照耀着人类文明的进程。一颗颗头颅垒起人类的脊梁，一颗颗头颅释放出的思想光芒，照亮了人类文明曲折前行的隧道！

故事三

三十多年前，我还在部队工作。有一天晚上，我在办公室看书，有一位老长官推门进来，看了一眼我对面的位置，自言自语道："噢，没有人？"我随即站起来，高声说："难道我不是人吗？"那位老长官被我顶得面红耳赤，尴尬而退。为此事，我洋洋得意了许久，以为自己是个英勇的斗士，但事过多年后，我却为此深感内疚。

这个故事显示了莫言的胸襟：包容和自我解剖。我要说的是：莫言，您不必内疚，应该内疚的是那些把持话语权无视小字辈的长官！人明明就在面前，却说没人，在那位长官的意识里，财富、身份、位置才是人的标志，没有财富、身份、位置的人就不是人！那是对人的抹杀，是对人格尊严的轻蔑，是对草根的漠视！

"一个人的成功，需要天才和勤奋，更需要运气！"莫言基于他二十多年来的文学遭遇如是说。二十世纪八十年代中期，莫言就以中篇小说《透明的红萝卜》震惊文坛，紧接着其编剧的电影《红高粱》饮誉世界，九十年代及新世纪以来，莫言的作品在德、意、法、日、韩等国际文坛上频频获奖。才气如莫言、勤奋如莫言、著作等身如莫言者还如此感慨运气之乖戾，究其根源何在？

人心翻晒

——走近李锐《无风之树》的暖玉

“这一切，组成了矮人坪的矮人们无法逃避的苦难的处境。当人被挤压到最低点的时候，当人被生存处境几乎还原成为动物的时候，对于处境和处境的体验才被最大限度地突现出来。”这是李锐在《无风之树》后记中的自述。他所说的组成矮人坪处境的“这一切”归纳起来大略有三点：一是政治异化，二是物质极度贫困，三是性饥渴。

先说异化的政治。故事发生在“文化大革命”时期，矮人坪由黄土峪公社主任刘长胜和烈士遗孤政治队长赵卫国罩着。刘主任是怎样一个人呢？他的言论很能说明问题：“在黄土峪公社，党就是我，我就是党；我站到哪儿，革命立场就在哪儿！”“兄弟是手足，媳妇是衣服；手足断了不能救，衣服破了可以换嘛。”“我现在只有一件事情得弄清楚，暖玉这女人到底还跟谁睡过。”刘长胜就是这样一个霸权加流氓式的人物。赵卫国是畸形政治的怪胎，他是由荒诞的政治理念组成的，他没有常人的血肉和心肝，满脑子装满了政治理念和把政治理念演变成现实愚蠢行动的意向。为了“弄出成绩”，他歇斯底里地修大寨田，丧心病狂地清理阶级队伍。他们两个弄得矮人坪乌烟瘴气、鸡犬不宁。用五叔的话说：“瘤拐就咋啦？人矮就咋啦？这天底下就是叫你们这些大个的人搅和得没有一块安生地方了。自己不好好活，也不叫别人活。”

再就是物质极度贫困。吕梁山脉里的黄土塬上生活着一群大骨节人，这就是矮人坪。由于地理的原因，这儿的人大都患一种大骨节病，俗名瘤拐，丧失了应有的劳动能力。这里地势闭塞，经济落后，干旱少雨，十年九灾，又适逢社会“浩劫”，这些都是造成矮人坪物质贫困的原因。这群矮人一年常挨半年的饥荒，只有死了人送葬那天，队里杀一头羊，送葬的人才能吃上一顿羊肉面。这面只有送葬的人才准吃，其他的人是不准吃的，因此馋得二狗对大狗（都是队长的儿子）说：“咱爸死了，咱也能吃上羊肉面了。”他们冒着被打屁股的危险，去偷食队里喂牲口的煮豆和豆饼（牲口是队里的主要劳力）。他们能把二分钱一块的糖两人轮换着舔半天。矮人坪的物质就是这样的贫困。

地处闭塞，人又瘤拐，再加上物质贫困，哪个姑娘愿意嫁到矮人坪呢？这就必然导致矮人坪的性饥渴。由于上述的原因，矮人坪最高的地方长官——队长曹天柱只能娶到在床上拉屎、尿尿的傻女人。有一半男人打光棍的矮人坪，连这样的傻女人也走俏，糊米还抽空借来生了个“口袋”（小孩名）。一次偶然的机缘，矮人坪来了一家逃荒要饭的，饿得濒临死亡的这家人，有一个十六岁的闺女，他们愿意用这十六岁的闺女换一袋玉米来救活全家的性命。贫穷的矮人坪没有一个光棍能拿出一袋玉米来换媳妇。队长曹天柱挥动手中大权，动用集体力量——用队里的一袋玉米将十六岁的女子留了下来，这女子就是暖玉。暖玉是矮人坪用玉米换的，矮人坪就有了共识：暖玉是矮人坪的。由此我们可以体会到矮人坪性饥渴的状态。

“我那些以吕梁山为苍凉背景的小说，表达了人对苦难的体验，表达了苦难对人性的千般煎熬，这煎熬既是肉体的又是精神的。当苦难把人逼近极端的角落时，生命的本相让人无言以对。”（《银城故事》访谈）这儿的“生命本相”在我的简单理解中是人在极端处境下扯去伪饰而坦露出来的丑陋或善良。而《无风之树》里的暖玉便集中体现了人性中的善良。

暖玉一家从外地要饭来到矮人坪，全家人眼看着就要饿死，父母无奈用十六岁的女儿暖玉换了矮人坪一袋玉米。暖玉为了挽救快要饿死的父母弟妹，委身于和锅台差不多高的瘤拐男人。由此我们知道暖玉这个女子心地之善良。她的父母走了，丢下暖玉背着一袋玉米走了（还留下一个吃面条撑死的儿子）；暖玉留了下来，留在矮人坪的暖玉中规中矩，且有了身孕。可暖玉总感到矮人坪的男人虎视眈眈，馋涎欲滴。

起初，暖玉不明就里，后来紧逼她的矮男人说出了真相：她属于整个矮人坪的男人，而不是专属哪一个矮男人的。这就是她在矮人坪的真实身份。她的孩子还没生下来，她的矮男人就死了，接着她出生不足百天的女儿也死了。暖玉悲伤欲绝，三天三夜神志不清。在这天高地远的黄土塬上，再也无亲无故、无牵无挂了，也许她清醒之际也是离开矮人坪之时。就在第三天夜里，暖玉恍惚之际发现了一直暗中守候她的五叔，又从他口中得知矮人坪男人受煎熬的处境。“后来，我（暖玉）就依了天柱他们。”此时无牵无挂的暖玉，再一次留下来，留在悲凉的矮人坪。这和她第一次留在矮人坪有质的区别：第一次留下来是为了救亲人，是一种无奈的交易；而第二次留下来是为了解救矮人坪男人的性煎熬，甘心献身于有着先天性肢体残疾的矮人坪的男人们，献出的不仅是身体、青春、爱心，还有女人的尊严。如果说第一次留下来是小善的话，那第二次留下来就是大善，菩萨心肠。

暖玉最后为什么还是走了呢？这还要从暖玉第二次留下来的缘由说起。暖玉之所以留下来，是因为在她最难熬的三天三夜里，五叔一直暗中守候着她，“真心疼她。”不仅是爱的无私，也是对她的一种无言的尊重。暖玉献身矮人坪看似一个淫乱的故事，内核却有着无比严肃的大善、大爱。善爱献身之举并不意味着放弃尊严！这也是人之为人之所在。五叔为了暖玉的尊严，为了做人的尊严，义无反顾地选择了自绝！暖玉感到，“五叔去了，矮人坪空了！”在矮人坪，真心疼她、能以生命维护她尊严的还有谁呢？曹天柱吗？这个矮畜生，他无胆量阻止刘长胜霸占暖玉，却因吃醋有意牵着驴来侮辱暖玉，这种弱者拔刀向更弱者的行径令人心寒。即使暖玉继续留在矮人坪，她也无法行施她的善举，因为矮人坪的男人绑在一起也抵不上刘长胜一个指头，她必将成为刘长生的私有物。这就是暖玉离开矮人坪的原因吧！李锐就是这样自小善、大善、尊严，一级级让他的人物暖玉呈现出人性的光辉。

李锐说：“当苦难把人逼近极端的角落时，生命的本相让人无言以对。”无言以对的是人性中的丑陋与美丽，丑陋得令人战栗，美丽得令人神往。

世事的悖论与倔强的灵魂

——读张炜的长篇小说《独药师》

人世一片混沌，那些天眼明慧的人试图拨开迷雾看清它的真相，发表“真知灼见”，却不料落下盲人摸象的笑柄。“按自己的能力来判断事物的正误总是愚蠢的”（蒙田），世事总是缠绕着悖论并由倔强灵魂的人编织。作家张炜谙悉其中沟壑，新作《独药师》（载《人民文学》2016年第5期）就是一部灵魂的碑林与悖论纵横的“事实”大作。《独药师》以家族的延展为架构，将革命、养生、爱情及其衍生融会一体，用精准的语言雕塑了一群倔强的灵魂。

我们先说说革命。革命可以理解为新生力量推翻陈腐旧势力的运动，是人类历史新陈代谢的周期裂变。这种裂变既饱含着黎明的希望，又伴随着临盆前的疼痛。革命是对原有次序的暴力冲击，是对原有文明成果的否定，甚至是生命之间的杀伐，其破坏性不言而喻。革命者徐竟领导的一次小型起义就丧生数千人。养生大佬邱琪芝对革命意义满腹质疑：付出如此高昂的代价，社会的文明程度能提升多少？民族的品质能提升多少？民众的生活质量又能提升多少？“血流成河尸骨成山，只不过换了个江山的名号”，兴百姓苦，亡百姓亦苦，这是人类的宿命劫数？岂不是人间的大恶？革命者自有义理：对杀伐者杀伐，是解除长期遭受杀伐，是真正的仁义、是大善；而对杀伐者仁善就是对恶的纵容，与作恶无异！新教育兴办人王保鹤有着清醒的认知：人们的生活品质取决于文明程度和财富创造，“革命”是不得已而为之，它对改变社会面貌、次序、结构有着立竿见影的效果，但它很难从根本上改变人的品质，“一族之未来只在于民众的品质”，而民众品质的提升在于教化（自然需要大环境的匹配，否则也是徒劳），并非暴力能一蹴而就，暴力如中药里的“金石太过峻急了，这往往适得其反”，教化如“草木平易淡然，却会于日积月累中给以深长的滋养”。王保鹤顺应时代，像季府的主人季践搁置了养生一样搁置了新学，转而投身革命。这选择的撕裂之痛只有当事人才会真切感受。这里的革命不仅是献身、担当、道义、造福，更引人窥视到它的背面，感受它的“副作用”，其悖论引人深思。

再说“养生”的悖论。修持的机理是气息、目色、膳食、遥思，即气脉周流、人生态度、饮食搭配和大脑运动，辅之以静坐，总体是心静气血运动，属于传统文化的一脉，或者说是传统文化中具有生命力的一部分，就是这样的传统文化精华也充满悖论。年过百岁的标志性养生人物邱琪芝可谓深得养生之道，他费尽心机觊觎养生世家季府的秘籍，试图独霸养生江湖，他诱导季府的公子季昨非亲身试验危险的养生术（邱自己不敢尝试），致使季公子深陷纵欲的泥潭不能自拔，险些要了他的性命，毁了季府几百年的家业，其不可告人的用心昭然若揭。邱崇尚季家的养生之道，却鄙夷季践（季昨非的父亲）为革命消耗家产荒废养生最终因操劳过度逝世，他唯养生为重，为养生而养生。

如果说革命是摧枯拉朽的新生力量，那么养生与新生力量又是一对悖论：邱鄙视外来文化，他身受枪伤（无论多么坚韧卓绝的生命在刀铳下面都一样），因拒绝西医药物治疗而毙命，季家公子自觉接受西医治疗而获得康复，这里提醒我们对待中西文化应抱的态度。俗话不俗，常言常新，“拿来主义”“体与用”不仅不过时，且有重提的必要。再就是邱深宅里神秘的“鹦鹉嘴”，邱临终前说出的20岁之虚，与他教化弟子的教义是多么令人玩味的悖论，一个“讹”字怎能了得！张炜写养生是以养生为锐器，意在探察文化、心灵远景的模糊地带，梳理其中纵横交织的悖论，悖论是世事内在性的普遍存在。从这个层面讲，小说的意指已达到了哲理的高度。

一个有信仰的人是幸福的（或许是痛苦的），不管怎么说他（她）是有土壤、有根基的人，不是一个游荡鬼，因此才有执着、坚守，灵魂里葳蕤着坚韧与倔强。徐竟是一位顽强壮烈的革命党人，他笃信革命是除弊焕新的大善之举，血不会白流，牺牲将造福于人，再艰苦卓绝他也不以为苦，枪林弹雨也不以为险，笑傲敌手走向刑场，他为革命献出一切，并为之自豪。邱琪芝是一位有坚守的人，乱世中众生群舞，只有他静如磐石不改修持初心，他确信动荡的时事下，唯有养生是根本，其余都是末节，这源于他对民族文化的自信，正因为有这种自信，才有他永不动摇的修炼，才有他宁死不接受西医治疗伤病，他的举动令人钦佩又荒唐可笑。

徐和邱二人身上流淌着堂吉诃德的血液，你可以说他们不够明智，但他们身上张扬的那种精神如天空中的旗帜，迎风烈烈，轰然鸣响！季昨非是一个执着的人，对爱情的执着甚至达到迷恋的地步，其表现为赤诚与持久的追求。季昨非去麒麟医院医治牙病邂逅陶文贝而一见钟情，回家就给陶写信表述自己过往的不堪和见到陶文贝的爱慕之情；受伤的革命党人藏匿季府，暗请麒麟医院的医生疗伤，却意外成为季昨非走近陶的理由与台阶，他不失时机地努力走进陶的心灵，可始终得不到明朗的答案。伤员的行踪被当局发觉并派侦探进入医院，恶探见到陶文贝后顿起淫心，革命党要员的保镖打死恶探随即逃离，季昨非挺身承担罪责，季由当局押解监禁并判死刑（监外的陶文贝也主动承担罪责未果），这一突发事件使得季的爱情追求有了实质性的进展，陶文贝在季行刑前探监，并应允给他孜孜以求的答案。峰回路转，因当局者追索养生秘籍，季得以获释，季的爱情终于被陶确认，他们演绎了一场生死之恋。

朱兰，是季府里的一位仆人，也是一位虔诚的“居士”，发誓看护青梅竹马的主人一辈子，眼看着主人一步步沉沦于烟花柳巷的沼泽，她毅然决然用自己的身躯阻挡住他的脚步，与主人有了外人看来不耻的鱼水之欢。她背负罪孽之名，真的落入主仆烂俗的暧昧关系？还是忠诚、承担、道义？她趁机果断地收住脚步规劝主人，一次次斩钉截铁地拒绝主人娶她的要求！她坚持“下人”有“下人”的本分：服侍主人一辈子，看不起那些通过以身相许摆脱“下人”地位的女人。从朱兰身上可以确认什么是“身份下贱，灵魂高贵”，而这又昭证了身份高低与灵魂贵贱没有半毛钱关系。上述四位都有自己的根基与信守，是一群有着倔强灵魂的人。

《独药师》依然承续作家流贯的气韵与盎然的诗意，语言精炼润贴。小说以季府家族延展为结构框架，分为两支：季家义子革命党人徐竟策动起义为一脉，季家唯一传人季昨非的养生和情感历程为另一脉，两条文脉各自衍生又相互交织，浑然一体。小说巧妙地截取历史的转折点，在这时代更迭之际，各种势力、各种流派、各色人等亮相交锋，原本深藏的隐秘部位暴露无遗，显示出他们的真面目与真性情。虚实相生的叙事、纪实的叙事却有着象征的品质：麒麟的院长伊普特自觉接受中医调理，而邱琪芝因拒绝西医治疗而毙命，这看似平常的纪实却隐喻对待异族文化的不同态度造成截然相反的结果。这部小说的可读性是作家张炜的新亮点，徐竟举义形势的瞬息万变、险象环生，季昨非爱情的跌宕起伏，时而山重水复，时而柳暗花明，故事引人入胜，令人爱不释卷。

过程精彩

——我读史铁生

史铁生在最狂妄的年龄（21 岁）双腿瘫痪了，“死去”与“活着”的命题交替高悬在他的头顶！他长期沉浸在一个古园子的荒芜沧桑里，和夕阳瞩目，与古迹沉思，思接千载穿越生命的来龙去脉，慢慢悟得：人一出生就决定了他（她）的必然结果——死。死是每个人的必然节日，不必急于求成，是无论如何也不会耽搁的事情，何不试着活一活？

说着容易活着难。衣食住行何所依？健全人都难找工作，残疾人更难了。画彩蛋、画仕女、攻外语、写作……踏踏实实和老幼病残熬在一个街道作坊里；上帝看不下去，唤去了饱受肝癌折磨的母亲；接着自己的“鲜花依偎在别人的情怀”。死去还是活着？荒寂苍茫的古园默默无语，有些话没说，不是忘记了，是不便说，如果说出来那就是：史铁生不止一次真诚地自杀过。古园子不会忘记，史铁生也不会忘记。就在他笨拙地真诚地过着“节日”时，夕阳摇摇欲坠，瞬间映照得地上每一个坎坷灿烂无比！于是芝麻开门，神秘的钟声传来，山顶上有了传奇，清平湾升起晨光，升上那年小说最显要的位置，活下来不再落得形销骨立。

生存不仅仅是一个肉体和物质狂欢的过程，还有心灵和精神的二重唱。史铁生用笔杀出了一条生路，也认同了自己的现实，心情平和多了，泰然地承受了上帝赐给他的这份命运。他的目光和思想越过自身的残疾与困境，关照并透视芸芸众生的残疾和困境，默默地凝神，深深探索人类命运的问题：“欲望无边，能力有限，是人类生来的困境，所以建立起诸多观念，以使灵魂有路可走，有家可归。”这和鲁迅“为人生而且要改良这人生”“揭出病苦，引起疗救的注意”不谋而合。生存的自由是相对的，而困境是绝对的，我们不能指望没有困境，但有可能不让困境扭曲我们的灵魂。

史铁生对自身、同辈人乃至人类的生存困境做了思想烛照，发之于内形之于外。作品是一个作家内心世界的外化，如《毒药》寓言物欲虚荣的洪流淹没了人的本真，《务虚笔记》拷问在追求“高速发展”中人的本身遭遇遗弃迷失，《我的丁一之旅》以温软抚摸历史的坚硬和人性的脆弱……这些作品以深沉的思想探索了人类生存困境及其根源。面对困境，史铁生也像无数仁人志士一样上下求索，《命若琴弦》《礼拜日》是他求索的结果。《命若琴弦》的老艺人终于拉断 100 根琴弦，片刻的狂喜后跟进的是无限期的绝望，绝望中领悟了谎言的真意，重新修补了谎言，振作起来去寻找那个小艺人；《礼拜日》中的他仅凭一个莫须有的地址执着而无望地寻找。这与曹雪芹吟的《好了歌》有了某种暗合，生命的美丽和精彩全在对美丽和精彩的追求过程中，不在追求的目的。

史铁生像前贤那样，诊断了众生的病苦，也试着开药方：“生命的意义就在于你能创造这过程的美好与精彩，生命的价值就在于你能镇静而又激动地欣赏这过程的美丽与悲壮。”史铁生基于自身感悟和对芸芸众生的思考，探索得这么个处方，它对现代人的病苦有多大疗效，还要以各人的个体特征为凭证。

命运遗传之因果

——读尤凤伟的小说《岁月有痕》

说尤凤伟是山东乃至中国实力派作家也不言过其实吧，他的长篇小说《中国一九五七》《生存》和《泥鳅》摆在那儿呢。他和山东的张炜、赵德发有着共同的特质："大老实"，写作肯下苦功，作品厚实不要花架子，又持续不断地"蒸"出干粮来。《岁月有痕》就是年届七十的尤凤伟给读者"蒸"出的又一餐干粮。

我觉得《岁月有痕》主要表达命运遗传，命运遗传自然会有前因和后果。当年的教员姜承先因仗义执言被周国章校长打入监牢二十载；二十年后虽然平反了，时任局长的周国章又打了折扣不给他恢复教师身份，姜承先只得做一名工人，四十五岁才得以娶妻生子；儿子姜万东长大后也只得做一名将剩余价值奉献给老板的小工，买不起房，为孩子上学犯愁。而周国章从校长、局长、人大副主任一路风光地走下来，他的儿子也顺利地发展到"周总"的位置上；周总他不用为子女的教育担忧，其子女早移民国外享受外国教育了。

风烛残年之际，周国章贸然造访，老姜那被岁月尘封的"妖魔"冲出牢笼，将周拒之门外。周突发脑溢血后竟引发一场没来由的官司，这官司意味着周的儿子与姜的儿子进行对抗（因为周姜二人均没有气力来打这场官司了），由于他们二人的力量悬殊，这就像是一场没有悬念的战争。这会不会顺便给他们各自的后人描绘了蓝图？

命运遗传是残酷可怕的，它戕害了人的心智，也涣散了人的伦理亲情。儿子姜万东就抱怨老姜的根没扎好，“株连”了他，“株连”得一茬茬禾苗枯黄。姜万东找不到好工作、买不起房，因而找不到好媳妇，生了孩子也进不了好学校，这一切账目姜万东都算在老姜头上。当老姜面临官司时，姜万东不是挺身而出、积极应对，而是把这看成机会，似乎名正言顺又迫不及待地把老姜的房产、积蓄转移到自己的名下，老姜外面的官司还没打，家里已经未雨绸缪地被掏空了，这致使他的暮年失去“四老”（老窝、老伴、老本、老伙计）而陷进凄惶与寂寥的困境。这种因命运遗传而导致的伦理亲情的溃散是多么的可怕！

我们之所以敬重尤凤伟这样的作家，不仅因为他从未停止对历史的思考、对现实的审视，还因为他的小说艺术也一直在精进中。《岁月有痕》以自然流畅的心思来结构全篇，将现实和历史穿插交织，相互对比，连接了历史与现实的通道，让我们看到岁月的变迁，也让我们看到历史深处隐藏的东西惊人的相似，“令人惊诧又黯然神伤”。小说以老姜把退休的周主任拒之门外为契机展开文本叙述：探视周的病情、咨询打官司的程序、探听周家想法、儿子乘机“打劫”（其间穿插历史回顾），让我们想起契诃夫的名篇《小公务员之死》，契诃夫用漫画式的夸张呈现出沙俄时代的病象，而尤凤伟在如此郑重严肃的剧情中也暗藏社会的荒诞与小人物的悲哀。

我们尊重作家尤凤伟对现实的关照与对历史的思考，我们也尊重他永不懈怠的艺术追求。

潺潺流水浮出人生的坚冰

——王安忆小说人物妙妙与阿三的悲剧探源

王安忆中篇小说《妙妙》写的是二十世纪八十年代的故事。农村女孩妙妙初中毕业后由父亲的好友帮忙进了头铺镇招待所做临时工。妙妙虽然文化程度不高，可她有着非凡的哲思：所有的新潮时尚都是离经叛道。她还有远大的理想：做一个北京、上海、广州的现代青年。因此，对偶然住进招待所的北京摄制组，心活了，眼亮了，也感觉理想近了，似乎北京就在眼前，不自觉地将自己献给了摄制组的一个小角色。北京摄制组很快就走了，小角色留给妙妙一台吱吱呀呀的小收音机，也留给她无尽的空寂和忧伤。这是她奔赴理想的起步，更是她用青春填充别人无聊空间的开始，悲壮又浪漫。相继，她又填充了已考上大学的初中同学孙团的无聊暑假和县计生委有妇之夫何志华的失眠长夜。妙妙不是欲望女孩，她决绝地拒绝过和她的理想不相符的张业和小发。这两位吃不着葡萄必言葡萄酸，添油加醋地宣扬了妙妙的丑闻，这对身居八十年代农村的女孩来说，无疑断送了她的未来生活。

妙妙身无长技，没有出众的智慧，也没有受过良好教育，更无贵人相助，她只能凭自己的身体为她的理想铺路，悲哀的是这种付出无济于她的理想，而鲜活了别人无聊的空间。她终于有所醒悟："用鲜血和生命也换不来美好灿烂的明天！"

我们再来看王安忆的另一个中篇小说《我爱比尔》中的人物阿三。阿三的故事发生在二十世纪九十年代的大上海，和妙妙相比，她有很多优势：她聪颖，受过很好的教育，是艺术院校绘画专业的大学生，身怀长技……可她的悲剧如妙妙的翻版：用青春的身体去铺理想之路，嫁个老外——出国。为此，她的第一滴血流给了在画展上认识的一个叫比尔的美国使馆青年，这之间没有胁迫，没有诱惑，充盈其间的是自愿和主动奉送，为此，她丢掉了学籍。这在九十年代的中国，就是丢掉了一辈子的铁饭碗和社会身份。她为了吃饭，给毛巾厂画千篇一律的图案，给人家孩子做家教。比尔驻华期满，走了；走了的比尔，给阿三留下遥不可及的思念和无尽的忧伤，也留给她一口流利的英语。阿三凭着出众的智慧在绘画市场正打拼得小有名气的时候，遇到了法国画廊的小老板马丁。血脉的传承和耳濡目染的熏陶使得马丁有着过人的艺术见识，点破了阿三绘画的“死结”，无意间摧毁了阿三多年经营的绘画“建筑”。阿三再也画不成画了，生活无以为继，无以为继的阿三凭着一口流利的英语混迹于老外出入的大堂里，寻找生活的依据，成了专为老外提供色情服务的一员。终于有一天，阿三被警察叫停，进了劳教所……

妙妙和阿三相比：一个在农村，一个在大都市；一个天资平平，一个智慧超群；一个初中生，一个大学生；一个身无长技，一个画技出众；一个连客房的临时工都做得勉强，一个连当小姐、坐监狱都出类拔萃……可是她们的悲剧如出一辙。王安忆的笔是怎样将这有价值的东西撕毁给别人看的呢？

理想是生活的主题，更是文学的主题，理想的设置以及追逐理想的途径不得不慎重。在二十世纪八十年代的中国，一个身无长技的农村少女，立志过北京、上海、广州现代青年的生活，这的确让人惊诧，我不忍将好高骛远、愚妄、可怜这样的词放在妙妙身上，可又找不到更合适的词来表达；相比起来，大学生阿三，说起来就爽快多了。阿三以爱比尔来达到出国的目的，为此，她献出自己，丢掉学籍，荒废画艺，这与梦想飞上蓝天却拔掉羽毛之荒唐有何区别呢？这就植下了她们悲剧的根源。

理想的目标涂上了虚幻的光芒，使她们虚妄的理想显示出悲剧色彩。妙妙最理想的目标是摄制组的那个跑龙套的小角色，他在妙妙心中光芒四射，这种光芒不是本体发射的，而是妙妙虚幻的，又由于心理幻化作用使这种光芒变得真实而又强烈，直至左右了妙妙的心。阿三何尝不是如此呢？她无非是重蹈了那个老话题：外国的月亮特别圆特别亮。这圆和亮也是阿三心理虚化的结果。

理想追逐之虚幻显示了悲剧姿态。妙妙身无长技似乎成了她用青春身体追逐理想目标的理由；其实不然，阿三高智商，受过高等教育，有绘画专长，她为什么还要用青春的身体为她的理想铺路呢？

我之所以将王安忆的这两个中篇小说放在一起来读，是因为它们给人的启迪、人物的命运轨迹、小说展开的动力、结构布局都相类似，堪称姊妹篇。就小说的推动力来说吧，心理流程行云流水，是“被自身的重量愣拽着的，停不下来”。我曾和一位文友说过，当代中国不知哪位作家在把握人物心理上能赶上王安忆。王安忆的人物心理有着多重作用：作家刻画人物传达情思，推动行文，营造氛围……这正践行了她自己的小说观：用现实材料建筑起心灵世界。

小说的语言细腻绵密，氤氲如潺潺流水，沁人心脾，透人肺腑，就是这潺潺的流水浮出人生坚硬的冰块。

世事洞明见性情
谈笑背后隐风雨

——走进叶广芩《拾玉镯》的老五

叶广芩的《采桑子》，她那历经沧桑、舒卷自如的淡定，大家闺秀的文化底蕴，不湿不燥的人文情怀，世事洞明的心性……形成一个润泽温暖的气场，氤氲其中，滋润其中，温熨其中；同时也使人感到朝代的更迭、时代的变迁带给人物的多舛命运，也涂改着人生的色彩；以及时代风雨在人物内心搅起的波澜和形于外的表象。这在她的中篇小说《拾玉镯》里由老五这个人物得以集中展现。

老五是大宅门世袭镇国将军头衔的金载源的五儿子金舜锫，属于正宗八旗子弟。他出生于清王朝飘摇的时代，成长于民国年间，并留学日本。这期间，时代的风雨阵阵紧迫，王朝的更迭节奏加快，人们的生活位次正在重新排序，八旗子弟们的好日子渐渐走远，不可预测的“坏日子”正在走来。这一切被学贯中西的老五了如指掌。老五也明白重新争得好位次的路数，那是怎样的一条路啊？眼看着走这条路的姐姐、同学、亲友……死于非命，这是一条凶险的血雨腥风之路！时代风雨里的个人无异于飘摇的叶片，而像老五这样的八旗世家子弟，又有着许多留恋与不舍，焦灼、悲哀、无奈啃啮着他的心灵，啃啮着他的神经……纳兰容若的一首词正是这种心境的写照：风也萧萧，雨也萧萧，瘦尽灯花又一宵。不知何事萦怀抱，醒也无聊，醉也无聊，梦也何曾到谢桥。曲罢一声长叹。

焦灼的煎熬、啃啮的疼痛、清醒的悲逝谁人知晓？又与谁人诉说？谁人又能挽救将倾的大厦？一种叫孤独的东西盘踞在他心里。老五临终前要他的伙伴唱的《风雨归舟》也是他内心世界的诠释：过山林狂风如吼，堪堪的大雨淋头，获金鳞渔翁摆桨荡孤舟……望长空电掣雷鸣风云骤，慌得他随风冒雨赴中流……携鱼弃缆忙登岸，抛桨链孤舟。猛回头但则见，那贪午睡的小牧童儿，他在那雨地里哭着去找牛……这该是那个风雨时代一代人恐慌、错乱的内心世界。这是时代风雨染于老五之内的色彩，形于外又是怎样的呢？

老五内心的焦灼、悲逝、孤独，必然积于内而发于外。老五怪异另类：将胡子染成花花绿绿的颜色，着奇装异服，穿着乞丐服在父亲执教的大学门口行乞，在花街柳巷行欢作乐，搞没名堂的同性恋，这还不足以宣泄他的内心，又吸白面儿醉生梦死，更不用说结家室养子息了。他被外人视为堕落，被家人视为叛逆败类。老五的放浪形骸隐含着对时局的无奈与对未来的无望！他脱去各种面具的生活让我们触摸到他的本真和性情，不仅让我们感到时局的大火将其燃成灰烬的悲哀，更让我们感到灰烬深处的温度。这温度贮存在他本真的性情里，本真不灭，温度不散。

无衣少吃的大冬天，老五用写字换俩钱还想着给朋友的孩子买送灶王爷上天的关东糖，还想着请朋友的孩子吃涮羊肉；竭尽其智力、财力乃至生命去完成父母未能完成的探监之愿——看望他的三姐；五十多岁的大老爷们大冬天混不上棉衣还能怀想起少年时额娘套的棉裤暖和。他放浪形骸的外表下包裹着人性的温热：朋友之义、手足之情、父母之恩。这也是他牵绊和留恋所在。

作家叶广芩笔下的老五，首先给我们描述了一个纨绔子弟、另类颓废的青年形象，这个形象背后激荡着时代的风云，涌动着一个阶层在无可挽回的大厦将倾的时代下的焦灼、悲哀和绝望；至此作家尚未止笔，进而翻出了悲哀绝望下的人性温热！

老五的形象给我们这样的启示：用怎样的眼光看待社会上另类、叛逆的青年。我们且不说存在都是合理的，至少要用辩证分析的眼光来看待他们，不能只看到他们叛逆的行为就下结论，要看到他们的成长来路和生存境遇，以及等待他们的未来，立体审视；多一分理解，多一分宽容，多一分情怀，我们再来看另类、叛逆的青年时就会是另一番风景。

壁橱里的人性

——读王璞的小说《捉迷藏》

《捉迷藏》是我首次读到的王璞作品，这么个短篇就让我一下记住了王璞的名字。小说讲的事件再简单不过了，小时候几个不谙世事的女孩子玩游戏，内涵极为丰富，是难得一见的短篇佳作，不细读实在可惜。

“我”是二十世纪六十年代的独生女（养女），比多子女家庭的孩子生活好些，可生性“羞怯”，和小伙伴们玩游戏时总是被当作“搭头”欢笑着为别人鼓掌，而内心一直想“扬眉吐气”，渴望别人的喝彩。偶然一次，“我”和小伙伴们去妈妈的单位图书馆捉迷藏，由于地利的优势，“我”如鱼得水，节节得胜，“终于令大家厌倦乃至气愤了”。“我”让出条件央求再玩最后一盘，就这最后一盘出事了：“我”藏进杂物室的壁柜里，壁柜的门上还伪装了一把锈迹斑斑的锁。玩伴们找“我”不着，失去耐心后锁上图书室的门弃“我”而去，致使“我”在孤寂可怕的图书室里熬过黑暗的一夜，这一夜改变了“我”的一生也改变了很多人的一生——这一天是“文化大革命”的开始。

“我”屈至“搭头”依然真诚为别人喝彩，“我”偶然一次获胜却招致伙伴们的“气愤”以致将“我”锁在孤寂的暗夜里。这虽是小孩子的事，也昭示了人性的幽暗：抑人扬己，喜欢听别人的掌声而不喜欢为别人鼓掌，自己好大喜功而看不得别人的成绩。其实致使“我”挨在孤寂的暗夜里还有一个原因：父母忽略了“我”，他们只顾悲伤自己的悲伤（姥姥被活活打死），一时忽略了养女的存在。那个黑夜不是一个人的黑夜，是很多人的黑夜（包括那些捉迷藏的小伙伴），那是历史的黑夜，改变了很多人的前途与命运，也改变了很多人的心灵世界，黑夜里人性中沉淀的渣滓泛滥成灾，飞扬跋扈，导致了不止一代人的灾难。

小说还暴露了人性中的另一暗疾：隔阂。我们常常以为不同年龄、不同群体、不同阶层的人才有隔阂，其实隔阂存在于每个人之间，造成隔阂的原因有多种，不愿敞开包裹在痂壳里的心扉是原因之一，“我”与小伙伴对视时阴冷的目光就是痂壳。“我”与养父母、“我”与小伙伴自那“暗夜”以后再没能沟通，就是这种人性的暗疾在作怪。再就是，人性的弱点与社会昏暗交融并写，丰富了作品的内涵和意义。

《捉迷藏》单纯而不简单，前后衔接与中间穿插使得单纯的事件丰腴饱满。质朴冷静地将叙事融入先锋气质：小说引子中电视情节和杂物室的壁柜颇具隐喻和象征意味，前者暗示主体事件的内蕴，后者象征人性的幽微。作家将主体事件放在历史拐点，使小说的内涵不仅有人性的深度，还有历史的广度，极大丰富了小说的容量。如果用“标准小说”的眼光看待这篇小说，则结构未免不够艺术，这恰恰得了自然之趣。

成熟作家

第二辑

探寻生命家园

——读迟子建的小说《额尔古纳河右岸》

茅盾文学奖作品《额尔古纳河右岸》，小说分四部分："清晨"单纯清新，悠扬浪漫；"正午"沉静舒缓，端庄雄浑；"黄昏"疾风暴雨，斑驳杂响；"半个月亮"和谐安恬，满怀憧憬。《额尔古纳河右岸》是中国第一部描述东北少数民族鄂温克人生存现状及百年沧桑的长篇小说。"这部'家族式'的作品可以看作作者与鄂温克族人的坦诚对话，在对话中她表达了对尊重生命、敬畏自然、坚持信仰、爱憎分明等被现代性所遮蔽的人类理想精神的张扬。迟子建的文风沉静婉约，语言精妙。小说具有诗史般的品格和文化人类学的思想厚度，是一部风格鲜明、意境深远、思想性和艺术性俱佳的上乘之作。"

上面这段文字是茅盾文学奖的授奖词之大意，下面的文字才出自我的手笔。设想从人物出发，或者说从人物的心灵出发，徜徉于精神世界，探寻生命的家园。本文大致由生命之爱、敬畏之心、家园何处三条路径探求人类生存发展之道。

「一、生命之爱」

爱是生命的出发点，也是生命的归宿地，爱是孕育生命的温床、襁褓，更是生命成长的阳光雨露，没有爱，生命的世界难以想象。爱也源于我对《额尔古纳河右岸》的阅读感知：它是一曲苍茫宽厚而又深沉哀婉的爱之乐章，为此愿意将爱放在首位来述说。爱是分层次的，有一己之爱、亲人之爱、两性之爱、扭曲之爱、狭隘之爱，更有他人之爱、族群之爱、家国之爱、生命之爱。爱的天地不总是风和日丽，也会有风雪雷雨；风雪雷雨来自外部世界，也来自人的内心，它激荡爱的河流生生不息，或涓涓细流，或宽阔博大，或静水流深，乃至超越尘世生死，抵达普世永恒。

小达西的爱

要说小达西还得先从老达西说起。老达西是一位好猎手，为了保护三只小驯鹿，他单身一人手持猎刀与母子两狼搏斗，他刺倒母狼的同时，小狼咬住了他的腿；三只鹿仔得救了，他的腿丢了一条。从此他对那只逃走的狼仔怀恨在心，盼望儿子哈谢早生孙子，替他找小狼报仇。天不遂人愿，老达西一直没得孙子，他就没日没夜地训练一只山鹰，让它千百次地扑啄那只母狼皮，山鹰有灵性，它明白狼是主人的仇家。一天夜晚，仇家不期而遇，两败俱伤已不足形容。他们的仇恨和生命同时终结了，意味着情爱诞生，哈谢的妻子玛利亚天意似地怀孕了，并生下一男孩，起名叫小达西。果然，小达西从老达西仇恨中脱胎换骨，成长为一棵良善之爱的大树。

族群中的金得由母亲依芙琳强行给他娶了名叫杰芙琳娜的歪嘴姑娘。婚礼的当天晚上，新郎金得在一棵枯树上吊死了，新娘杰芙琳娜悲痛欲绝，扑向火堆，几个人都拉不住；长成小伙子的小达西，跪在火葬金得的现场，向新寡杰芙琳娜求婚，全族群的人都惊呆了，不呆的只有火光。瘦弱的小达西在那个时刻看上去就是一个威武的勇士。小达西的母亲玛利亚认为儿子着魔了："达西，达西，你醉了吗？你醒醒神啊。杰芙琳娜比你大这么多，又是个歪嘴，她现在已是寡妇了，你疯了吗？你可不要糊涂啊！"小达西不糊涂，他清醒得很：金得不要她了，可她都嫁到我们这里了，是我们的人了。她成了寡妇，又是个歪嘴，我要是不娶她，她跟谁呢？我不愿意看到她的泪水，她太可怜了……小达西是个心地善良的人，爱与善良相伴。尼都萨满唱起神歌：魂灵去了远方的人啊／你不要惧怕黑夜／这里有一团火光／为你的行程照亮／／魂灵去了远方的人啊／你不要再惦念你的亲人／那里有星星、银河、云朵和月亮／为你的到来而歌唱。

杰芙琳娜虽然一天夫妻生活没过过，按照规矩依然要为金得守孝三年，小达西要等三年后才能娶她。三年期间遭遇天灾"癀病"，有的族群染病严重，人数死亡过半，甚至几近覆灭。小达西担心杰芙琳娜，要去她那里探望。本族人说，你将癀病带回来怎么办？小达西说，他去了暂不回来，癀病过去了再回来。癀病过去了，三年过去了，小达西带回了杰芙琳娜。

爱需要勇气、付出，甚至忘我陪伴，才能收获美好的果实。小达西的母亲玛利亚依然心怀怨恨，挑刺寻衅虐待杰芙琳娜，叫杰芙琳娜给她梳头，说杰芙琳娜故意扯掉她的头发，命令儿子用梳子戳她的眼，儿子接过梳子戳伤了自己的眼睛，玛利亚更怀恨杰芙琳娜了。杰芙琳娜还是有了爱的结晶——怀孕了。小达西在营地劈柴，她就帮着摞起来，玛利亚硬说她从斧子上跨过，她怀的孩子被上了咒语，一定是个傻子，非让杰芙琳娜打掉肚里的孩子不可。杰芙琳娜哭了两天两夜后，为了不让丈夫为难，她悄悄爬上一座山坡，从上面滚下来，流产了。小达西声言要用斧子砍伤自己的腿，玛利亚才终止了对杰芙琳娜的虐待。之后，杰芙琳娜再也没能怀孕，就是后来玛利亚悔悟了、殷切期盼也没能生效。

多年以后，小达西因莫须有的罪名，被“文革”战士打折了腿，再也不能给杰芙琳娜创造幸福生活，反而成了她的累赘，他决然用猎枪打烂自己的头颅。杰芙琳娜舔净丈夫脸上最后一丝血纹，吞下毒蘑菇殉情，陪小达西而去。他们善良、勇敢、忘我、生死相依，随着“伤怀之爱”唱完了最后一个音符，余音萦绕于山间，激越于河流，低吟于林莽，众鸟相鸣，百兽传唱，回荡于天地之间。

走进依芙琳的心灵

上文说到金得因母亲依芙琳的逼婚而上吊，依芙琳为什么要对儿子逼婚呢？这要从头说起。依芙琳是个争强好胜的女人，她嫁给另一个族群的坤得，坤得总是对她不冷不热的，她时常抱怨甚至谩骂，招致公爹的厌恶，说要知道她这样，不如当初解除他们的婚约，让坤得娶他喜欢的姑娘。这下她明白了坤得懈怠她的原因，原来他另有所爱！一气之下，她回到娘家再也不走了。后来发现有了身孕，坤得被父亲打发过来，依芙琳为了孩子将就了他。可她心中的那个死结如大兴安岭山阴下的冰坨，终年不化，夫妻间不仅没有语言交流，更没有肌肤之亲，两人为了孩子干耗着，她苦了自己，也苦了坤得。

由于她心中积怨之深无处宣泄，在族群里总是夹枪使棒，不是挖苦这个就是讥讽那个，甚至恶言咒语，她传播娜杰什卡失贞，说她是妓女，讥讽拉吉达结婚三年生不出孩子，挖苦伊万留不住女人，诅咒妮浩和杰芙琳娜不得好，因为她和儿子金得都想娶妮浩，当妮浩嫁给别人时，她看见了儿子流泪，便恨儿子没出息，将他绑在树上用鞭子抽打。她内心的积怨使她的认知偏执：相爱的不得长久，不爱的长相伴随，因此她明知儿子不爱杰芙琳娜还是强行逼婚，造成了儿子的悲剧。

金得的死给他的父亲坤得以沉重的打击和伤害，他离开自家的族群，他在婚姻里忍辱负重、委曲求全、经受煎熬都是为了儿子，现如今竹篮子打水一场空，他还顾忌什么呢？他的希楞柱（临时房屋）里夜夜传出依芙琳遭“鞭打”的痛苦求饶。意外的是坤得的“鞭打”居然有了成果，年龄老大的依芙琳竟怀孕了，他喜坏了，对依芙琳疼爱备至，呵护有加；依芙琳依然我行我素不买他的账，专拣粗活重活干，希望终止腹中旺长的生命，直至有一天，她驾着滑雪板翻越山头回来，两条裤腿淋漓着血污，甩掉了腹中的生命。一个母亲恨到扼杀胚胎中的孩子，她的心头该是怎样荒寒与绝望啊？！

恨有多深爱就有多切，她无法容忍与不喜欢她的人同床共枕，为了儿子金得不得不与“冤家”朝夕相处，儿子又绝她而去，她的伤痛肯定比坤得更深重，但她得不到男人的安慰，反而遭到非人的蹂躏；她怀孕后坤得对她的好，其实跟对一杆猎枪的好没有两样，只是为了获取想要的猎物，而她不是猎枪，是一个血肉丰盈的女人！

常人眼里，依芙琳相貌丑陋（歪鼻子），又多与族群不和，是一个讨厌可恶的人，其实她是一个心灵手巧（族群里的婚服都是她做的）、渴望爱而不得的女人，是一个心藏巨大悲伤的女人，她的悲伤只有跟她同样为爱而悲伤的达玛拉的灵魂能理解，她的灵魂在依芙琳投河自尽之际化作蛇，为她拭去泪水，劝慰她“跳舞你比得过我吗？”其实是说你比我更悲伤吗？依芙琳的遭遇值得同情，她的爱、恨、勇气更值得温吞水们敬仰。

拉吉米爱之残酷

“我”和雪雨一样老了，在大兴安岭的深林里，经历了说不清的天灾人祸。“我”的第一任丈夫死于“白灾”（雪过大酿成灾害）；一次瘟病过后，第二任丈夫的家族只有十三岁的弟弟拉吉米逃过劫难；“我”的丈夫虽然不在了，他的弟弟还是“我”的亲人，“我”收留了他。他虽然有了新家，可他不大和别人说话，只是默默地做事，他失去亲人的悲痛、失去亲情的孤独，一时间难以消散，他不愿跟别人诉说内心的苦楚，大家也不好意思劝解；一劝解，好像在提醒他那场灾难似的，怕他更难过。

他小小年纪却善于阉驯鹿，他阉鹿的方法和我们平常用的不一样。平常我们都是用布抱着鹿的阴囊用木棒捶，鹿疼得长时间惨叫，甚至惨死。而他用两块木板做成夹子，乘鹿不备下手，眼疾手快一下就把阴囊夹碎了，时间短，创伤小，减少了鹿的痛苦。为此，族群里的这种活都是他来做。后来，日本人侵占东北，他在战乱的炮火中，被马颠碎了阴囊，失去生育能力，没娶媳妇，抱养了一个女婴，悉心养育，渐渐长大，视若心肝，不许她与外界交往，生怕别人抢去了他的命根子。女孩的年龄当嫁了，他依然看守着，别人劝他这样会耽误女孩的青春，他总说女儿还小；女孩亲自跟他说起自己的终身大事，他也找各种理由搪塞，直到女孩三十岁那年生下私生子，两年后跳崖。拉吉米悲痛欲绝，消沉了好长日子。他视女儿若生命，但他的身世和残疾造成了他内心的扭曲，他对女儿马伊堪自私的爱，最后酿成悲剧，让人痛心唏嘘。

尼都与达玛拉之爱

“我”的伯父是萨满（“神人”，跳起舞来具有超凡之力），一生未娶，可他心里驻着至爱的女人。听姑姑说，在一次舞会上，一对亲兄弟同时爱上了一位能歌善舞的姑娘达玛拉。他们都信誓旦旦谁也不放弃对心爱姑娘的追求，而那姑娘对两个小伙子都喜欢，这就难坏了双方的家长，无奈之下小伙子的父亲出招：用射猴头蘑的方式进行比较，胜者迎娶心爱的姑娘。他们两个都是好猎手啊，但哥哥的箭却在离弦的一刹那偏离了目标。哥哥怕弟弟伤心，忍痛割爱让弟弟赢得了心爱的姑娘，并且为了让人（尤其是那个能歌善舞的姑娘）相信自己的箭术的确不如弟弟，他这个出色的射手从此不管是射箭还是打枪，都拙劣得令人难以置信。哥哥那支偏离猴头蘑的箭射中了自己的心，“他足足哭了一天一夜，哭得营地周围的鸟儿都飞走了。”他舔血疗伤，皈依了神灵——做了萨满。他默默注视着心上人幸福地生活。

大家肯定猜出来了：那位能歌善舞的姑娘达玛拉就是“我”的母亲，那位弟弟是“我”的父亲，哥哥是“我”的伯父。多年后，父亲在雷电中丧生，伯父当初那支射偏的箭又被雷电送回到他的手中，他恢复了一位好猎手的本领，他压抑在心底的爱又燃起熊熊火焰。他倾注给达玛拉的热情，在最初两年没有任何回应，然而一件羽毛裙子的出现，却改变了达玛拉对尼都萨满的态度。

我们谁也没注意到，尼都萨满在那两年吃山鸡的时候，将拔下的羽毛精心挑选了，收集起来，悄悄为达玛拉缝了一条裙子。那裙子是用几块藏蓝色的粗布做的里衬，百合花的形状，腰身紧，下摆宽。羽毛的大小和颜色不一，但都是羽根朝上，羽尖朝下，顺着缝下来的。固定羽毛的线是堪达罕（一种笨重的动物）的细筋，他先把羽毛中间的那根草棍一样的茎缠上几道，然后再缝在布上，所以羽毛本身一点也没受到破坏，很完整，看上去非常柔顺。尼都萨满很会为羽毛安排位置，那些小片的、绒毛细密的、呈现着微微灰色的羽毛被放在腰身的地方；再往下是那些不大不小的羽毛，颜色以绿为主，点缀着少许的褐色；而到了裙子的下摆和边缘处，他用的是那些泛着黝蓝光泽的羽毛，蓝色中杂糅着点点的黄色，像湖水上荡漾的波光。这裙子自上而下看下来也就仿佛由三部分组成了：上部是灰色的河流，中部是绿色的森林，下部是蓝色的天空。

当伯父在父亲走后的第三年的春天，把这样一条裙子送给母亲时，她是多么的惊异、欢喜和感激。她捧着那条裙子，说这是她见过的世上最漂亮的裙子了。她先是在希楞柱里把它平铺在狍皮褥子上，用手轻轻地摩挲着，反反复复地看；然后她又把它抱到外面，挂在一棵白桦树上，忽而走远、忽而靠近地看。春日的暖阳把羽毛裙子照得华美极了，那种美真的能让一个女人心惊肉跳。母亲的脸红了，她一遍遍地对我说，你的额格都阿玛（伯父）一定是长着一双神手啊，他怎么能做出这么漂亮的裙子呢！

这不是手艺的神奇，而是爱的神奇，爱将一个整日要枪弄箭的粗条男人的心变得如此精细，笨拙的手变得如此巧妙，审美变得如此精致。裙子每一根羽毛的挑选、每一根羽毛的缝缀都浸透了那个男人对心上人的爱意，每一种色彩的搭配、每一道花纹的设置，他心里都装着心上人的喜好；图案上的河流、森林、蓝天不是生发于自然，河流是发源于他心头的河流，森林是茂盛在心田里的森林，蓝天是他爱的疆域。

达玛拉见到裙子时的“惊异”，是她从裙子上感受到一个男人全身心的爱，原来她熟视无睹的那个男人是如此地懂她；她“喜欢”，只有美丽的心灵才能创造美丽，她喜欢美丽的裙子，更喜欢创造美丽裙子的人；她“感激”，感激裙子带给她心灵的欢悦，感激缝制裙子的人，更感激上苍赐给她合心的爱人！她怦然心动！她远逝的青春又飞回来了，她的心跃动着青春的节拍，面容焕发了少女的光泽，她珍爱这份意外惊喜，“轻轻地摩挲着”，“反反复复地看”，幸福得“脸红了”。达玛拉接受了那条裙子，等于接受了尼都萨满的情感，而那种情感又是为族规所不允许的（鄂温克族的习俗里，哥哥不许娶弟弟的遗孀为妻）。如果说闪电化成了利箭，带走了弟弟，那么尼都萨满得到的那支箭，因为附着氏族那陈旧的规矩，已经锈迹斑斑，面对这样的一支箭，达玛拉和尼都萨满的枯萎和疯癫就是自然的了。

达玛拉在儿子鲁尼的婚礼之夜，绽放了她最后的生命之花，那是她献给儿子的新婚贺礼，更是献给她心中爱人的绝舞——她上身穿着一件米色的鹿皮短衣，下身穿着尼都萨满送她的羽毛裙子，脚蹬一双高腰狍皮靴子。她把花白的刘海和鬓发掖在头发里，向后梳，高高绾在脑后，使她的脸显得格外的素净。她一出场，大家不约而同发出惊叹声。那些不熟悉她的送亲的人惊叹于她的美丽，而我们则惊叹她的气质。她以前佝偻着腰、弯曲着脖子，像个罪人似的，把脑袋深深埋进怀里。可是那个瞬间的达玛拉却高昂着头，腰板挺直，眼睛明亮，让我们以为看见了另外一个人。与其说她穿着羽毛裙子，不如说她的身下缀着一片天地，那些颜色仿佛经过了风霜的洗礼，五彩斑斓——面对千年族规的天堑，与相爱的人咫尺天涯，却在煎熬中一天天枯萎，精神失常几欲崩溃，用什么来回报所爱之人呢？集聚所有生命之力，绽放绚丽生命花朵，以此献给爱人，即使是片刻，也死而无憾了。儿子的婚礼到了，她绽放的机会来了，于是舞尽气绝。

鄂温克族祖先认为，人离开这个世界，是去了另一个世界，那个世界比现实生活的世界要幸福。通向幸福世界的途中，要经过一条很深很深的血河，这条血河是考验死者生前行为和品德的地方。如果是一个善良的人来到这里，血河上自然就会浮现出一座桥来，让你平安渡过；如果是一个作恶多端的人来到这里，血河中就不会出现桥，而是跳出一块石头。如果你对生前的不良行为有了悔改之意，就会从这块石头跳过去，否则，将会被血河淹没，灵魂彻底地消亡。

尼都萨满在达玛拉的葬礼上咏唱一首神歌，为她超度亡灵，更是表达忘我舍身之爱：滔滔血河啊／请你架起桥来吧／走到你面前的／是一个善良的女人！如果她脚上沾有鲜血／那么她踏着的／是自己的鲜血／如果她心底存有泪水／那么她收留的／也是自己的泪水！如果你们不喜欢一个女人／脚上的鲜血／／和心底的泪水／／而为她竖起一块石头的话／也请你们让她／平安地跳过去／／你们要怪罪／就怪罪我吧！只要让她到达幸福的彼岸／哪怕将来让我融化在血河中／我也不会呜咽！

这是一首葬礼之歌，一首爱之绝唱，也是达玛拉绝舞的应和。它诠释着爱的内涵：爱与物质无缘、与肉体享乐无缘、与获取无缘，它关乎善与美，关乎情感与心灵，关乎灵魂与精神世界，唯有超越尘世的欲望，方能抵达爱的永恒。现在人讲究现实，追求享乐，听着这首歌会不会恍若隔世？还有多少人愿意听这样的歌谣？有多少人能听进这样的歌谣？多读读这样的歌谣吧，洗涤洗涤由物质尘世所蒙蔽的心灵，沉淀沉淀被享乐之风所影响的心灵；多读读这首歌谣吧，让我们懂得爱，学会爱，奉献爱，让生活充满爱；我实在不忍心支离破碎地解读这首浑然大爱之歌，还是多读读吧，让我们记住它，融化于心，付诸行动。

伊万之爱

伊万在族群里口碑不好，他违背父亲的意愿执拗地娶了疑是妓女的俄罗斯姑娘，他的父亲为此含恨而去，可他依然我行我素。伊万在下山的时候路遇俄罗斯人贩子，他一眼就看中了名叫娜杰什卡的姑娘，用狐皮把她换了回来。娜杰什卡乖顺灵巧，很快适应了游猎生活，还给伊万生了一双儿女。好景不长，日本人入侵东北，不知为什么要清理俄罗斯人，见了蓝眼睛大鼻梁的人就杀。娜杰什卡得知后就像惊雷炸顶，一时间惊慌失措，直到有一天她带着两个孩子逃走了，大概是逃回了额尔古纳河左岸的俄罗斯。她走时，“家”里收拾得整洁有序，她肯定还爱着伊万，但是面临着日本人“清理”的险恶处境，她为了保护两个孩子，不得已才离开的。离开时她的内心如何矛盾与纠结，我们都无法知道。族群的人都分头去找，伊万没去，说：“你们不要去找，想走的人是留不住的。”伊万的爱拿得起放得下，可他不准别人说娜杰什卡的坏话，“谁要说她是妓女，我就撕烂谁的嘴！”有人给他介绍女人，他就说他只有一个名字叫娜杰什卡的女人，而他直到终老也没再娶其他女人。在他的葬礼上，忽然冒出两个自称其干女儿的为他穿孝送终，过后两个女子不见了，大家都不知其去向。年长的人说，伊万早年行猎，枪口下出现了两只雪白的狐狸，立起身子前爪合十给他作揖，恳求饶命，伊万见它们通人性，就收了猎枪，放过了它们。获生的狐狸看他身后没有子女，葬礼冷清，特意化作干女儿为他行孝送终。

萨满妮浩之博爱

“我”弟弟娶的姑娘叫妮浩。她单纯美丽又善良，尼都萨满过世后，她就成了我们族群的萨满。她就任时发誓：一定要用自己的生命和神赋予的能力保护自己的氏族，让我们的氏族人口兴旺、驯鹿成群，狩猎年年丰收。

妮浩十三四岁时第一次听到神歌：她一直打着哆嗦，好像歌中的每一个字都化成了黄蜂，一下一下地蜇着她；或许她的血液原本就流淌着神歌。于是，当老萨满把神衣、法器一件件扔出去的时候，她就一件件拾起来。她顺理成章地成了老萨满的接班人，她身上自然生成了萨满的责任和神力。萨满虽有神力，却不可违抗天意，萨满要留下一个上天要招去的生命时，她（他）就必须拿自己（孩子）的生命抵上。萨满妮浩一生共有六个孩子，其中三个儿子、一个女儿为救助他人而死于她的法力，还有一个女儿因恐惧她的法力而逃走，直到她最后一次施法殉身，才回到她身边。她救助的有普通人家的孩子，还有偏执促狭者，更有因饥饿偷食他们驯鹿的孩子。

妮浩失去大儿子果格力是为了救一个外族群的孩子。接到求救信息时，她眉头紧蹙，“把果格力抱在怀里，亲了又亲，眼里泪光闪闪。她离开营地很远了，还回头张望果格力，很舍不得的样子。”萨满有先知先觉的神力，妮浩知道她这一去自己的孩子就没命了，在未施法的时候她是一个平常的母亲，有一颗母亲的心，她的行为无疑是亲手杀死自己的骨肉。作为母亲，撕心裂肺何足表达她此时的心痛！她是萨满，救助所有危难的生命，是她义不容辞的责任，即使那危难转移到自己身上。萨满的伟大不仅在于她（他）超凡的神力，更在于他（她）救助危难人的自我牺牲精神。

在妮浩施法救马粪包时，她失去了她的大女儿交库托坎。那是一个大热天，但妮浩却在炽热的阳光下打寒战，她颤抖着，什么也没有说，只是悲哀地把头埋进丈夫怀里。然后她艰难地穿上那件对她来说比一座大山还要沉重的神衣，她戴上的神帽，一定是荆棘编就的，扎得她的头颅满是伤痕，她舞动着的神鼓，也一定是烧红的铁凝结而成的，烫得她双手通红。

孕期的妮浩为救助因饥饿偷食他们驯鹿的汉族孩子，致使自己的孩子“未生先死”，她抱着流产的死婴歌哭：孩子呀，回来吧 / 你还没有看到这个世界的光明 / 就向着黑暗去了 / 你的妈妈为你准备了皮手套 / 你的爸爸为你准备了滑雪板 / 孩子呀 / 回来吧 / 篝火已经点燃 / 吊锅已经支上 / 你不回来 / 他们坐在篝火旁 / 也会觉得寒冷 / 你不回来 / 他们守着满锅的肉 / 也会觉得饥饿 / 孩子呀，你回来吧……作为母亲，妮浩悲痛欲绝；作为萨满，她将所有的孩子当作自己的孩子，以所有生命为怀。“我是萨满，怎能见死不救呢？”她毅然带着她的神衣和法器上路。在生死关头，她的爱超越族群、超越亲子、超越民族，这种爱难以苛求于普通人。她的女儿贝尔娜多次目睹因母亲施法救人，哥哥、姐姐离开人世，心生恐惧，当族群里有人病重时，她害怕极了，独自逃走，消失在母亲的视野中，直到在母亲的葬礼上，她才敢出现。

妮浩跳神的时候，空中浓烟滚滚，驯鹿群在额尔古纳河畔站立着。鼓声激昂，可妮浩的双脚却不像过去那么灵活了，她跳着跳着，就会咳嗽一阵。本来她的腰就是弯的，一咳嗽，就更弯了。神裙拖到了林地上，沾满了灰尘。我们不忍心看她祈雨时艰难的样子，于是陆陆续续来到驯鹿群中央。族人谁也没有勇气把祈雨的仪式看完。妮浩跳了一个小时，空中开始出现阴云；又跳了一个小时后，浓云密布；再一个小时过去后，闪电出现了。妮浩停止了舞蹈，她摇晃着走到额尔古纳河畔，提起那两只湿漉漉的啄木鸟，把它们挂到一棵茁壮的松树上。她刚做完这一切，雷声和闪电交替出现，大雨倾盆而下。妮浩在雨中唱起了她生命中的最后一支神歌：额尔古纳河啊／你流到银河去吧／干旱的人间……她没有唱完那支歌，就倒在了雨水中。山火熄了，妮浩走了。她为很多人主持过葬礼、超度过亡灵，却不能为自己送别。她去的地方并不孤单，有她还未亲够、疼够的儿女们，公明宽厚的天神定会赐福他们。

妮浩走了，留给世间一幅巨画，那幅画很有气魄：上部是翻卷着浓云的天空和被烟雾笼罩着的黛绿的青山；中部是跳神的妮浩和环绕着她的驯鹿群，妮浩的脸是模糊的，但她所穿的神衣和神裙却是那么逼真，好像风儿轻轻一吹，那些闪光的金属饰片就会发出响声；画的底部是苍凉的额尔古纳河和垂立在岸边的祈雨的人们。

妮浩用行动兑现了她的诺言：用自己的生命和神赋予的能力保护自

己的氏族，保护我们的家园；让我们的氏族人口兴旺、驯鹿成群，狩猎年年丰收。妮浩在灾难面前是那样的镇定、果断、义无反顾！

至此，我们向大家讲述了《额尔古纳河右岸》的各种各样有关爱的人和事：拉吉米扭曲的爱；伊万既深执又拿得起放得下的爱；小达西与杰芙琳娜间生死相依的爱；尼都萨满的超越生死、抵达永恒的爱；更有妮浩自我牺牲、平视生命的神爱；还有点缀了依芙琳与玛利亚爱之切、恨之深的插曲。关乎爱的话题永无尽头，就像火种，只要有生命的地方就有爱的火光与温暖；爱是生命之水，洗涤着我们的心灵，清洁着我们的灵魂，滋育着人类的文明！让我们懂得爱、珍惜爱、学会爱、践行爱，让爱满家园，爱满人间吧！让我们的生活沐浴着爱的阳光和雨露。

「二、敬畏之心」

万物有灵

鄂温克人和驯鹿同饮一条河，从不把水弄脏，河水永远跟他们的眼睛一样清澈见底，河底的水草也跟他们的睫毛一样茂盛。驯鹿是他们行走搬迁的得力助手，是他们相依为命的伙伴，也是他们生存的最后保障，他们从不随意杀食驯鹿，只有大雪封山的弹尽粮绝的日子，或婚葬祭祀大典时才食用驯鹿。驯鹿吃草时嘴下留情，不肯将一片青草啃光，而是吃一些留一些，即使大雪覆盖了山坡，风一刮草尖就露了出来，驯鹿依然有草吃。

树更是他们敬畏之物，他们禁忌在大树根解手，那样是对树的不敬；大树上刻着“白那查”（神灵的标志），猎人行猎时看到，不仅要敬奉烟酒，还要下枪卸弹下跪叩拜；点火用的柴，都是风干的死树。

他们称火为火神，和玛鲁神一样受人崇敬，营地搬迁有专门的驯鹿驮载“火神”，饭不做，先生好火，猎不打，先给火加柴。火不仅是包容着日光和月华的温暖和光明的实体，还隐含着信念和美好的祝愿。“我”母亲嫁来时，陪嫁是十五头驯鹿和一盆火。“我”嫁人时，母亲已神志不清了，但她依然没忘记从她的火盆里取一团火给“我”。即使母亲不在了，火光也一直伴随着“我”，火不灭信念就在，人就生生不息。火不得轻慢，有一个猎人出去行猎空手而归，因为没打到猎物，心里烦闷，回到营地用斧子乱砍火焰泄气，立马遭到惩罚，他的手烧伤致残。

“我”与丈夫拉吉达一起出猎(一般猎人是忌讳带女人打猎的，“我”的丈夫愿意带“我”)，我们发现了四只还没睁开眼睛的水狗幼仔。水狗仔睁眼睛很慢，大约出生后一个月才睁眼睛呢。我们知道它们的妈妈就在附近，所以没动小水狗。傍晚时，大水狗从河水中游回洞穴，当它露出光亮的头、丈夫要对它下手的时候，被我制止了。我想那四只小水狗还没有见过妈妈，如果它们睁开眼睛，看到的仅仅是山峦、河流和追逐着它们的猎人，一定会伤心的。

放过了它们之后，因婚后三年未孕遭人讥讽的“我”，腹中有了新生命的迹象。我们族群里的伊万行猎时放过两只求饶的狐狸，若干年后他的葬礼上出现两位神秘女子，披麻戴孝为他送终，慰藉他孤寂的丧葬。鄂温克人不仅善待身边的伙伴，还善待身边的一草一木、一山一水，甚而尊重其他一切生命。谁知道谁的前生是什么，后世又转生成什么呢？有人说，人是万物之灵，岂不知生命皆有灵性。在上帝面前生命不分高低贵贱，生命的高低贵贱只是人类自以为是的划分，如果说有贵贱之分的话，那不是生命本身，而是生命包容的灵魂和其彰显的精神。

“我”听爷爷讲过这样一个故事：满月的日子，一轮圆月正吊在希楞柱的上方。他看过月亮，再低头打量那些睡觉的人时，突然发现大家睡得千姿百态的。有的像老虎一样卧着，有的像蛇一样盘着，还有的像蹲仓的熊一样蹲立着。爷爷明白了，人们在月圆的日子显形了，从他们的睡姿上，可以看出他们前世是什么，有的是熊托生的，有的是虎，有的是蛇，还有的是兔子。因此，鄂温克人行猎有禁忌，杀生有仪式，就是捕鱼，他们都很少用网而是用鱼叉，捕猎放过幼子和孕母，如果猎获了堪达罕和熊，一定要祭玛鲁神，还要唱神歌。

每当猎获熊或堪达罕时，就会先祭祀玛鲁神。祭祀时，会在尼都萨满的希楞柱前做一个三角棚，把动物的头取下，挂上去，头要朝着搬迁的方向，唱神歌：你倒下了／就美美地睡吧／吃你的肉的／是那些黑色的乌鸦／我们把你的眼睛／虔诚地放在树间／就像摆放一盏神灯。然后，再把头取下来，连同它的食管、肝和肺奉到希楞柱里玛鲁神的神位前，铺上树条，从右端开始，依次摆上，再苫上皮子，不让人看见它们，好像是让玛鲁神悄悄地享用它们。到了第二天，尼都萨满会把猎物的心脏剖开，取下皮口袋里装着的诸神，用心血涂抹神灵的嘴，再把它们放回去。之后要从猎物身上切下几片肥肉，扔到火上，当它们“吱啦吱啦”地冒油的时候，马上覆盖上卡瓦瓦草，这时带着香味的烟就会弥漫出来，再将装着神像的皮口袋在烟中晃一晃，就像将脏衣服放到清水中搓洗一番，再挂回原处，祭祀仪式就结束了。人们这时就可以分吃它的心肝肺了。

吃熊肉是有很多禁忌的。比如切熊肉的刀，不管多么锋利，他们也要叫它“刻尔根基”，也就是“钝刀”的意思。有一个叫马粪包的人故意挥舞着刀子叫嚷着：“看啊，这刀多么快呀，谁要是不信，揪根头发试试看，一准都能唰地斩断！”吃熊肉的时候，是不能乱扔熊骨的。但马粪包却随意地把啃光的熊骨乱撇，这块扔进火堆里，那块又当石子抛向远方。瓦罗加（酋长）训斥马粪包，说他如果再敢扔熊骨的话，就剁掉他的一只手。马粪包那时正啃着一块骨头，他边啃边放肆地说："我求求你，你要是剁我的手，就把两只都剁掉！没有手，我什么也不用干，你们得把我当玛鲁神一样恭敬着，那多清闲自在啊！"马粪包刚说完这句话，突然"呀——"地怪叫了一声，原来那块熊骨竟然卡进了喉咙，他的脸在瞬间变成了"鬼脸"。他张大着嘴，眼睛暴突着，腮帮的肉哆嗦着，唇角抽搐着，刚才还很红润的脸，顷刻间就青了。他挥舞着胳膊，一句话也讲不出来。瓦罗加把手指伸进他的口腔，抠了几下，没有碰到熊骨，看来它卡得很深。马粪包被憋得"呃呃"地低声叫着，他的额头沁出汗珠，乞求地看着他的族人。直到妮浩萨满施法并付出了女儿的生命才救了他。马粪包从此悔过自新，守规敬神，善待族人。

鄂温克族发祥于拉穆湖，也就是贝加尔湖。有八条大河注入湖中，湖水碧蓝。拉穆湖中生长着许多碧绿的水草，太阳离湖水很近，湖面上终年漂浮着阳光以及粉的和白的荷花。他们的祖先与自然融为一体，视万物皆与我同，尊重善待一切生命，对一草一木、一水一山都怀着敬畏之心。他们有自己的信奉，那就是萨满；萨满是人不是神，过常人的生活，有着人的心灵和情感，可他（她）有先知先觉的能力，一旦跳起神舞，具有神奇的法力，能消除疾病、起死回生、消灾泯祸。萨满就生活在他们中间，神灵也就在他们身边，他们的一言一行都会受到神灵的保佑和监视。为此，他们的内心是敞开的、透明的。这种意念流贯于他们的血脉，浸入他们的灵魂，化为他们自觉的言行：尊敬善待身边的一切，与其和谐相处。敬畏是一个民族的内心的皈依、精神的火光、信仰的基石；一个失却敬畏的民族，就会唯权是拜，唯钱是图，行为失去底线。文学作品是心灵的栖息地，是精神的土壤，"敬畏"是其举足轻重的内涵，也是好作品的重要指标。小说《额尔古纳河右岸》里的鄂温克人敬畏丛生。

初心天籁

“我”的小儿子安道尔十多岁了行事还童稚可笑。他喜欢和驯鹿在一起玩，因为驯鹿夏天走路时踩着露珠，吃东西时身边有花朵和蝴蝶伴着，喝水时能看到水里的游鱼；冬天呢，它们扒开积雪吃苔藓的时候，还能看到埋藏在雪下的红豆，听到小鸟的叫声。他疼爱鹿子，平时喂鹿时喜欢将盐放在手心里，触在它们的嘴边，让它们用舌头舔食。一次他引鹿子去小河边喝水，把盐撒进小河里，他说鹿仔既要吃盐，又要喝水，不如把盐撒在水里，直接让鹿仔去喝盐水不是更好吗？别人告诉他，盐进了水里后，会随着流水而去，可他却不相信。他把口袋里的盐全都撒在水里，看着那些白花花的盐融化了，他低头到河面去舔水，结果尝不到盐的味道，就放声大哭，骂水是个骗子！从那以后，他就不吃鱼了；认定从水里捞出来的食物都是魔鬼，它们进了人的肚子，会把人的肚子咬得像渔网一样，到处是窟窿。

“我”的小孙子安草儿也是一个“愚痴”的孩子，在一个人口多的地方，会遭到其他孩子的耻笑和捉弄。在山中，他的愚痴与周围的环境是和谐的，因为山和水在本质上也是愚痴的。山总是端坐在一个地方，水呢，总是顺流而下。他很安静，你让他做什么，他就做什么，从不哭闹。他跟他的父亲安道尔一样，自幼就喜欢驯鹿，营地如果传来人的欢声笑语，他毫无反应；而如果他听见鹿铃声传来，就会兴奋地跑出希楞柱，迎接它们。他把盐托在掌心中，跪在地上给它们喂食，就像虔诚的教徒叩拜自己尊崇的神灵。“我”做活的时候，他喜欢跟着看。他嘴笨，但手巧，学活学得很快，他六岁时就会给驯鹿挤奶，八九岁就会用恰日克小夹子去捕捉灰鼠。他在干活的时候是那么的快乐，“我”还从未见过像他那么喜欢干活的孩子。

山林里来了放映队，让我们这些从未看过电影的人大开眼界，在小小的幕布上看到了无限的风景。第二天早晨，“我”起来后发现安草儿已经在忙活早饭了，他在煮奶茶。平时我们只煮一壶，可那天他煮开了一壶后，把它倒在桦皮桶里存起来，盖上盖子，又煮了一壶。“我”以为他想多喝点，也就没问。可当他煮第三壶时，“我”觉得有点不对头了，就对他说：“昨晚那些看电影的人已经回去了，我们现在不过是多了一个放映员，再怎么喝，也喝不了三壶啊！”谁知安草儿很认真地对我说：“他们是走了，可昨晚电影上还来了好多人呢，我看男男女女、老老少少的也得一大帮！我刚才去找他们，也没见着，不知他们昨晚都睡在哪里了？等一会儿他们回来了，不也得喝奶茶吗？”安草儿的话让“我”笑了起来，他在“我”的笑声中有些不自在，喃喃地说：“电影上的人都走了吗？他们唱了半宿，没吃饭就走，怎么会有力气呢？”“我”回到希楞柱，把安草儿说的那番话告诉瓦罗加，他也笑了。但笑过之后我们都沉默了，因为辛酸还是涌上了心头。

本来因安草儿的愚痴，大家为他的婚事担忧，但当这笑谈传到相邻的族群时，不料那个族群里有个叫优莲的姑娘愿意嫁他，她认为安草儿的心肠好，心地纯洁，这样的男人是可以依靠一辈子的。不幸的是，那姑娘婚后第二年分娩时，大出血离世了。安草儿却不让埋优莲，他守在她身边，不许送葬的人靠近。几天过去了，虽然那时已是凉爽的秋季，但优莲的尸体还是腐烂了，散发出异味，“我”只好对他说，优莲不是死了，她其实变成了一粒花籽，如果你不把她放进土里，她就不会发芽、生长和开花。他问“我”优莲会开出什么样的花朵呢？“我”说拉穆湖上开满了荷花，而优莲就是其中的一朵。这样，安草儿才同意埋葬了优莲。从那以后，每到春天的时候，安草儿就问，优莲化成了荷花，他会化成什么呢？“我”对他说，你不是荷花旁的一棵草，就是照耀着荷花的一颗星星！安草儿说，他不做星星，要当一棵草，草才能亲着荷花的脸，闻着她身上的香气。

森林被大面积砍伐，频繁地搬迁营地，猎人也无猎可打，驯鹿也吃不到鲜草，鄂温克人陆续搬到山下一个叫布苏的城镇去了。“我”老了，没随他们下山。“我”的生命是神灵给的，应该留在山林里交给神灵；和“我”一起留下来的只有安草儿，其余的都去布苏了。临行前，分选驯鹿，安草儿选中的六七只驯鹿都是年老体弱的，其中有两只还害着严重的咳嗽病，他是个满怀着怜爱之情和悲悯之心的人，怕这样的驯鹿下山活不成命，才留下的。

安草儿生于山林里，长于山林里，从小到大不是和驯鹿为伍，就是跟山川、河流、森林相伴，未曾受到过现代文明的启蒙。他第一次看电影，将幕布上的人当成现实生活中的人，从他的角度看，再自然不过了。他这种举动，当然会遭到懂得电影是怎么回事的人的嘲笑。但他的所想所做我们不仅不笑，还不由肃然起敬。愚痴的举止透出淳朴善良的心，一颗未经尘埃的纯洁的心。安草儿是安道尔的儿子，他遗传了父亲的单纯善良，他清澈如山间的小溪，一尘不染，他心目中的一切都是有生命的、美好的，一只口琴埋在土里，一下雨就会生根发芽，长出悦耳的歌声和清脆的鸟鸣，唯有童心才有如此奇妙的想象和美妙的诗意。

安草儿心地善良温暖，他早起为电影里的人准备早餐，怕他们唱了半夜饿着；族群的人下山奔新生活去了，他留下来陪伴不愿下山的阿帖（奶奶），侍奉老人；他挑选老弱病残的驯鹿留下，怕它们下山不能适应“新生活”，难以活命，他的忠厚仁义亦如山。但他毕竟愚痴，难以适应现代文明高科技生活，难以和精明的现代人为伍；他的拙朴心性适与山水相随，与森林花草合唱，与驯鹿小鸟相悦，与自然和谐。

作家迟子建塑造安草儿这个人物的用意何在呢？或者说作家追忆自然文明、人本初心有何意义呢？她有感于现代物质文明的突飞猛进、自然文明的撂荒与溃散、精神文明相对滞后，人们生活在冰冷的物质夹缝里，内心的压抑和精神的空虚导致过度的物质追逐与享乐。作家既是对当下人的警示，又是对现实的映照和反衬。河水不可倒流，时光不可逆转，时代不可倒退，我们不能生活在追忆的“伤怀之美”里，怎样才能既保持人之初的纯洁与善良心性，又具有现代文明素养呢？这是悬在每一个当代人头顶的问题，也是民族、国家要解决的社会课题，尤其是正在成长中的一代人，要明白这个问题至关重要，这将影响着新一代人的生活状态和生活质量！问题的落脚点在于国家政策的导向、民族精神的焕发、良好社会风气的形成、每个人的自觉追求，达成自然文明与现代文明的融合，构建新的规范、价值观，建立新的次序，物质文明、精神文明与社会文明携手构建心灵与外界和谐的新生活，这才是人类生活的理想状态。

「三、家园何处」

鄂温克部落的第一位大学生

依莲娜是一位鄂温克族姑娘，从小随父母生长在山林，跟外婆学画画。到了上学的年龄，去山下读书，保持着画画的爱好，考上了北京的美术学院，参加了工作。可她的生活并不幸福，究其深层原因还是大山里的生活与城市格格不入，在她心里形成难以相容的矛盾，也就是自然文明与城市文明的冲突。

“我”的外孙女依莲娜，从小喜欢驯鹿，是驯鹿的保护神，只要她在营地，驯鹿从未丢失过；她跟“我”学岩画（“我”用自制的画笔在岩石上画画儿），聪敏伶俐，学得很快。她在岩石上画了一只调皮的驯鹿，歪着脑袋，抬起一条前腿，试探着踢自己颈下的铃铛；驯鹿的角，也是不对称的，一面有七个叉，一面只有三个叉，那么生动。“我”说她画的驯鹿“我”怎么没见过？她说这是神鹿，只有岩石才能长出这样的鹿来。她去激流乡上学时，对图画课格外感兴趣，节假日回到山上，也会带回来一沓她用铅笔画的画。那些铅笔画上面既有人物，也有动物和风景。她画的人物都很风趣，不是歪戴着帽子啃肉骨头，就是斜叼着烟嘴系鞋带；她画的动物，以驯鹿为多；她画的风景，一类以激流乡的房屋和街道为主，另一类则以篝火、河流和山峦为主。她虽然是用铅笔描画的这些画，但是“我”从中仿佛能看到篝火燃烧到旺盛处所焕发着的橘黄的颜色，能看到河水在月夜中发出的亮光。依莲娜在激流乡上完初中后，又去乌启罗夫上了高中。她是从乌启罗夫考入北京一所美术学院的，是这支以放养驯鹿为生的鄂温克部落里走出的第一位大学生。

徘徊于山林和城市

依莲娜从北京的美术学院毕业，到呼和浩特的一家报社做美术编辑。她嫁了个水泥厂的工人，只过了一年就离婚了。后来，她跟刘博文（离异记者）住在一起，他们在一起时常吵架，吵完架，还将自己灌醉。

依莲娜每年都回山里看望亲人。她的画常印在画刊上，带回来让大家看。依莲娜在山里住一两个月，就会心烦意乱，嫌山里跟外界隔绝，太过寂寞，她叫西班（拉吉米的外孙）陪伴她下山去激流乡，只是为了给朋友打个电话。依莲娜喜欢西班，她很少画人物，但她却为西班画了好几幅画。西班在画中不是啃着树皮，就是蹲在营地上为驯鹿笼烟，要么就是在木板上刻着字。依莲娜内心不安稳，在山上待烦了，会背着她的画返回城市；要不了多久，她又会回来。她每次回来时都兴冲冲的，说城市里到处是人流，到处是房屋，到处是车辆，到处是灰尘，实在是无聊。她说回到山上真好，能和驯鹿在一起，晚上睡觉时能看见星星，听到风声，满眼看到的是山峦溪流、花朵飞鸟，实在是太清新了。然而她这样过上不到一个月，又会嫌这里没有酒馆，没有电话，没有电影院，没有书店，她就会酗酒，醉酒后常常冲自己未完成的画发脾气，说它们是垃圾，把画扔进火塘里毁掉。

妮浩祈雨的情景，让依莲娜难以忘怀。她说，在那个瞬间，她看见的是我们鄂温克人一百年的风雨，激荡人心。她一定要把那种情景用画展现出来。她先是用皮毛画来表现，但做到一半的时候，她感到皮毛太轻佻了，还是油彩凝重。于是，她又把画布固定在木板上，开始用画笔蘸着油彩作画。她画得很慢，很动情，常常画着画着就哭出声来。依莲娜的那幅画，一画就是两年。那幅画很有气魄，上部是翻卷着浓云的天空和被烟雾笼罩着的黛绿的青山，中部是跳神的妮浩和环绕着她的驯鹿群。妮浩的脸是模糊的，但她所穿的神衣和神裙却是那么逼真，好像风儿轻轻一吹，那些闪光的金属饰片就会发出响声。画的底部是苍凉的额尔古纳河和垂立在岸边的祈雨的人们。大家以为那幅画完成了，可依莲娜总是说还没完成呢。她似乎很舍不得把那幅画画完，画得很仔细，很精致。直到进入新世纪的那年春天，依莲娜才宣布，她的画完成了。为了庆祝她完成了那幅画，大家特意为她办了一个篝火舞会。依莲娜那天喝了很多酒。虽然她没有跳舞，但因为她走起路来轻飘飘的，也给人一种跳舞的感觉。

她喝过酒，回到希楞柱，抓起一把画笔，摇摇晃晃地朝贝尔茨河走去。她在经过我们身边的时候说，“我洗画笔去了”。从我们营地，到贝尔茨河，不过是五分钟的路程，我们眼看着她走向那条河流。我们议论着依莲娜和她那幅祈雨的画，不知不觉夜深了。依莲娜还没有回来，西班去河边找她。过了一会，西班回来了。他没有找回依莲娜，他拿回了一把画笔，每一支画笔都湿漉漉的，它们被贝尔茨河水冲洗得干干净净的。依莲娜化作了一条鱼，她沿着贝尔茨河，游到我们看不见的远方去了。

鄂温克族的第一位大学生依莲娜，她从小生长在山林里，与驯鹿为伍，以山河森林为家，以蓝天白云为衣……幼小的心灵熏陶了自然文明，成为她不可消泯的生命基因，虽然她读了大学，在城市有了工作，她的身心也被城市文明感染了，这两种文明在她心里无法调和，又未建构起新的精神支柱，因此，她在城市和山林间几度徘徊、几度犹疑，终于辞去城市里的工作，驻足大山里；而山林的天地越来越萎缩，已看到不远处的尽头，她用漫长的时间画完妮浩萨满殉道的油画，投身到清流的怀抱中长眠。从依莲娜身上昭示出“过度代”内心的纠结与矛盾：自然文明与城市文明的格格不入，内心的矛盾日益激化，以致香消玉殒。比依莲娜小几岁的弟弟妹妹们，山林的生活未给他们的心灵留下痕迹，他们的意识中没有自然文明伦理，举止行为和生活态度不像依莲娜那么纠结，反倒轻松自由了。她的妹妹索玛讨厌上学，十四岁就向母亲宣布不是处女了。沙合力也讨厌上学，酗酒后，砸商店的玻璃、破坏学校的桌椅、扎乡政府汽车的轮胎，他不仅越出了伦理道德底线，还触犯了法律，成为派出所的常客。帕日格向往城市生活，梦想凭自己的舞蹈进入表演团队，但他的舞蹈完全丢弃了民族的精髓，走形变味，只是迎合世俗喜好、获取商业认可。这些意味着这个民族原有的魂魄消失了，支撑民族的精神支柱倾倒了，使其失去了向上的力量，走下坡路在所难免。这就有待构建新的价值观和伦理规范，重铸民族的精神与魂魄！

山林原本没路的时候，人们会迷路；路纵横交错了，人们也会迷路，因为不知道该往哪里去了。随着山林进一步开发，运木材的路到处都是，山民们却不知走哪条路了。伐木声声，森林面积越来越小了，山林的生态严重破坏，驯鹿觅食需频繁转换营地；山民们狩猎越来越艰难，往往空手而归。下山吧，驯鹿失去了生存的环境，山民们狩猎的技艺也失去用武之地，这个以喂养驯鹿和狩猎为生的民族失去了生存的依托！山上无以生存了，他们还是无可奈何地走下山去，走向更远的城市布苏，寻找新的生活，开辟新的家园，祝福他们！

美丑相撞的火光照亮内心世界

——迟子建小说《一匹马两个人》中人物小析

我喜欢迟子建，不仅是因为她是鲁迅文学奖唯一一位三度获奖的得主，更因为她是一位有定力、有灵魂、把写作当作自己生命存在方式的作家。我喜欢迟子建作品早期的纯净本色，更喜欢她近期的浑然厚实，从纯净到浑厚的转变是一个潜在的过程，而她痛失夫君半年之后的第一篇作品《一匹马两个人》就质朴浑厚而言是一个明显的飞跃，尤其是在表现人性美丑的方面，达到她前所未有的深度。

短篇小说《一匹马两个人》的内容：两个小伙子同时爱上一个村姑，这个村姑也都喜欢他们，她最终“选择了他这个穷得三十多岁还没说上媳妇的光棍汉”，割舍了那个相对富足又会手艺的王木匠。王木匠在以后的岁月里，即使娶妻生子、村姑变成了老太婆，他都难以忘怀。他暗中关注着她，关注着她爱的人，关注着她爱的马。怕影响她的生活，他想念她的时候就夜晚潜近她的院落，听听她泼水的声音；她家有了变故（她的独生子因两起强奸罪服刑 29 年，一起是讹诈他的邻居，另一起是侮辱他的裁缝，这致使她的晚景很凄凉，老两口和一匹马奔波劳顿于 20 里外的二道河子那片土地活命），他也不敢当面安慰，只是捕了鱼在夜黑人静的时候扔进她家院里。在迟子建这篇一万两千多字的短篇小说里，值得探究的东西很多，如爱情、人性与兽性、苍凉、风格转变等等，我这篇短文要谈的是人性美丑在碰撞中如何昭显灵魂。就这个话题我想从以下三个方面来谈。

先来看王木匠。他对舍他嫁人的村姑不是怨恨，而是更加执着深沉的爱。岁月沧桑，村姑已成了老太婆，在去麦田的路上意外丢了命，他给她送葬，为了不使她老头子难堪，还用捕鱼作幌子，悄悄将泪洒尽河里。他给她的老头子送葬，将“情敌”安葬在自己钟爱一生的人身边。他将她的马放了生，保全了马的尸首，将马埋在他们夫妇身边……王木匠的爱闪耀着人性的光辉，已超出世俗的两性之爱、亲情之爱、友情之爱，是一种博大的胸襟之爱，是人间最可贵的爱，是爱的理想！

其次看看村姑。在倾慕她的两个小伙子中，她舍弃了相对富裕又会木工（在农村是非常吃香的一门手艺）的小王，而“选择了他这个穷得三十多岁还没说上媳妇的光棍汉”。她的这种爱亦超出了世俗的男女情爱，闪耀着善的光芒。

最后看村姑选中的“穷光棍”。他对村姑的爱始终如一，深入骨髓，可谓生死相依。一旦失去老伴就失魂落魄，失去重心。拖着载着已咽气的老伴的马车，他从晨光里一直赶到黄昏，在去二道河子的路上反反复复，看似荒唐，实际是为失去老伴而痛心。我们看这样一段文字：“到了那天，老头穿得整整齐齐的，他还特意把木梳蘸了水，将仅存的几绺白发梳得格外光顺。他向饭庄走去的时候有些害羞，又有些激动，就像他第一次去柳树林赴老婆子的约会似的。他终于在一个暗淡的屋子里见到了老婆子的画像，它真的有门那么大，浓重的油彩新鲜欲滴，老婆子笑眯眯地披着一块彩色披肩望着他，她的背后是一望无际的丰收了的麦田，在麦田上，影影绰绰可见一个男人和一匹马的形象。……老头抱着这画回家的时候，哭了一路，仿佛是他的老婆子丢了，他终于又把她找了回来一样满怀喜悦。他的泪水溅到画上，那画就显得更加生动，仿佛是老婆子刚刚从河边沐浴归来似的。”老头子这种始终保持着爱的痴心在情感贫血的当今社会实属不易。但老头子的爱还是有些狭隘的，他们的婚礼上王木匠喝醉了，他耿耿于怀；“王木匠抱着老太婆的头下葬”他也妒忌，还怀疑王木匠来帮他是老太婆的魂灵勾引，老太婆对他不忠。由此看来，爱之博狭、灵魂之层次就清晰了。

说到丑，首先要谈的就是小说中的薛敏。她蛮不讲理，老头子家的鸡吃了她家的菠菜，“老头说赔她家钱她不答应，说是把那些惹祸的鸡给她，她也不答应，她非要让她家的菜地一夜之间长出和原来一样的菠菜，这实在是刁难人。”正巧，她碰上了心灵比她更丑陋的人——老头子的儿子。

“老头的儿子也不含糊，他当夜闯到薛敏家，把她给强奸了。”薛敏还是一个心理灰暗的人，没有荣辱是非观。看她被老头子的儿子强奸后的一段心理活动就明白：“她恨丈夫不念夫妻情分抛弃了她，恨老头老太婆养了那么个孽障儿子，恨女儿不该出去叫人，恨胡裁缝不该报案，她可以忍下这羞辱，做得什么事情都没发生似的。那样，她还是一个良家妇女的形象。”她的内心世界就是这么一个污泥坑。刚才说到老头的儿子，他不仅丑陋，还可以说是阴暗。“她蛮不讲理，强奸她活该！”“她不是不做脏裤子么，我让她亲自穿脏裤子！”这分别是他先后强奸刁难他家人的薛敏和侮辱他的胡裁缝的心理动机。他这种以丑对丑的阴暗心理直接导致了他的犯罪行为，不仅毁了别人的幸福（好脸面的胡裁缝还自杀了），也毁了自己的一生，连给父母行孝送终的机会也丢掉了，致使两位老人的晚年无比凄凉。

美的事物和丑的事物放在一起，美丑愈加分明；人也一样，心灵美丽的人和心灵丑陋的人相遇，其灵魂品质高下就昭然若揭了。前文提到了薛敏的蛮横和灰淡，我们再来进一步走进她的内心世界：薛敏很高兴老头和老太婆死在了收割之前。在她看来，这片丰收了的麦子毫无疑问应该归她所有——“她想卖了麦子后，她要进城给自己买件古蓝色的软缎棉袄，给印花买一条呢子裤子，然后把余下的钱存起来。”薛敏想不劳而获又如此的贪婪！

“薛敏见老马倒下了，就唱起了歌。她的歌声刚落下，鸟飞来了，它们也唱起了歌。印花问母亲，要不要把这老马宰了，反正它也是个死，看着它流血的样子，实在是可怜。薛敏说：‘它休想死得痛快，他们家欠我们的太多了。’”这里我们看到薛敏内心的另一面：歹毒和残忍。

当她得知自己的女儿被蒙面人强奸后说：“这件事，你就当没有发生过，跟谁也不许说。”薛敏拍着腿大哭着说：“就当是鬼把你给强奸了。”这里可看出她的内心世界是一口污泥潭，没有任何荣辱标尺。

王木匠又来二道河子了，以捕鱼为借口。以前至少来过两次，一次是为了安葬他钟爱一生的未能聚首的老太婆，还有一次是安葬老太婆的丈夫——他的情敌，这次是为安葬他们的爱物——老马来的。在薛敏母女正打算将老马扒皮吃肉之际，王木匠赶到了，劝阻说：“你要了他们的麦子也就算了吧，这马是他们最稀罕的牲畜，不如囫囵个地还给他们。”薛敏怕因小失大，做了妥协。王木匠挖了个坑，把老马埋葬在老头、老太婆身旁。

以恶对恶的蒙面人、贪婪残忍的薛敏和胸怀博大富有人性之美的王木匠在二道河子相遇了，碰撞出耀眼的火光，照耀出丑陋者最隐秘处的鬼胎，也映衬得美丽者的灵魂更加辉煌。

当然，我心中不是没有存疑，依薛敏贪婪的秉性以及一贯因小失大的行为，这次她赦免老马的可能性很小，这也许是作者“温情”对恶的局限。行文至此，我又读了一遍《一匹马两个人》，感觉我这样条分缕析的评说将小说中的人物制成标本了，其实小说中的人物具有丰富性、复杂性和深刻性，是活生生的人，限于本文的话题，这里就不多说了。

架起文学彩虹

——略谈小说《解密》的雅俗共赏

古今中外多少文学志士默默探寻，苦苦追求：缩短阳春白雪与下里巴人的距离，架接其间的沟壑，他们大都望天踏地，悻悻叹息，鲜有人完成夙愿；十年磨一剑的麦家创作了《解密》，架起了这道天堑的彩虹，至少打通了纯文学与通俗文学的森严壁垒。

《解密》有着扣人心弦、引人入胜的故事。数学天才容金珍神出鬼没，他的真正身份是中国绝密组织 701 部队的年轻破译精英，他面临的难题是如何破译前任教授遗留下来的密码：紫密。因工作性质，他只能一人攻坚，智力和非智力都经受严酷的考验，他在可怕的精神危机中坚持下来，梦中得到俄国化学大师门捷列夫的启示，终于破解了紫密。与此同时出现了新的对手——紫密的邪恶同伙黑密，容金珍再次进入孤军奋战状态，又因研究笔记失盗，精神几欲陷入崩溃……其间，他遇到了破译第二次世界大战日本密码的英雄斯诺登，看着他沦落为无所事事、以下棋为乐的疯子，这是否预示着容金珍的人生结局？小说叙述疑雾丛生，跌宕起伏，惊心动魄，欲罢不能。其中，我们不难辨识中国民间传奇、灵异志怪小说的元素，詹姆斯式心理推理小说的精髓，麦家继承化地运用了中外通俗文学技巧，创作出中国悬疑小说。

麦家说他力求写好故事，这只是小说的外壳，其核心还是关注人。有人说麦家是当代作家的一个“奇迹”，以他作品受众之广泛，尤其是改编为影视剧后的影响力来看，《解密》可以说是“日用品”；而以他小说的品质和风格来看，又是“奢侈品”，他把重要的主题放在中国经验里拓展、创造，极大丰富了读者对人的认识、理解和想象。

笔者是这样理解的：首先是关注人在特定境遇下的内心世界。因工作特殊性，环境幽闭，扭曲了人物的心灵，人性得以多侧面地折射，其丰富性和幽微处得到充分展现，洞开一片奇异的天地，给人以陌生感，这赋予了小说原创性的品质。其次是关注人生。无论容金珍或斯诺登都只得孤军奋战，其博弈与坚守都是为了各自的国家，他们只不过是一枚硬币的两面，不管胜负，其人生结局都是一派苍凉，作者对人生的透视入骨及髓，有着老庄的况味。再者就是关注人的命运。那是环境际遇与梦想的较量，偶然性与必然性的思考已上升到哲理层面。由此可略知麦家的雄心与《解密》内涵的丰富。

《解密》玄机环生的故事中包含着丰富的意蕴，读来又爱不释手，且有“横看成岭侧成峰”的意趣，消泯了“雅”与“俗”的分野，不同读者可以各得其所，这不仅在国内为纯文学赢得了广泛的读者，也漂洋过海，受到了世界读者的青睐。

柳粉香之仙遭遇鬼

——走进毕飞宇《玉米》中的柳粉香

柳粉香在毕飞宇《玉米》这部小说中的分量，远没有玉米、王连方占的比重大。这两个人物在作家恣意酣畅的笔墨下，饱满丰盈，呼之欲出。相比之下，作者对柳粉香就有些惜墨如金了。我喜欢柳粉香这个人物，是因为她身上蕴含的审美信息与人性的内涵比玉米丰富得多；再者柳粉香身上洋溢着“仙气”，而玉米身上散发着“鬼气”。

柳粉香在小说里一正式出场，就怀着身孕嫁给王家庄的王有庆了，还传说连她自己也不知道怀着谁的孩子。在这之前，她人有魅力，音色好又能唱，或许别的什么原因，总之她成了宣传队的报幕员（即主持人），十里八乡数她最风光，她的名声比她的声音还高，她的梦比她的歌声还动人。少女的梦里阳光灿烂，她却处处遭遇“鬼”！这使未婚先孕的柳粉香身败名裂，她的婚姻比提速的列车还快，一闪就成“有庆家的”了。她明明知道女人就嫁人这么一次改变命运的机会，为什么还这么潦草地把自己打发了呢？她这样心智的女人难道不懂得保全自己？像玉米那样“保住最后一道关口”？这是她的坦然、率真、心性使然！她明知免遭闪婚的策略——流产，但她偏不那样做，这是她对母性和对生命的敬畏使然（孩子被婆婆害流产了）。

柳粉香出嫁前多么媚人，我们无缘一睹其风采了，只有凭借她出嫁前的名声和出嫁后的影响力来想象了。柳粉香一嫁给王有庆就成了王家庄妇女的偶像，她的举手投足、一颦一笑都被全村妇女效仿，连玉米这样心高气昂的人尖子也感到她的劲道，对她恨之入骨；男人们嘴上作践她，心里恨不能一口吞了，一和她说话连腔调都变了。手持王家庄重权的王连方在她面前也难免露出丑态，像死心塌地的驴一样，整天围着她这盘磨转，由此柳粉香的魅力可见一斑。

柳粉香不仅魅力倾倒八邻，她的坦诚率真更是震惊四座。她样样拿得起放得下，就说跟王连方来往吧，两人站在街上说话，事事做在明处，不像别的女人那样扭捏遮掩，就连在床上也洋溢着主动的热忱，她敢于“带着身子”出嫁而不堕胎，这在 20 世纪 70 年代的乡村，是何等的坦诚与勇毅！不置身其中难以体会。她确认怀了王连方的孩子又决计生下来（丈夫有庆没有生育能力），她给丈夫准备了蛋炒饭，同时准备了木棒，凛然如实相告；她觉察丈夫容不下孩子时，决然悬己于梁上，何等的刚烈！

柳粉香的坦诚率真衍生出她的与人为善，不计个人恩怨地与人为善，即使像玉米那样对她恨之入骨的人，依然与之为善。她以惨重的代价换来的人生经验也毫不保留地告诉玉米：女子只有嫁人这一次机会，并赠送她自己的演出服去赢得心上人。如果说柳粉香这次赠衣是讨好玉米，那后来王连方“倒了”，玉米的那个人“飞了”，玉米的两个妹妹遭到非人的淫辱，玉米家遭受灭顶的打击，她给予玉米真诚的怜惜与抚慰，并为其保守秘密（被飞行员退婚），使玉米得以支撑种种压力渡过难关，这又作何解释呢？真正的善良出于心性，与个人恩怨无关。

柳粉香就是这样美丽、坦诚、善良，可谓女中之仙。

王连方倒台之前，在王家庄，玉米绝对是人尖子，这不仅因为她长得漂亮、她老爸握着村政大权、她拥有天上飞的“那个人”，更重要的是她的城府，她用心机制服了村上与她父亲有染的女人（柳粉香除外）。柳粉香和玉米在王家庄的地位有着天壤之别，她们一交手却不分胜负，柳粉香就这么“劲道”。

柳粉香“带着身子”嫁给寡母孤儿的王有庆，已摒弃了缤纷的梦想，有着铅华落尽、返璞归真的况味，想着本分地做个农妇，顺顺利利地生下肚子里的小生命，做个辛苦而快乐的母亲。不想遇到婆婆这个人，婆婆连一身嫁衣都没费就娶了柳粉香这样的美人作媳妇，捡了大便宜，可她不能容忍柳粉香的孩子出生，蓄意将柳粉香推下桥，致使她腹中的小生命无缘见天日。柳粉香遭此劫难依然坚持要怀上有庆的孩子，可王有庆却天生“没有种”，连她如此卑微的愿望也被扼杀了。

弱势女子柳粉香的媚色遭遇权重一村的王连方的确是迟早的事。柳粉香想过一个村妇最基本的日子而不得，心灰意冷之际，王连方的出现，有几分上天的眷顾，不过王连方也不是什么好人，他倒台后准备外出时，还没忘找柳粉香“疏通疏通”，这时柳粉香已怀着他的孩子，淫心未遂的他竟然耍无赖，在柳粉香的床上号了一场《智斗》来羞辱她，那些好日子真是喂狗了！

柳粉香和玉米都美丽、聪慧、要强，具有追逐好日子的梦想，最终都遭到“闪婚”的悲剧，而悲剧的内在性殊异。玉米生长在权力家庭（尽管是个村官），她早熟的心机使得她城府颇深，这不仅体现在辖制她的妹妹们上，还表现在她制服村里与父亲有染的女人，更表现在她的婚姻追求上——非权不嫁。相比之下，柳粉香追求的“好日子”就质朴灵动多了，她的目标可上可下，为了好日子，她献出女儿身，为着庸常的农妇生活敢于拼命，行事坦然且真诚。

玉米身上凝聚着权力的色彩，蕴含着城府很深的“鬼气”；柳粉香闪耀着真善美的荣辉和出自本真的性情，就我个人的偏爱而言，更喜欢柳粉香这个人物。

诡谲的命运与丰饶的心灵

——读格非的长篇小说《望春风》

时间的河流无休止地东逝，或悄无声息地静水深流，或在弯道处掀起狂涛巨澜，挟裹的生命（人）如水滴，须臾便成为永恒，一轮波浪的涣散便定格一代人的命运，人在命运的河流里泛起绚烂的心灵浪花。这是我读了格非《望春风》的首要感触。小说当然不止这些，其容量更为丰厚、浩瀚：历史的河流冲荡了乡村的土地、文化伦理及其悠远的诗韵，荡起尘霾般的欲望；水流将原有的存在一扫而光，新的拦水坝尚未筑起，呈现一片漫流浩茫的图景，更甭说匠心独具的技艺了。这里选择感触较深的两点来表述。

诡谲的命运

个体生命相对于历史河流无异于水滴，洪流不可抗拒更不可脱离，顺势合流才不会被甩出河道，方有兴风作浪的可能，不然其结局昭然若揭。赵孟舒就是被历史河流的拐点甩出的水珠（他也是决绝拒绝合流的一滴水珠，“他的脚绝不踏上新社会的土地”），飞落的一瞬间是如此的透明晶莹。他是儒里赵村方圆赵姓家族的头户人家，根脉渊源，儒雅纯净，气度高贵，但历史偏偏跟他开了个不大幽默的玩笑，大儿子被挟裹去了台湾，二儿子抛尸淮海战场，女儿因他“受祸”成为地主而远嫁不归，他守着古琴“碧琦台”躲进小楼度黄昏；还好，有从南京随他来的妓女王曼卿琴瑟陪伴，有受他“帮扶”长大成人的村支书赵德正的庇护，“新社会”的头几年还算平安。时代的风雨越来越紧锣密鼓，七十多岁的赵孟舒在万人批斗大会上站了三个多小时，屎以不可控性拉在裤子里，儒雅清洁的赵老爷子不胜其辱，从容地洗干净自己，酒足饭饱后“自绝于人民”，终遂了“有死而已”。为他送行的除了乡邻亲友，还有：一袭缟素的王曼卿；一架古琴“碧琦台”；一曲《杜鹃血》！

赵孟舒的同辈人赵锡光就不一样了，他识得天象，在时代更迭前夕不失时机地将田产和店铺“便宜”转卖给“唯一的知音”赵孟舒，落得个富农“平安无事”。他人称“刀笔”，时常旋摸着下刀（嫁祸于赵孟舒后宰了唐文宽一刀），另有两大癖好：抽大烟和吃奶（龙英如奶儿子一样喂养他），最恨外乡人唐文宽，是因为赵孟舒离世后，曼妙性感的王曼卿落入了唐的怀抱，还是村学教师没推举他而推举了唐？总之，他在深深的怨毒与无奈中死去。

与赵孟舒的“决绝”相比，赵锡光不仅钻了“新社会”的空子，还愿意参与“新社会”教书（未能遂愿）。二赵同是文化人，两相比照，人品高下不言自明。他们的离世也意味着旧时代的文化走向末路。

“儒里赵村”中新社会的中坚力量要数赵德正、高定邦、高定国、梅芳一班人了。孤儿赵德正原本是在赵孟舒“帮扶”下长大成人的轿夫，却被时代推上村里的当家人位置，他用自己的羽翼尽力庇护三个人：对孤儿赵伯渝不遗余力地呵护与引领，使其健康长大成人；对地主赵孟舒网开一面地包容，尽其所能为其遮风挡雨，减轻时代对他的肆虐；如果说他对这两个人的保护是出于报恩的话（德正与媳妇是赵伯渝的父亲撮合的），那他为外乡人唐文宽隐瞒罪孽、承担罪责以至于忧虑成疾，就是出于悲悯的情怀与担当。

他胸怀三大心愿：一是为村里建一所小学，他将上面批给他的建房的木料赔上，死缠软磨乡长，村里的孩子终于不用出村读书了。再就是平山造田，民以食为天，土地历来就是人们的命根子。无心插柳柳成荫，赵德正因改山为田造福乡里有功，作为先进典型被提拔为乡副书记，进而取代涉嫌腐败的郝书记，无奈他不热心“政事”，依然待在村里做农民。刁诡的是，像他被推为“当家人”一样不可预知和掌控，一夜间他成了强奸犯，被赤身裸体绑着游街，因查无实据，最后以不执行政策为由开除了他的所有职务，最终积劳成疾中年而逝。他的第三个心愿是什么呢？不得而知（他自己戏言是死），随着他的离世沉埋湮灭了，我们只能循着他的前两个心愿去推测猜想。

高定邦接替了赵德正的村支书职务，也延续了他的集体主义精神。当初他就与其弟弟高定国分道扬镳，鼎力支持赵德正，平山造田才得以顺利完成，在德正身遭陷害危难之际，他大义凛然，面对帮凶虎啸断喝：“打死人我偿命，天塌下来我一人顶着！”这与德正庇护唐文宽时所言何其相似！（德正言：“要是鼓了包，漏了水，责任由我一个人承担！”）再就是固执不识时务地要在德正造的新田上挖渠引水灌溉（当时农民都忙着打工，田地已经荒芜），起初还有三两个妇女跟着他干活，后来只剩他一个孤家寡人，直到累得吐血病倒（新星人物赵礼平成全了他的挖渠心愿，却无所用），此后他辞去村支书的职务，挑着炊具到处给人做菜维持生计。

这代人的精神余绪终结在梅芳身上。梅芳懵懂的青春正值于激情澎湃的岁月，作为村妇女主任的她不经意丢弃了痴爱她的未婚夫朱平虎，跟大队会计高定国走到一起。她争强好胜，常挑赵德正的刺，因有所顾忌放不下身段（未遂郝乡长之愿），终归觉悟道：“我以为沐浴在时代的光辉里，其实一直生活在耻辱之中，还不如一条狗。”遂辞去职务离开了高定国，收养了幼小的孤儿并供他念大学直至出国，她不愿拖累养子以扫大街自食其力。当龙英的孙子因工死亡，儿子找老板讨个说法又遭摧残，全家沉冤哭天无泪，梅芳以弱寡之身手举菜刀，带领老幼冲进工厂为龙英家讨公道，此举“是儒里赵村最后一次以集体的名义共赴急难”，获得赔偿后，龙英在谢宾宴上连祸首老板赵礼平都请到了，唯独漏掉了梅芳，世道人心的冷暖已令人不寒而栗。

还有梅芳曾经的未婚夫朱平虎，当年把持“水龙”奋不顾身、出生入死的救火英雄，气概何其英武，赢得妙龄少女蒋维真的芳心，非他不嫁，英雄美人筑起坚固的“纯洁堡垒”令众人敬慕；但是，自从妻子维真被老板带着天南地北“开拓业务”，就只剩下他一人以酒精麻醉度日。由此看来，与其说人的性格决定命运，倒不如说人的命运紧跟时代的节拍，或者说历史的鞭子劲抽着命运的脚步，急不可择地随着历史的意志往前赶。任何事情都有“例外”，高定国就是个识时务、顺势应变的人（或者说投机无所顾忌的人，他是陷害赵德正的帮凶），随着时代的节拍步步升迁，从大队会计到乡武装部长以至刑警大队长，自然沦为权与钱的牙爪。

如果说时代是一部书，属于赵德正那辈人的一页已经翻过去，新的一页正日新月异地展开来，赵礼平们（既能把游戏变成阴谋，又能把阴谋变成游戏的人）不失时机地登上时代的舞台。这代人不论是价值观还是人生理念都彻底颠覆了上辈人的“精神伦理”，他们自有“全新”的价值标准和生活态度，其“成功”倚仗于无所忌惮和生活中的小聪明。赵礼平原本是学木匠的，因要流氓被逐出师门，无奈之下子承父业给猪配种，竟能“配”得花样翻出，当上乡兽医站的站长，他瞅准时机，辞去公职回村办厂。只要能攫取金钱，他无所顾忌，用污水漫灌村庄以达到驱逐乡亲占据土地的目的。随着财富的堆积，他的肉欲也无限膨胀，其兴趣是攻克“纯洁的堡垒”，女人比内裤换得还勤；黑白通吃，别说村长，就连乡长也笑着跟他说话。这显示出资本在这个时代的魔力，所向披靡，无往不胜。“新社会”建立起来的精神伦理悄无声息地漫漶，新的伦理秩序还有待构建。

赵伯渝说：“人生就是一场演出，每个人都有下场的时候；不论你是犬羊之形，还是虎豹之身，不管你是蒲柳之姿，还是松柏之质，都有凋落收场的一天。”沈祖英说：“每个人都在奔自己的前程，也在奔自己的死亡。”唐文宽说：“日夜像刀剑追赶着你我走向终点，一旦归于尘土再没有人记得我们存在过。”梅芳说：“他们对命运的述说囿于历史的轨迹，烙着本人身世的印痕，弥漫着悲悼的情绪，人世真是这么哀伤吗？又是那么诱人！”世事（命运）变幻，神鬼不测，谁能说得清呢？

丰饶的心灵

人的心灵是一处理论尚未照亮、逻辑未能覆盖的深幽园林，园林里茂密地生长着花草树木，春风荡漾，草长莺飞，花姿绚丽多彩。

“其实王曼卿的身体，本身就是一座巨大的花园。”南京妓女王曼卿跟随落时的赵孟舒回乡从良，孟舒蒙辱离世，她得了“人人配”的雅号，“她的美貌和风韵在各种或真实或虚幻的传说中，被勾兑成一杯琥珀色的美酒，从中看到的不光是她的姿容，还有自己隐秘的欲望”，她那嫣然一笑里掩埋了几多少年缤纷的忧伤，更别说村上的成年男子了。时代变迁，王曼卿重返都市再显风光已不可能了，儒里赵村里她扒拉了数遍，也再找不到赵孟舒那样的男人，肚子里有点墨水的赵锡光卑劣且龌龊，哪里入她的法眼，其余再没有通识文墨的人，她只好委身有些来头的外乡人唐文宽，他虽臂残，到底在北京念过大学，英语说得那么流利就知其文墨之深。

但唐却是一个同性恋者，因此以她的心性不可能“守身如玉”，退而求其次，与村里的干部蔓生瓜葛。其实她并非人尽可夫，赵孟舒一去世，忠实的朱金顺就跪着向她求婚，遭到她的严词拒绝，“薰莸不同器，主仆不相交”。赵礼平听了小伙伴“天崩地裂，宇宙爆炸”的狂喜，满嘴的揶揄之词之余，心里却急不可耐，跪着求“可怜”，却遭遇王曼卿的棒喝，并将其留下的钱原数退还。

她一袭缟素、一架“碧琦台”、一曲《杜鹃血》，送行遭辱愤然离世的知音赵孟舒——一颗清洁的灵魂；她对唐文宽诱骗陷害赵德正的行为持否定态度，劝阻未果，将赵德正被扒下的衣裳浆洗干净，折叠板正托人送还，这寄托了她满满的愧歉与敬重，显示了对唐的鄙夷，也是她最终离开唐的原因。人心灵的丰富与干瘪、清洁与龌龊、高远与低劣跟披挂的身份、名誉、财富有什么关系呢？关系又是怎样的呢？在混乱的时代，尤其值得我们省思！

狂热的时代、单纯的青春铸成章珠大半生心灵的撕裂与忏悔。她的婚姻破裂（撇下她刚满周岁的儿子），有人说是因为她前夫拈花惹草，还有人说她投机革命，为了进城做官太太享福，其实是她的领导将她当作礼物送给“老上级”，加之一个神经错乱的姑娘所产生的误会而促成的，待她明白过来时木已成舟。

随着时代的风雨鼓点加剧，她前夫曾经参与过特务组织的隐情，如“饲养在心中的毒蛇，让她陷入了持续的失眠之中，经过五天夜不成寐的煎熬，她确信，如果不把那条盘踞在心中喝她血、吃她肉的毒蛇弄出去，她很快就会发疯”。她向组织递交了检举信，长吁出一口气，如释重负，只轻松了片刻，“一种更为凶猛的锐痛顷刻间刺穿了她的心脏”。检举的后果必然是前夫被捕，她年幼的儿子成为真正的孤儿，她的痛悔无处诉说，只能往纸上倾诉，信写好了又无处可投寄，存了几百封，装了满满一箱子。她“一生活在白天与夜晚一刻不停的撕裂与搏斗中”，作为首长的夫人、一名为解放全人类而斗争的共产党员，她有义务、有责任挖出潜藏在暗处的“特务”，更何况知情不报一律同罪，她必须检举；但作为母亲，亲手将自己的儿子陷进孤苦伶仃的苦难境地，那种“锐痛”却永远难以释怀。

赵同彬是《望春风》中的理想人物，少年就跟将游戏玩成阴谋的赵礼平绝交，后来救治、安置春琴时都秉承着“仁义”二字，但就心智而言，还有一个成长的过程。不说他与王曼卿的勾连，就单说“两个莉莉的选择”由母亲定夺就幼稚可笑，尤其是他发现了妻子“莉莉”与班主任的感情纠葛，怀揣板砖找到妻子的班主任，话不投机便用板砖伤人，实为意气用事。这种行为的背后是他对人的情感、人性的浅薄与无知。经受了刑事惩罚邂逅另一个“莉莉”，旧情复燃“脱轨一程”，渐渐省悟人心灵的丰富，琢磨“如果没有激情，人活在世上不过是行尸走肉，而激情总是危险的，阴暗的”，有悖常伦，然“君子之过，如日月之食。倏忽复明，人皆仰之”。最后陪妻子给病逝的班主任吊唁，并“恭恭敬敬地给死者鞠了三个躬”。赵同彬的这一举动应有掌声，由“板砖”到“鞠躬”的过程，显示了他的心智如秋天的原野，丰厚成熟了。

人的善恶心性除了天生的禀赋之外，跟其所处的环境密切相关，人一时的恶行或善举多由处境所决定。由此说来，“人无完人”是切合实情的，也因其“无完”才如此丰富多彩，魅力无穷。

留守妇女的心灵史

——读王华的长篇小说《花村》

如果说《花河》是长镜头，意在透视刁诡的历史下（女）人们多舛的命运，以及（女）人们在特殊境遇下摇曳的人性；那么《花村》就是聚焦当下原本窘迫的山乡生活陷入更为举步维艰的境地，希冀破灭的焦虑、道德伦理的漫漶、心灵的迷乱、灵与肉的撕搏，铺排成了艰苦卓绝的心灵搏击场。山村农民，尤其是留守妇女，她们在极度的生存和心灵困境下，绽放出生命的毒蘑菇抑或瑰丽的花朵。罪与罚同在，她们自发探寻救赎途径。贯穿这两部小说的文脉是历史（现实）理性的审视和人的体恤、悲悯，也不乏含泪的笑。

一、经济时代背景下，农村女子的愿景与困境

随着时代发展，城市扩建，用工需求增大，似乎进城市的门槛降低了，之前的围墙撤去了，这对千百年匍匐在土地上的农民来说是意外的惊喜，大量的农村青壮年男性心怀梦想迫不及待地扑向标志着现代科技成果的城市，城市就不可遏止地“肥胖”起来。对于身无长计、老实巴交的农民，城市是福地还是黑洞？有形的门槛和围墙降低或撤去了，而无形的围墙如绊脚索，城市的马路宽阔纵横，哪一条能走向梦想的福地而不迷失？花村进城的民工们，境况是怎样的呢？就叫上名的来说，只有李小飞入赘寡妇家落稳脚跟，李小勇、李小敢两兄弟因讨工钱跟踪工

头被打伤，等开发为讨工钱将生命赌进去，张久久两手空空落一身梅毒，另外还有木子的男朋友冯曲、风儿的男朋友王海，两人都死于非命。他们满怀希望离开土地来到城市的角角落落，他们丢进城市的是健康、青春和生命，身心俱伤却仍然固执地留在城市。家还回得去吗？他们是个例还是进城农民工的缩影？

青壮男子进城了，守候在土地上的女子生活状况如何呢？她们的肩头挑着几座山？起初她们喜洋洋地送丈夫进城，心里埋下新生活的种子，扛起男人撂下的粗重农活：犁锄、收种、肩挑、脊背、课幼奉老；她们付出辛勤的血汗，天旱收获一坡柴火，天涝收获一坡泥沙；她们承受病疫的侵袭，得不到及时救治，钩体虫病疫一挥手就招去了年轻美丽的生命，侥幸捞出小命的栀子、百合，她们内心的惊恐比病疫更甚。天灾难躲，人祸更不轻饶：作为山村女子，对生活的热望，对未来的希冀，除了死命地劳作，或许只有多生一个娃了，映山红为此历经身体的折磨、尊严的践踏，因交不上罚款落了个墙倒屋塌、破家荡产的下场。承包土地的农民却没有自主种口粮的权利：旺生生的麦苗被乡长强制割了种烟叶；烟叶种出来了压级压价，李四爷的一背篓烟叶只卖四块钱，张大河愤而将一年的烟叶付之一炬；烟叶种不下去了，乡长又来拔掉庄稼、烟草来种茶……除了城市中的现代文明成果，这也是青壮男子义无反顾地离开土地、奔赴城市的一个原因吧！

地域环境的制约和历史遗留的因素限定了山村生存境况，加之山村政权的芜杂、公共资源配置的失衡，农民用诚实的劳动来脱贫致富的方法渐渐失效，这加重了他们的生存困境和精神伤害。贫困的山民没有任何资源来抵御这种伤害，眼看着赖以生存的土地一茬茬地生长着贫瘠和屈辱，却长不出粮食和尊严，伤痛而孤绝地离开土地，奔向城市便成为他们的必然苦旅。

二、灵与肉撕搏，心灵的挣扎与裂变

男人们进城了，留守的女子们除了承受极度艰辛的劳动、生存困境，更忍受着心灵的煎熬、精神的磨难。她们正处于青春华年，一年中只有几天和男人团聚，日日都在等待和期盼中熬过。支撑煎熬的或者说守候的是一种希望、信念、价值，当这些都失落破产时，生活便失去了明灯与方向，熬和守的支柱也轰然倒塌，而随着精神的枯萎，肉体的欲望就渐渐茂盛起来。

留守女子的守与放，最有话语权的首先是李子，早在花村男人尚未大面积进城前，她已遭受十多年熬活寡的日子。生命苦短的她竭力争取应该得到的，豁出一切离婚后嫁给死了老婆的木匠等开发，想要一个正常女人的生活。但事与愿违，等开发也要和村上的男人一起进城了。当其他女子还陶醉在自己男人进城谋幸福之际，她先知觉到宿命了，这不仅是同村女子的宿命，也是所有留守女子的宿命。

李子比同村的女子更早地看到宿命，也比她们提前放弃世俗规范，她引诱张大河，将部落变成男人，跟李柴火野合，婆婆吉利大娘忍无可忍，将消息告知了在城里打工的儿子等开发，促使他跳楼丧生。人的心灵深处是神和魔共居之所，神与魔是一枚硬币不可分割的两面，哪一面朝阳是随着地球的旋转因时因地而异的。当李子听说丈夫弃世而去时幡然醒悟，她的放纵致使自己的爱人弃绝生命，尽管她满心的委屈，还是把这看成对自己的惩罚。她的希望、挣扎、放纵最终也难逃宿命之手，她最后灭绝一切念想，死心塌地投降宿命，削发为尼，青灯孤影。

李子是宿命的一种，而橘子是宿命的另一种。婆婆因她跟公公“烧火”喝农药而死，她在婆婆发丧之际饮鸩撒手人世。她的离世不仅是愧疚，更是对人世失去留恋！两妯娌映山红和百合的故事也极为相似，映山红就像她的名字，风风火火，无顾无忌，多少显得缺心少肺，遭遇流氓“政府鲁大千”的耍戏，因怨恨难消而自曝丢丑，结果导致念初中的儿子不忍羞辱离家出走，她也因此跌进悔恨的深渊。而百合则隐忍多了，她与鳏夫四爷的肉体融合有着相互取暖、相濡以沫的况味，因而“像花季里的百合，开得美丽鲜艳、坦荡、安详”。就是这样的相互取暖，也遭遇了百合女儿木子跳楼讨要抚恤金的“镜头”。留守女子长期经受的内心煎熬，她们无以凭借抵御煎熬的境况下，生命还原为原始状态，试图以解放肉体来缓解心灵的焦虑；但她们毕竟不是生活在原始社会，所以难逃道德伦理的严厉惩罚。

栀子是花村这群留守女子的轴心，当然也是作家笔下浓墨重彩的人物。栀子在作家的上部小说《花河》中已经作为点缀出现，到了《花村》走向舞台中心时，她成为作品灵魂的载体。花村留守女子们都说栀子命好，有着得天独厚的“优势”：不说鲁大千是她家的常客（她公公是村长），并对她时时觊觎，单是她公公（鳏夫）身体强壮又没有婆婆盯着，还有她从小疼到大的部落（别人眼里的成年傻男子），就够姐妹们羡慕嫉妒的了。其实栀子是花村身心最苦的女人，其他女子的丈夫春节回家总能滋润几天，而她的丈夫张久久一次次爽约，她为了打发漫漫长夜，数硬币。数硬币无效了就偷喝公公的酒，酒量渐渐增大后，酒也不能麻痹身心，以致在梦中自慰，加之姐妹们的误解和村人的流言蜚语，都时刻在烤灼着她的心灵，但她都以超乎寻常的隐忍坚守着方圆！

栀子的苦是沉默的地火，其他女子的苦是狂风骤雨电闪雷鸣。当然栀子不是钢铁战士，而是血肉之躯，她是灵与肉撕搏最剧烈的一个，因为她是有灵魂的人。几年后，她的丈夫带着梅毒回家来，她惶惑了、迷失了，找不到坚守的理由与支撑，她不再刻意抵抗“肉想心也想”的部落，也试图以肉体融合来缓解身心的煎熬，事后更大的痛苦却撕咬着她，那就是灵与肉的相悖；她本以为肉与心达成一致就可以了，却发现还有个理横在那里！理就是人之为人的灵魂吧，唤醒栀子灵魂的是那个幼小的残疾生命冯直。

其实，人心深处是一片混沌未开的模糊地带，泾渭分明，黑白两界都是自说自话。试看栀子悲绝迷乱之际扑到公公身上说："你们张家男人都欺负我！"这句话颇有意味，身染梅毒的张久久多年在城里不回家，儿子张哥儿床响弄得她夜夜煎熬，欺负她说得过去，公公对她呵护备至视如己出怎么就欺负她了呢？村上的女子嫉妒栀子，就是因为众人皆知她公公在村里"帮人"，栀子肯定近水楼台先得月，但事实上她却是守着水井渴死的人，从这层说不是欺负她是什么？其实就是伦理在欺负她，再深一层说是灵魂在磨难她。当公公艰难地放她回床上并为她关上蚊帐朝门口走去时，她喊了一声"爸！"这一个字"凝聚了她全部的惊慌、全部的心酸和委屈，还有全部的感动"，"人生就像一条河，要流过很多关口，流经很多风景，才能成为一条河。"栀子之所以在河的这道关口没有沉沦溺水得以安全着陆是因为公公渡了她，虽有心酸、委屈乃至怨恨，但更多的是感动与敬重。相悖的情感混沌一潭，是此刻栀子内心真实的状态。有了此次的安全着陆，才有栀子进城与丈夫张久久共渡难关的举动——探寻救赎的勇气与力量。判断一位水手是否为好水手，不能看他（她）在穷风恶浪里是否没顶，而要看他（她）没顶后是否还能浮出并爬上河岸。

农村留守妇女在生存和精神双重困境下的心灵场，由作家王华发掘并呈现出来，为构建和丰富新世纪的文学史添砖加瓦，并占据应有的一页。

三、渊孽滥漫，探寻救赎的堤岸

超负劳动、生存困境、情感焦渴、信念失落等诸多挤压使山村留守女子难以呼吸，尤其是情感的长期缺失，生命的基本需要长期匮乏，她们的内心如常年不雨的山坡，干焦的山坡上寸草不生，而焦渴的心灵却葳蕤着生命的原始生命力。这种力量蓄积达到疯狂的地步，摧毁世代修善的伦理次序，将人拉回生命的原始境地，再度蛮荒岁月。她们毕竟生活在文明的当下，经受现代道德伦理的教化，倒退到原始生存状态的罪孽必将遭到人类已有文明的惩罚，对于有灵魂的人这种惩罚生不如死，寻求救赎的途径成为必然。

花村的主心骨张大河发现村里“生态乱了”，“公媳烧火”燃遍村野，他大义凛然地站出来，义不容辞地帮她们渡过这道关口。他这种举动有着柳妈救助祥林嫂的况味，以迷信抵抗迷信势必会陷入迷信的泥潭，张大河以混乱来拯救混乱也必将陷入更大的混乱沼泽。再就是吉利大娘，她由自身的遭遇（两次丧父、丧子，只有一个傻儿子）深感冤孽深重，看张大河救助无力，就自发地募捐，求人修庙，祈求神灵援救世人。

高科技发展到今天，通讯网络四通八达，因为现代意识的传播，蛮荒蒙昧时代创造的神只能麻痹人的心灵、收容认命心死的人，丝毫不能给生命注入活力，无益拯救现代人心灵的苦难，更不能解救生存的困境。还是那句话，世上没有救世主，抱团取暖才有自救的可能。栀子意识到这一点，决意进城和丈夫张久久共渡难关。栀子带动全村女子一起进城去拯救丈夫也拯救自己。她们的举动给人一种奔赴失陷阵地的悲壮感，丈夫失陷了，她们义无反顾地行进战场援救！

如果说进城是靠近现代文明的行为，那么木子去城回乡又意味着什么呢？就在花村绝大多数女子进城援救之际，百合的女儿木子回村和傻子部落真正意义地完婚了。以表面上看，他们的结合使吉利大娘、米二娘、残疾幼儿冯直有了依靠，而作家更有深意存焉：部落有意无意地传承了父亲的雕刻手艺，这手艺就是传统文化符号，作家暗示部落是传统文化的传承人，木子返乡与部落结合有着传统文化中相互扶持的意味。这样说不是无限拔高更不是空穴来风，木子将无依无靠、奄奄一息的未婚夫冯曲运回家，操办丧事，撕寿布，舍生求死地救治未婚夫留下的骨血冯直，这令我们想起久违的传统美德，她跟部落的结婚更大意义上来说是散淡的传统文化抱团取暖的互救行为。

作家在探寻我们民族拯救的途径：现代科学的成果是有目共睹的，经济发展也令人咂舌，而民主、公平还有巨大的提升空间，传统文化自然有其糟粕之处，而一味地践踏就是犯罪，现代意识与传统文化精髓如何整合、如何水乳交融，构建怎样的生存理想和现实规范？如何构建有效的精神信仰和价值准则，并内化为我们的血液，成为行为指南？路漫漫其修远兮！不断有人加入朝着这个目标努力的行列，那毕竟是人类理想的方向！

四、说不尽的《花村》

我是个懒散随性的人，一年读几个中短篇、一两部长篇就不错了，能读完的长篇小说首先是因其语言魅力。《花村》的一字一句，作家都用感情浸泡过、用心筛选过，经得住推敲与品味，且绵里裹针，秀丽下隐藏着钢枪铁剑的锋利，将遮遮掩掩的真相昭然天下。

《花村》不像时下流行的作品那样以社会热点、重口味和血腥来吸引读者的眼球，而是在别人目光的忽略处打井勘探，发掘山村留守女子内心的撕拽与变化，每一细微变化都有多种可能性，并伴随着挣扎与阵痛、肉的抚慰和灵的焦虑、灵与肉的撕搏，呈现一片混沌的心灵场，将灵魂深处的搏击显示于人，这种生活里“存在”的张力，惊魂摄魄，逼人思考。

《花村》独白呈现的心灵场之所以没有缥缈感，不仅得益于对人物内心入木三分的理解与精准的描摹，更得益于绵密的生活细节，这些枝繁叶茂的细节洋溢着生活气息，经过艺术冶炼具有微言大义的审美力。如“抱孩子”这个再俗常不过的动作，在作家的笔下化俗常为神奇，具有唤醒美好人性的力量：百合抱残疾婴儿唤醒伟大的母性；栀子抱残疾婴儿唤醒她高贵的心灵。再如“撕寿布”这一习俗也蕴含着丰富深刻的文化与仁义：夫妻一方先离世，另一方在出殡之际撕下一块寿布誓志生生世世做夫妻，木子在未婚夫冯曲出殡时自主撕下寿布表达她的忠贞与情义，李子在丈夫等开发出殡时拒绝撕寿布，显示了她内心的悲凉与绝望。还有山坡的花儿和趿鞋也具有深刻的隐喻性：满山坡盛开的花儿隐喻山乡女子的美丽，花儿因干旱枯萎暗示女子遭受苦难；鞋在民间隐喻女性，进城的男子忘带趿鞋预示着女子遭遗弃的宿命。

悲悯谓之情怀在于其眼界的高度和体恤，《花村》站在生命或者说人类的高度来体恤山村的留守女子，她们用生命力破解世俗的束缚，将“偷”化为“渡”，这种“翻心”源自对生命的体恤与悲悯。同时作家用另一种理性的目光审视生命，因此她们在解放的同时心生悔疚与负罪，“罪与罚”贯穿人类成长史。

乡村与城市的呼应，内心与现实（传统与先进）的融合，乡村政治与民间伦理的因缘，“旁逸斜出”与作品容量，等等，值得说道的方面很多，这里不再啰嗦。最后说说《花村》中值得商榷之处：栀子 12 岁的儿子张哥儿夜夜床叫（手淫）有显过分；部落作为传统文化的载体分量不足；字里行间对女人体恤有加之余对男人流露出一股怨恨之气。

总之，《花村》是对山村的赤裸拥抱，是生命的深呼吸。

理智的审视与温情的悲悯

——读王华的长篇小说《花城》

随着《花城》在《当代·长篇小说选刊》刊发，王华完成了她以花命名的长篇三部曲，此前的《花河》以历史的变迁来折射多舛的命运与幽邃的人心，《花村》勘探了留守妇女囿于情感困境下心灵的悸动与嬗变，而《花城》呈现了三个青年农民进城的打拼与伤痛，贯彻了作家的理智审视与温情悲悯。从外部审视社会生态、生存处境与生活状态、奋斗与破灭；从内部审视他们灵魂的扭曲与意志的坚韧、心灵的疑难与挣扎、心头的灰烬与灰下的火种。作家凝神之际眼里蓄满泪水，心里充溢悲悯，这种情愫生发于人物内心，萦绕于他们彼此之间，严冬裸拥取暖御寒，说到底，还是作家悲悯情怀的弥漫。

金钱草单纯守诚，不思“进取”，只想有个温暖的家。她初中毕业后由表姐张娜（苕花）带进城。开始她不习惯工厂的规矩，待她吃了苦头明白“天下乌鸦一般黑”后就安分了，接受同类班组长的随便驱使打骂，忍受老板任意克扣工资，成为老板的家奴、私有物品，为其家人穿喜戴孝，并签订自杀免责协议。

躯体的劳累、自由的剥夺、精神的侮辱超出承受边界（半年就有十多人跳楼自杀），加之社会治安仔们的查暂住证罚款，顺手牵羊“揩油”，甚至假公济私，财色双劫（老乡治安仔龙门阵曾解救过她两次），她实在忍受不下去，改做家政，护理一个男性植物人（因嫖娼惊吓所致），女主人不仅要求她伺候吃喝拉撒，还要她按摩植物人的生殖器以便尽快恢复功能。后来龙门阵因与商贩冲突受伤严重（被城管开除），她决然弃家政充当龙的家属兼护理，待龙的伤好了，与他合伙卖油果子。

她始终心仪的龙门阵为分担过往女友张娜（金钱草的表姐）的困厄而离开她，她心痛怨怼，却又深明大义，理解他的善举：“是善举，龙门阵就不该受到责怪，况且，她那份私人感情在这样的善举面前自惭形秽。”为了救助表姐放手自己心仪的男友，仁义胜出爱情，非宽广的悲悯情怀不可为，是杜甫“安得广厦千万间，大庇天下寒士俱欢颜……吾庐独破受冻死亦足！”最好的注脚。后来，张娜嫁给“城市户口”，龙门阵重回到她身边，有了温暖的“家”，她怀了身孕。但好景不长，龙门阵在一次城管与商贩们失控的群殴中丧生。这只能用两个字解释：宿命！众多打工妹的宿命！

表姐张娜跟金钱草截然不同，她心眼活，不是安分守己的人，有着宏伟的目标：成为有根的城市人。为此，她蔑视龙门阵对她的痴心追求，也忽视内心的真实感情，她敢拼敢闯敢下水，她的一切属于宏伟目标：城市户口。她自然在工厂里待不住（金钱草在工厂的遭遇是客观原因），为生存计，她做过传销、直销、桑拿小姐，甚至还做过“散活”，始终不弃不离地盯着“城市户口”。一个举目无亲的农村打工妹要实现“城市人”的目标，唯一的资本就是姿色与身体，她深谙此道，追逐的征途上却命运多舛。她的第一任城市男友被人抢走，即使大打出手也只能留下伤疤；第二任城市男友是有妇之夫，散了；第三任城市男友是个花心大萝卜，撤了；她的第四任男友是个“近似”城市人，“结婚”并生子，他比她的水深，将她的钱财席卷一空后，人失踪了，给她留下一个嗷嗷待哺的婴儿。最后她嫁给吃低保旳垂暮鳏夫，她似乎达成拥有了城市户口的目标，但她依然不可逃脱以“做散活”来养活自己和孩子的命运。

张娜一路走来，她的宏伟目标可以遮蔽龙门阵对她舍生忘死的爱，她也可以没心没肺地无视内心真实情感，但这不等于它们不存在。她传销被抓，龙门阵为解救她被打成“死尸”，她难得“善心”发现，与他过了短暂的“愉快，幸福的”时光，后因龙门阵“失踪”告终。她做桑拿小姐被抓，龙门阵再次救了她，尽管她说：“我给别人都是为了钱，都不是真心的，给你我是真心的，心是干净的。”但他没能接受她的“感谢”，她“变质”后跟他心目中的女神差距过大，他一时未缓过神来，待他心里迈过那道坎，她已经走远，失去了宝贵的机会。

张娜即使出卖身体，也有着“一定要对得起那份钱”的敬业。她甚至在“做散活” 维持母子俩活命的境况下，“莫名其妙”地免费慰藉一位孤寂的老人，他惊异地称她为“菩萨”！其乃沦落成泥辗作尘，依然香如故。这香是万劫不复的人心底色，是灰烬下面的火种，是浩劫不尽的悲悯情愫。

王华的小说里富于正能量的男性形象不多见（《向日葵》中的吴本末是一个，当然还有其他的），龙门阵是作家塑造男性人物的“突破”，他身上闪耀着执着、担当、大爱的理想光芒。他执着地深爱他的老乡兼同学张娜，他本来在厂里打工，出厂寻找张娜后因无暂住证被抓，无钱交付罚款的他被迫修铁路两年。为免于被抓，他做了治安仔（临时城管人员），张娜的表妹金钱草被抓后，他义不容辞地利用“职务”便利抓了别人将金钱草“偷梁换柱”救了出来。资深传销张娜被抓后须坐班房，他贿赂不成，偷放了她，于是被“组织”打成“死尸”，多天卧床不起。因他总是坏同事的“好事”，被闷昏卖进黑煤窑（在张娜眼里就是“失踪”），两年后小腿上留下沟壑形的伤疤才逃出来，此时的张娜已是“城市之花”的桑拿小姐，在遭遇“恶心”的治安警察时，龙门阵再次救她，“小姐”与他心中的女神落差太大，一时接受不了张的“感谢”，与其失之交臂。她“嫁人”了，他躺在病床上默默消瘦下去。龙门阵再次见到张，她已开始“做散活”，“做散活”的床边还躺着她咿咿呀呀的小儿，龙门阵怒骂她，他是她的什么人呢？同情？爱之深恨之切？或许更多超越了男女之情，是博大的爱赋予他男人的责任。

他安顿好金钱草，再次走进“人人恨”的城管是为了居有定所、接过她的孩子（孩子说不定哪天就有了记忆）。如果说此前龙门阵多次加入城管是为了积分转为城市户口，走进张娜的视界，那么这次进城管有着很大程度的质的飞跃，彰显了龙门阵的悲悯大爱与担当。他的这种情怀不仅对张娜，金钱草的工友赵妞妞怀孕去医院流产，他曾充当男友签字；金钱草摆摊卖油果子遭城管打砸，他替金钱草顶住砸来的铁锅，落了脑震荡；后来他与金钱草走到一起，金钱草不要求他挣城市户口，还规定他献血的时间，他还是奋不顾命地为她争取幸福指数。

王华的作品呈现了历史的真实和心灵的真实，所达到的历史深度和心灵的远景也极为罕见。《花城》中金钱草、张娜、龙门阵三位进城打工青年，性格各异，但他们在困境中挣扎，相互扶持救助，悲怆而温暖，跨越了私人情感，登上了博爱、悲悯的高地，挥洒人性瑰丽的光辉。金钱草心仪龙门阵，龙门阵痴爱张娜，张娜矢志不移地追逐城市户口，错位的爱情纠葛催发故事情节跌宕起伏得引人入胜，三人虽从事不同的行业，但他们的人生轨迹形成互文，从而增大了作品的信息量，具有非凡的概括性和张力。小说呈现原生态的生活而具有丰富的多元性，如鸿蒙初始，混沌一片。龙门阵做好事本身就是做坏事，开创美好生活又在生活中制造灾难；张娜边忽悠、卖身，边秉承诚实劳动的信念，这些对立的品质存在同一个人身上，矛盾吗？生活本来就是灰色的，哪有黑白那么分明！作家王华的得力杀手锏就是人心的追问，这是她一贯的“做派”，《花城》当然也不例外。就拿张娜来说，她虽是农村走出来的女子，但她已走出了传统的伦理规范，具有现代女性的特质。她不安分守己而雄心勃勃，为生存她忽悠行骗，甚至做“小姐”，可她对待“顾客”又秉承一视同仁、诚实“劳动”，朝不保夕的境况下，她竟然怜悯贫寒的暮年鳏夫，免费为其服务，她情愿嫁给有城市户口的“棺材瓤子”（她的心灵被城市户口扭曲），低到“做散活”糊口，也不接受龙门阵的怜悯，鸭子剁了头嘴依然硬得当当响。张娜是这部小说中塑造得最有心灵深度的人物。

王华中篇小说嬗变初探

作家王华正值创作旺盛期，近两年发表、出版了《花河》《花村》《海雀，海雀》三部长篇小说，期间“打零工”穿插了《向日葵》《惩罚》《生计之外》《橡皮擦》等多部中篇小说，且每一部的重量都在不同的层面上敲击出各自的声响，说是惊心动魄也不为过。王华的创作一直逡巡在山村和城市的两端，呈现底层外部生存状态与内在困境，勘察心灵远景的隐秘、精神高地的冰雪，直抵历史深处的真实与心灵深处的微妙。值得点赞的是作品的指向和态度如作家挺直的脊骨，不曾弯曲与摇摆。

就目前来看，王华的重要作品几乎都是写山村的，这缘于她生于山村、长于山村、工作于山村，山村是她的生命之根，她用血脉连接着山村的河流，她疼痛着山村的疼痛，她歌哭着山村的歌哭，她是山村的神经与心灵。有人曾说农民头上压着三座大山，《向日葵》中的吴本末就曾遭受几座大山的挤压。他是最有希望通过考试转正的民办教师，为此，漂亮聪慧过人的刘晓敏亟不可待地嫁了他，可他就没通过，稍有常识的人都知道这在“情理之中”。商品社会是聪明人的时代，“经济”是价值衡量的标杆和行为的指挥棒，老实巴交的吴本末也进城奔“经济”了，但他只能紧紧巴巴地挣到回家的路费，遭人鄙夷在所难免，连老婆孩子也对其嗤之以鼻。“特困户”偶然而必然地落到他头上，偶然是突降大雨时陈镇长赶巧躲进他家，必然是他老婆刘晓敏的姿色。陈镇长为长久地“帮扶”并跟他家结为“对子”，接连不断地给他们家送粮、油、钱，吴本末非但不领情还找村支书、镇长坚决要求取消“特困户”“结对子”，他的举动被领导看作不识好歹、不懂事，刘晓敏直接骂他“疯子”。读初中的儿子吴浩瀚跟同学干架打破了头，原因是同学喊他“陈浩瀚”，七邻八乡的流言蜚语也已甚嚣尘上，刘晓敏认为别人将她跟陈镇长搭在一起是体面的事，说明她跟镇长“旗鼓相当”，况且还有不断鼓胀的钱包给她撑腰，这足以消泯她的羞耻心和人格尊严，笃定了她唯权是尊、唯利是图的方向。这于吴本末是奇耻大辱，妻子的无可救药，与村支书、镇长的力量悬殊，使他不得不另谋他法，去县里上访，结论是个巨大的讽刺，不仅没能取消“结对子”，还自取其辱地坐实了“疯子”的名号。其副作用是暗中被村支书及其所派村民监视，以防他再次上访给镇长抹黑。这果然阻碍了吴本末一访到底的决心，并在一次控制与反控制的冲突中，吴被绳之以权投进疯人院。

权力的无限膨胀使人权遭到失陷。吴本末以“武疯”的身份囚禁在疯人院，脚镣手铐伴他磨蚀漫长的岁月，病友帮他弄来纸与笔，写了一摞控诉信，恳请医生帮他寄发，热望盼来的总是石沉大海，人心的麻木与冷漠，将正义感、同情心过滤干净。这是事不关己、明哲保身吧，最亲近的人怎样呢？控告信交给来探望他的儿子，也一样石沉大海，儿子不是不明白父亲的冤屈、遭受的折磨，他懂得控告信凝结着父亲沉甸甸的希望，可是，这些与他的学费、前途比起来就显得微不足道了，年轻的心已被“利己”两个字腐蚀，或者说钙化了。吴本末囚在黑洞的日子里不再写信，而是在墙上画向日葵，每天画一粒种子，日渐丰满整盘向日葵。一日管理松懈，他逃回家问明信的下落和儿子学费的来源，以及儿子认陈县长（原来的陈镇长）为干爹的态度，他连夜又跑回疯人院，继续画他的向日葵。

至此，吴本末所遭受的不同层面的挤压清晰地摆在我们面前：规矩、经济、权力、冷漠乃至亲骨肉。这诸多挤压或轻或重，当下人人心中都有而未说出口吧，这正是王华作品深入人心的缘由。值得玩味的是，吴本末两次进疯人院：第一次被投入疯人院是村支书将其捆绑后，灌了麻醉药当作“武疯”才完成的；第二次是他佯装疯子砸毁玻璃自我完成的。前一次是强制被迫，后一次是自愿招安，何也？倔强的灵魂铸就他牢不可破的人格，支离破碎的俗世里找不到自己的生存空间，自觉自愿地再次回到疯人院画向日葵。画向日葵这一细节是神来之笔，看来是妙手偶得，却蕴含着冰冻三尺之功，淋漓尽致地传达出吴本末的精神坚守，或者说人之为人的精神得以昭示。

吴本末作为小说里的主人公，不仅是精神载体，更是有血有肉的活人，第二次进疯人院究其实质是由儿子“送”进去的，他被儿子的态度打败了，被骨肉之情打败了，这就避免了人物精神的单向性，丰富了人物的情感世界，使其形象丰满浑圆起来。不管来自哪个层面的挤压，只能击倒肉身，而精神永远打不败！就像梵·高，俗世可以将一位天才变成疯子，但不可熄灭他心中的火焰；如海明威笔下的老渔人，鲨群可以吞噬鱼肉，而骨架终归奈何不得！有人说王华“凶猛”，她的笔的确犀利，扒皮抽筋，刮骨吸髓，如此坚韧倔强的心灵，在女性作品里实为罕见。

如果说《向日葵》是书写精神的坚守，那么《橡皮擦》就是传递人性的温暖。

陆小荷七十多岁的母亲赵大秀在儿子从脚手架上掉下来摔死后一直跟着女儿生活，可女儿又被“日子稍好”的女婿踹了。接连的生活变故打击得她精神恍惚，生怕像女儿说的那样患上老年痴呆，遭女儿嫌弃，她想方设法挽留记忆：回忆亲人的名字、背外孙遗弃的书……无奈她的记忆力去意已决，种种努力都事与愿违：她出门忘了回家的路，吓得女儿把她锁在屋里再也不敢让她出门；她在家里打燃了煤气却忘了做饭，弄得满屋子烟雾，幸亏女儿回来才没酿成火灾；她认错了女儿带回家的人，断绝了女儿寻找配偶的希望。这一次次事件证实了她的老年痴呆，让她深感自己连累了女儿，成了女儿走向新生活的绊脚石，她让女儿送她去敬老院。女儿答应她去敬老院试一段时间，她欣喜地跟院里的老人拉近乎，似乎忘了女儿，可女儿一走，她就站在门口像个失去父母的孩子般失声大哭，哭声传出了一位老人无可奈何的孤苦与恐惧，传出了母亲用自己的苦寒换取女儿的温暖的大爱。进了敬老院的母亲再不怕连累女儿、不怕痴呆了，病情迅速恶化，但她却不忘偷藏小学生的一块橡皮，幻想擦去女儿痛苦的记忆。这让我想起一句诗："骨子里积攒着春日的阳光，等你冬天回家。"王华写母爱写到骨子里了，写出了万劫不移的温暖人性。

陆小荷是栀子（《花村》中的人物）那帮为营救自家男人进城的村妇之一吧，十年里不分严寒酷暑都回去摆菜摊。日子稍好一点儿，男人就甩了她跟年轻女人一起过日子了。陆小荷十年辛苦没奔到好日子，却只落了一把青春的灰，生活中雪上加霜，老母亲患上了痴呆，她在家照顾母亲就会失去生活来源，她去摆菜摊留母亲一人在家，母亲就随时都有生命危险。她试着带母亲去医院治疗，高额的医疗费令她羞愧退却。她急需找一个可靠的男人，不仅是为遮蔽前夫的阴影、填充她空虚的身心，更是为了照顾患病的母亲。这实在太难了，她在生活的苦水里浸泡了四十多年，青春已逝容颜褪色，除了健康，她对男人放弃了任何要求，但仍一无所获。无奈的她做了自己鄙视的人，将一个有妇之夫的鱼贩子领回家"改善生活"，小荷趁那鱼贩子"酒足饭饱"时说出她的想法，立即遭到无情的奚落，她母亲的痴呆还随着鱼腥味传得纷纷扬扬，堵死了她找男人的路径，万不得已她又去找她的前夫求和……陆小荷不怕吃苦，但生活还是一步步逼得她放下尊严、放弃原则去做自己鄙视的人。

母亲主动提出去敬老院时陆小荷的第一反应是："你女婿不要我了，

你也抛弃我呀。”这似乎有些不合常理，摆脱一个生活不能自理的老人，搬开阻挡新生活路上的绊脚石，该是开心的事，可她为何说母亲抛弃她呢？仔细揣摩就不难理解了：生活上她是母亲的守护人，心灵上母亲是她的守护神，生活上相依为命，心灵上相互抱团取暖；她放弃了很多，唯一没有放弃的只有母亲了，如果她再放弃母亲，这个世界上她还有什么？四十多岁的陆小荷与七十多岁的母亲相拥取暖，抵御繁华城市里母女俩内心的荒寒。

陆小荷暂送母亲进敬老院，忍痛挖得心头肉也未补得眼前疮——没能找到可靠的男人。城市彻骨的寒冷，灭绝了她的念想，她决定接母亲回乡下老家。至此，陆小荷这个人物形象丰满起来：她的处境令人唏嘘，她的行为让人鄙视、怜悯，而她的出发点闪耀着人性的火光，使人肃然起敬！栀子们悲壮地进城，陆小荷万念俱灰地返乡，这是一道三百六十度的生活旅程，更是心灵苦难旅程，路途曲折，坎坷颠簸，风雨兼程，内外俱伤，唯一不泯的是人性的温暖与光亮！

《橡皮擦》的艺术层面也是匠心处处。不说鱼贩子满身鱼腥味的讽喻、去敬老院路上那场大雨由内及外的湿透，光是“记忆”“老年痴呆”“橡皮擦”就令人回味无穷。“记忆”极力想消退，母亲百般想挽留，去留间形成强大的张力，不仅是推动小说的内驱力，更是人物内心世界的引线，循着这路线让我们看清人物内心世界：困境与挣扎、无助与相拥、荒凉与温暖。“老年痴呆”运用得可谓出神入化，虚虚实实看似顺手拈来，实为匠心独运，为小说的生成和主旨的彰显立下汗马之功，它是小说运行的引擎，亦是题旨传达的轴心。“橡皮擦”传达出母亲对女儿出自骨子里的爱——擦去女儿痛苦的记忆；也寄寓着作家的期望——擦去人们沦陷心灵上的污秽，使其重焕光彩。

内外交困下，吴本末倔强的精神、陆小荷温暖的人性始终坚守不退位。而《惩罚》中的夏貌貌，一度被生活压垮，放弃做母亲的责任，这对一个有心之人将是永无宁日的惩罚。

夏貌貌因生了个自闭症的儿子遭丈夫遗弃，她独自承担儿子端儿的治疗，变卖了所有的家产后依然债台高筑，卖血卖得天晕地暗也难以为继，恍惚间丢弃了儿子，寻找活路。夏貌貌寻得了生活的保障，可她内心一天也没得到安宁，她无时无刻不处在煎熬中——带着儿子生不如死，丢掉儿子一样生不如死，以致被折磨得夜夜失眠。最后，她毅然决然地放弃眼下的生活去寻找儿子。

她一路的寻找如一面镜子般映照出人心百态。首先是那些“主任”们丑陋的嘴脸和龌龊的心灵，映衬出世态人情；其次是家人、亲友面对困厄的她追债，唯恐借出的钱泡汤，没有助贫济困之心，倒有落井下石、丧失悲悯的冷漠；最后是缺失亲情关爱的残疾孩子周康康，他冒着挨饿受冻、被打半死的危险，从福利院逃出来“投奔”夏貌貌，因为她身上的责任感和母爱，每当夏貌貌因无力养活要送他回去时，他不是用水泥块自戕，就是在车流如梭的马路上捉迷藏，他用这种极端的方式留在夏貌貌的身边，这是他内心极度渴求母爱的流露。

周康康一直追问夏端儿是怎么弄丢的，是意外丢的？还是故意丢的？当他知道真相时就决意离开夏貌貌，这是他对真爱的追求、对冷漠的摒弃。康康身上有毛病：他偷过玩具，偷过馒头，为继续寻找端儿，他偷过钱包，我们理解他的生长环境、生存处境和行窃目的，但依然定性为毛病。夏貌貌没有因为康康的毛病嫌弃他，也没有因为他外在的兔唇和内在的“两性”怪物厌弃他，反而有意无意将康康当成了自己的孩子：她对别人说康康是她的另一个儿子，“再也不能让你丢了”，“我不是外人”，底气十足地甩他耳光，并用单薄的肩膀为他承担起一个母亲的责任、爱和尊重。

至此，夏貌貌的寻找不再是单单一位母亲寻找儿子，而是对担当、爱和尊严的寻找；夏貌貌的寻找也是爱的布施，“幼吾幼以及人之幼”的大爱布施；同时也是她心灵的救赎，这种救赎于世人有着警示意义。小说还道出这样的悖论：“生活有了保障，人就失去自我和尊严，心灵得不到安宁；心灵得到安宁了，生活就失去了保障。”夏貌貌放弃平稳的生活，周康康逃出福利院，他们都是愿意接受生存挑战而追求心灵安宁的人。但我们也不能忽略周康康单纯的追问，将我生成“怪物”是谁的错？生我的人为何遗弃我？世人何以如此冷漠，责任何以缺失？还有不说话的端儿只会咒骂，他是在控诉还是在诅咒？当引以为思！

值得说的是，夏貌貌没找到自己的孩子，而找到了别人遗弃的孩子并倾注了母爱，这种“错位的寻找”的叙事方式，形成文本的互文和张力，给读者创造了广袤的想象空间，拆除了小说内容的边界，同时升华了主旨。常读王华文章的人知道她善于剑走偏锋：制造极端（极致）的处境放置人物去挣扎来呈现人的内在世界。《惩罚》制造了一个极端的人物，就是夏貌貌的前夫、端儿的生父，他没有担当就罢了，还将罪责都推给夏貌貌，这已经够不可理喻了，但他还见夏貌貌一次就痛打一顿，最后还要用“枷锁”惩罚她，真够极端的！是意欲塑造一个“赵姨娘”式的典型人物，还是出于对夏貌貌的肉体“惩罚”而率性为之呢？抑或作家不自觉的内心控诉？

夏貌貌心灵的堤岸失守后度无宁日，当决然重走苦难之旅去补救时，她终归还是一位有心之人。到了《生计之外》的第二代进城农民高经济，时间已拆除了父辈们的边界，但他全身心地“入水”以期“提高生活质量”，却仍无所得。

高经济的父亲高社会信守“良民”律条，从不作奸犯科，具有讽刺意味的是，他进城打工久了也要“提高生活质量”，和单身女工“搭伙”

过日子，但他到底还有边界，没有“弃旧换新”。高经济就不一样了，他读的书比父亲多，想法新颖，不像父亲在城里挣钱拿回老家花，他的目标是做城里人，城里人有的他也想有，他不屑做建筑工而选择跑快递，送快递的摩托车跑得再快也赶不上他的人生目标，简直是两辆平行道上的车永远没有相遇的机会。他这才异想天开地利用开锁的技能，趁收件人不在家的空当，入室体验一把“高质量生活”。

这种荒谬的举动阴错阳差地救助了被原配摧残的“小三”，“小三”傍的官员被“双规”了，原配来搜索钱财不得，就拿人出气。“小三”就势要高经济“好事做到底”与她结婚，高经济面对天上落的馅饼，惶恐又惊喜，晕晕乎乎就过上了梦寐以求的城市人生活。这种“馅饼”生活总是亦真亦幻，匪夷所思的事情接连发生，起初是官员的另一个“小三”被原配“挑了”；再就是百思不得去向的巨款，原来被官员藏在他们身下的床垫里，他们醒悟时已被官员的“影子”掏空；另一个“小三”遇害，因为她卖了官员藏有巨款的房子；“小三”让高经济去那房子里弄回肯定藏在床垫里的巨款，高经济迟了一步已被“影子”取走；总算风平浪静了几日，高经济一日送快递晚归，不想自家的门换锁了，用开锁技能开了门，反而被派出所抓去，原来这几天“小三”将他“意外死亡”，将房子卖了，她也不知去向，高经济的黄粱梦也画上了句号。

高经济何以梦黄粱呢？在现实生活中，他的快递摩托如何加速度也赶不上“高质量生活”；小三将“救”了她的贼认作结婚的对象，“认贼为夫”的荒谬与功利，揭示了城市一些人的生存境况与心态，达到“荒诞的真实”的审美效果。这种荒谬的心理是失序社会生态的衍生物，究其实质还得归功于作为小说背景的“双规”官员和他的影子，由此观之，其意直指世道人心，更是利剑刺向权力暗箱、绵里藏针的现实批判。

我们统观王华近期四部中篇小说的人物内在世界，不难梳理他们的精神流变与走向：吴本末坚守做人的尊严和人之为人的精神，任凭诸多层面的挤压、内外围剿，也绝不动摇退步，他在生活中是个弱者，可他的内在力量无比强大；陆小荷是个进城弃妇，内外交困的境遇下，对痴呆的老母亲情感上不弃不离，生活上尽其所能地照顾，彰显了她万劫不移的人性温暖与荣辉；夏貌貌尽管因困境的重压一度放弃为人母的责任与承担，可她终无宁日，追悔莫及，重拾苦难之旅，承担母亲的责任，试图救赎心灵的罪孽；到了高社会、高经济父子，尤其是高经济，更提不上什么坚守、救赎了，为“高质量生活”甚至全身心地沦陷，还恬不知耻地说成奉献。他们的精神走向是一条下山的坡路，从坚守到迷途寻找，再到脚步失控直线下滑，中途虽有“之”字摇摆，但未改总的路线趋势。

心灵的翅膀与尘世的肉身

——走近王方晨小说《老实街》中的鹅及相关人物

对于王方晨的《老实街》，好多评论大家都写过了文章，《文艺争鸣》还出了专辑，做了全面精辟的论述。如内容方面：道德的拆迁与重建，传统道德自足与沉疴暗疾，旧城的世相百态与反市井性，传统价值体系的溃散与现代性进程的疼痛，传统伦理与自由心灵。再如形式方面：章节的独立性、互文性与筋骨镶嵌的整体性，叙事的寓言性、暗示性和魔幻性，留白和隐藏的艺术，乃至语言的古朴典雅，等等，均有精到的阐释。似乎留给我这样的读者的说话空间不多了。其实《老实街》如一座原始矿山，用心挖掘总会有收获。那我就说说鹅及其关联的人物吧。

鹅有着天鹅的美丽与翅膀，与天鹅不同的是有着沉重的肉身，不能在天上飞翔，只好在尘世间行走。老实街的鹅不是鹅，是一个漂亮的女子，她未婚先孕的经历对于老实街上的人而言，无疑是一把“大马士革刀”划破笼罩其上的道统面具。于是，老实街的道统们或明或暗地对其围剿。鹅以竹编为业的父亲就被歼灭了，这断了鹅家的生活来源，也给鹅以更大的人身自由。以鹅的美丽是不愁嫁的，可她偏不嫁，她不是我们见过的那种旧式风尘女子，其结局是委身做小。鹅主意笃定心气高，年龄要“他青春，我年少”；她亦要心灵琴瑟谐和，何况她心已有所属呢！鹅的这种存在注定了她的尴尬，也注定了老实街的尴尬。

在妙龄女子鹅看来，如何安顿蓬勃的青春比面包更重要。她开小卖店首先是为安顿青春打掩护，其次才是为稻粱谋。她经过一段时间的目审和考察，选定了张小三，他们已是“你有情我有意”。鹅虽未婚先孕，但到底不是随便的人，亲密要有夫妻仪式感，以达到肉体的舞和心灵的飞翔，因而与张小三失之交臂。这不仅是因为张小三生性怯弱、循规蹈矩，更因为老花头幽暗的心事在作梗。鹅没看错张小三，他不仅有一口洁白的牙齿，更有一颗纯洁的心灵，他不像马大龙那样只为了“睡觉”，他更看重心灵的共振。他不会越墙而入，只会按部就班，给“行善积德”的老花头送了黄蘑鸡（媒礼），可老花头“睡着了”（睡进自己幽暗的心思里，这老家贼心里也恋着鹅呢）。斗转星移，阴错阳差地张与别的女子结婚了（那女子后来疯掉了）；鹅不管不顾地找到张小三，带他跳进月辉融融的泉水，让他给自己洗搓身子。鹅本以为张小三和其他男人一样变臭了，他却戒了烟依然保持一口洁白的牙齿（暗示张对鹅的爱愈加深重，直到中年后，老实街拆迁，他还深夜跑到鹅家的废墟上祭奠爱情），但鹅身上已沾染了包括马大龙、大老赵、李家兄弟等人的气息。

鹅包围于清澈爽润的泉水里，她的内心一点也不爽朗，她约张小三来泉边做什么？她回望来路尘埃滚滚，张小三依然故我一口白牙，与其隔了一路烟尘，物是人非、有缘无分，就刀割水洗两清了吧，尽管心里有万般纠缠，也借此清泉洗涤这多年的烟尘，好轻装上路赶赴新的征程——她最心仪的男人高杰已留洋回来了。

鹅的内心就是如此复杂。人总是在留恋与向往的纠结中行走。鹅的这次起飞被老花头幽暗的心事击落，在老实街那样的环境里，鹅被击落实属正常，她不被老花头击落，也会被张三、李四、王二麻子击落，因为像鹅这样的女子从未真正翱翔过，即使用生命去拼撞。以积德行善的老花头为代表的老实街道德者，自曝了其虚伪性和腐朽性，表面道貌岸然，而内里满生沉疴烂疮，也揭开了人性幽微的一角。

鹅的第二次起飞是被留洋者高杰击落。美丽的力量足以创造奇迹，使癞蛤蟆变成小王子，并生吞活剥了他心目中的美丽天鹅，这奇迹就发生在鹅身上，而癞蛤蟆变王子的就是高杰。

狮子口街的高杰还是讨人嫌的少年时，就时常往鹅家门口跑，甚至大清早从鹅家的房顶上掉进茅坑，这种耻辱不亚于韩信的胯下辱。他从此发奋学习，一路拼搏成为留洋博士、外企高管，他掌控的强大资本影响省会城市的施政走向，他具有改变城市面貌和市民命运的魔力。他从国外回来的第二天就来老实街找鹅，并许鹅以超市、整条街的财富，乃至老实街上女王的地位。鹅听说高杰回来的反应是，“鹅当着高杰的面把戒指和耳环摘下来，往柜台上一丢说，我不带这些劳什子了！”并做天鹅飞翔的姿势。高杰走后，大老赵送酥锅进来（这可是鹅家赖以生活的重要来源），因他说了实话立即被鹅赶出店门。当晚，鹅把她心里最有分量的老实街上的张小三约出来，在涤心泉洗个痛快，彻底清刷了所有男人留给她的痕迹。鹅娘与鹅这样的对话更值得玩味：

“鹅，你等到他了，成家吧。”

“娘，我等到谁了？”

“狮子口街的高杰，掉在咱家茅坑的那个小子。”

鹅沉默不语。半晌才说：“你不要听那些人的话。我没等他。”

“你就是嘴硬。”娘叹息道，“临死前我也就管你这一次。高家小子比老实街上的大龙、小三都强，难得他对你有意。娘也是过来人，看得出子丑寅卯。你能跟了他，也算这辈子有了好结果。就连石头那里，也终有个交代。”

鹅咬起手指头来，眼珠子滴溜溜乱转。她不说话，过一会儿走到门口站站，又走回来。忘了她娘一般，突然把手一甩，往空气里说一声：“该死的！”

知女莫过娘。起初，鹅还嘴硬，一时抹不开脸想赖账；娘说给石头个交代，点了鹅的穴位，她说不出话了，咬着指头团团转，这么些年经历了那么多屈辱磨难，该怎么说呀！这很能说明问题了。高杰是鹅最心仪的男人，是鹅肉体、心灵同频共振的人，是带鹅飞翔的翅膀。相貌堂堂、学业一路飙升的高杰，出国留学并做了外企高管，是物质和精神的双重富有者，只有这样的人才配得上鹅的美貌和心气。高杰成为鹅苦苦等待的人在情理之中，更何况，高是石头血脉意义上的父亲呢！再就是鹅忍不下老实街对儿子的欺辱发飙，领着石头认爹：鹅指认了那么多人，唯独没找高杰。还有，鹅看清高杰是披着羊皮的狼，并与其分道扬镳时说：“一个人拉扯那么个私孩子，不也过来了？”鹅从没向别人提过“私生子”，这是唯一的一次，是在跟高杰诀别的时刻。至此，我们知道鹅在那样的时代，在那样的环境，敢于未婚先孕，拼了命保留婴儿，甚至廉耻不顾，拉扯私生子成人，外人看来那么好的条件（常主任）不嫁，可知鹅的心气是多么高，她肯定想象过自己像天鹅那样翱翔于蓝天！

那个留洋博士、有着强大资本支配权、在省会城市呼风唤雨的高杰，真的能像鹅想的那样带她翱翔蓝天吗？高杰居住在狮子口街贫民窟，他却自少年就有狮子大开口的贪欲，因觊觎老实街的“花魁”，遭受过巨大的羞辱，这成了他发奋的契机。他为了满足欲望，一路拼杀，高中、大学、留洋、外企高管，终于拥有兴风作雨的资本。他回到当年的耻辱之地，他要解开暗藏多年的心结，他要雪清少年的耻辱。他如此显赫地荣归故里，他不住大宾馆，却住进他少年蜗居的阁楼里，一句话不说，只发泄兽欲，这显示出他卑微野蛮的复仇心理。他少年缩下的心结是：在破败的阁楼里占有老实街最美的女孩鹅，满足他对美色的贪欲，他终于达到目的了。

高杰无疑是高智商者，他对鹅的追求是美色占有欲的驱使，并非缘自真心。因此，高杰只想占有，始终未说娶鹅。鹅看透了高杰，所以决绝地与他断绝关系，尽管高杰许之整条老实街。由此也昭示了鹅的心灵高洁与精神高贵。

鹅这次起飞不同上次坠落于满嘴道统、心藏幽微的老实街人，而是坠落于满腹洋墨水的高杰手里。由此而观，具有现代气质的鹅的两次坠落确证了现代性进程的任重道远。城市化不等同于现代化，一个城市的现代化意味着这个城市的内在“血液”的现代性：相应的教育背景、人文素养、规范的自觉性、价值取向、心灵面貌、精神境界，这些才是现代化城市的内在指标。还好，鹅的精神在延展——朱小葵义无返顾地行走在现代性的征途上！

一个真诚的人敢于彰显精神诉求，也不回避身体存在，并诚实对待身体。高杰给鹅种下唐石头后远走高飞，正值青春年少的鹅，按耐不住生命力的骚动，经过一段时间的考察确定了张小三，因张胆小被马大龙抢先。鹅经历了生命中最美好的夏天，百花盛开芳香四溢。但好景不长，大龙被“严打”，鹅伤心自不待言。一向以世交为由的大老赵，用“酥锅”代销的方式帮衬鹅家的生计，借此趁虚而入，且关系稳定，鱼水之情经久不衰。鹅接纳大老赵除了身体需要，更有老赵默默帮衬和及时的细心体贴，乃至担当与尊重。

当然人的身体是模糊地带，好多事情便难以说清，如果说得如小葱拌豆腐一清二白，多半不可信。鹅“践石而生”，看似肉体的解放，更是精神自由抗争的表现；鹅拉着儿子认那么多爹，既是集束炸弹似的爆发性的反抗，又是鹅自身复杂性的大暴露；鹅弃绝老实街，可她为了保存老实街，又偷偷在阁楼中委身于本已断绝关系的高杰，这些悖论难以用道理说清。

鹅与招工办老常的关系值得玩味，一开始鹅娘给鹅张罗的就是老常，鹅不同意；经历了一些事后，鹅“看开了”，主动提出嫁老常；这档口高杰回来了，事儿蹉跎。老常是领导，家庭条件好，对鹅帮助较大，石头上学，竹编店改造，鹅若要上班的话有现成的好工作。对鹅来说，老常意味着权力、物质，代表着优裕的俗世生活，但这终归不是鹅想要的，他不能与她同频共振，所以鹅与他若即若离，始终未能走到一起（老实街上的人，见了老常就像迎接菩萨），而在老实街“风流云散”的最后一晚，鹅单独请了老常，且只请了老常。

如果说鹅是老实街道统的卧底包抄，其私生子唐石头就是她向老实街射出的响亮之箭。老实街不仅盾牌森严，更有致命的明枪暗箭，因此小小的唐石头不断逃逸。他的表现是一次次冒着生命危险扒火车，甚至像那只被左门鼻羞辱的猫那样自尽，他是用生命抵抗、弃绝老实街的围剿。他总算在跟老实街捉迷藏中长大，长大后又逃避到网络游戏中。唐石头不是阿基米德，石头的娘也不是旧式女人，老实街表面温情脉脉、风平浪静，其实暗潮涌动、刀光剑影，包括道貌岸然却内心幽微的老花头。

鹅说：“这辈子没悔，也没愧。”鹅没悔的是什么呢？她“践石而生”的追求自由与整个老实街（包括家人在内）的抗争，长期的煎熬，都是为了心灵的翱翔，尽管未能实现，但她大胆地追求了，不后悔，足见其内在的精神强大。她不愧的是什么呢？真诚地对待自己的身体，老实街的好多男人（上至副厅级的张树，下到做酥锅的老赵）无不成为她的俘虏，作为女人她何愧之有？她的勇毅与诚实，决绝与低徊，她的生活摇曳生姿，映射出丰富斑斓的人性色彩。这样的女性形象在现当代文学人物画廊里多吗？还真是罕见！

一阶层人群的成长心路

——读孙惠芬的长篇小说《寻找张展》

二十世纪九十年代初，中国刚刚出现民工潮时，媒体就开始关注农村留守儿童，报道他们的生活处境和心理状态；与农村留守儿童生活的敞开性不同的是城市孩子的生活神秘性，外人会想象他们养尊处优，过着为所欲为的天堂生活。他们的生活和内心究竟是怎样的世界呢？人文情怀作家孙惠芬用她的长篇小说《寻找张展》为我们揭开了神秘的面纱，展示了他们生活的情状和心灵的困境与救赎。

《寻找张展》的主要人物是张展，其父亲是农村打拼出来的大学生，母亲是山西某县组织部长的女儿。母亲利用家庭人脉和交际手段决意将父亲打造成她心目中的成功男人；父亲努力从底层做起，一路披荆斩棘，代价惨重，终于坐到区委书记的位置。因而张展不管在亲族里还是在社会上都有了特殊的身份。父母忙于进步，张展起先寄养在农村奶奶家，母亲总觉着整天与土豆为伍不利于张展成长，更不利于他以后的成功，借故将儿子接过来寄养在姥姥家。

在姥姥家，张展得到姥姥的偏袒，引起表兄弟的群怨，难免遭到无故攻击。每逢此情，大姨家的小表姐、只比他大一岁的梦梅“一定扑过来，老母鸡护小鸡似的紧紧把我（张展）搂进怀里。”“她小小的怀抱给了我无尽的温暖。有时为了得到这温暖，故意挑起事端，造成大姨和大舅妈对我评价很坏。”父母们忙于应酬，多日难得一见，姥姥虽然偏爱却不能时常陪伴他，只有梦梅是他的玩伴，是他形影不离的保护神，是他小小心灵的伙伴，成了他最亲近的人。后来上小学了，梦梅遭遇车祸离开人世，父母没有为梦梅讨个说法，反而向肇事人呈献巴结的笑脸，还召集家族开会，不准大姨告状，统一口径：梦梅的车祸是自己走错道所致。

梦梅死了，父母以谎言掩盖真相，他的哭闹只能收获母亲的耳光和关禁闭。他们对生命的无视与冷漠，对权力的膜拜与觊觎，导致他对爸妈的信任和亲情破产。同时，委屈和孤独攫住了他，憋闷得透不过气来，他抓住机会溜出校园牵住流浪女孩月月的手。

月月是一个遭遇骗子落入乞讨团伙的小女孩，长时间混迹底层的她练就了特殊的生存本领，她多次进过收容所，最后还是被那年无情的非典吞噬了稚嫩的生命。月月的遭遇在张展年幼的心灵上又划下一道伤痕，同时他也醒悟了自己所谓的叛逆有着堕落的危险。张展从收容所里被接回家，接受了爸爸的耳光后被安插到更为安全的学校。

为了保证张展今后的人生只能成功不能失败，爸妈虽然吝啬一个拥抱，却慷慨地运用手中的权力和金钱为张展谋取条件更好的学校，连假期也要进费用最昂贵的补习班。而张展的内心豁开了巨大的缺口，滔滔不止的河流昼夜流淌着对梦梅和月月的思念，她们的身影时时浮现在眼前，唯有将她们的身影涂画在纸上才稍稍缓解。

张展爱上绘画与其说是基因所致，不如说他寻找到了一个疏通情感的通口。然而，父母竭力阻止他绘画，他们认为蕴含志趣和精神的艺术是玩物丧志的雕虫小技，一文不值，只有考高分，进名牌大学，走仕途掌握权力才是成功。

在父母为他报送的英语补习班里他如坐针毡，伺机溜到街边的小吃部，被黑脸男孩做土豆饼的手艺所迷恋，并动手学起来。结果被监护他的舅舅发现，黑脸男孩挨了一顿毒打不算，小吃部还被工商部门查封。

黑脸男孩找到张展要求恢复赖以生存的小吃部，并与他辩论逃学的责任在谁，进而达成共识：有条件不学习是小混混，没条件的自谋生路是创业。张展的内在力量决定他不会轻易当小混混。他以好好学习的承诺换得黑脸男孩小吃部的重新开业，并以相当好的成绩考入初中。在新学校，张展似乎又回到姥姥家的怪圈：处处享受着老师们的偏爱，出头露脸的事项总能落到他身上，自然遭到同学的妒忌、孤立和寻衅，只有仗义的梁平愿意伴随他。张展故伎重演又画起画来，并偷偷将梁平领回家装扮成流浪女，画出月月的模样。意外被爸妈逮住后，他们极度失望地将他交给大连的交换妈妈，将其安插进优质中学。

张展从山西转入大连，一是父母怕他的叛逆之举影响他们的形象、有碍他们的仕途；二是他们对孩子的规划彻底失败后的无奈之举。而就张展来说，这是亲情的全面隔断。身为局长的交换妈妈没有血缘亲情，只有管理责任，像冷轧机一样按照既定的模式塑造他。处于青春期的他，亲情长期断裂，内心长期封闭，必然寻找情感的出口，他又重拾绘画的爱好。尽管他的行为极为隐蔽，还是被无孔不入的交换妈妈监视到，自然被端了老窝，并命保姆严加监管。他买了画具不敢带回住处，而放在发廊女斯琴处。

斯琴本来是一位绘画专业的大学生，由于暑假打工时被引诱失足辍学，沦为发廊女，断送了绘画理想。张展结识她是因一次写生时的偶遇，相同的绘画爱好和亲情断裂的身世，使他们一见如故。张展从她身上获得了在母亲身上从未得到的温暖，斯琴成了他的贴心人。这很快又被交换妈妈发现，斯琴没有因为侮辱而受到惊吓，反而安慰张展，并激起她为艺术献身的勇气——做张展的人体模特。大张展八岁的发廊女斯琴，还是热闹场上的摇滚歌手，“赤裸出她的身体，你想不到别的，你觉得她身体每个部位都是纯洁的，是世界上最美最纯洁的女人，她身上有一种天然的圣洁感”。

高考临近，天有不测风云，法航客机失事，张展的父亲遇难。因叛逆与父亲的感情断裂时张展并未觉得什么，但一旦和父亲血脉断绝，那种悔恨痛彻心扉。遭遇天灾人祸，向深渊坠落没有人能抗拒，但斯琴倾其所有的一切奉献与帮助，最终使张展顺利考上艺术院校的绘画专业。

张展因料理父亲的后事终于得以回到父亲生长的土地，了解到父亲的成长经历，对父亲有了新的理解，愈加思念父亲，他拿起画笔，以此来跟父亲对话。他念大学不久，收到母亲汇给他的一笔钱——父亲的抚恤金，从来不问钱从何处来的他，开始认识到自己每天都在消费父亲的生命，从而开始自食其力。张展得知室友请假两个月陪伴病危的父亲，他对父亲的抱怨也转化为愧疚，他不仅没能和父亲对话，连最后陪伴父亲的机会也没有。他将这种愧疚转化为“老吾老以及人之老”，他抽课余时间去医院为病危者服务——按摩。张展内心蓄满正能量，成为正向发展的人。他从他的经历中悟知：不幸可以救助不幸。张展大学毕业后，拒绝交换妈妈为他安排的好工作，自愿去聋哑学校服务。因而他的画也有了大格局。

一路走来，张展成长岁月中的物质是富裕的，有梦梅、月月、黑脸男孩、梁平、斯琴陪伴。他们（梁平除外）是不幸的，因他们的不幸减轻了张展的不幸；他又是幸运的，这成了他后来自我救赎的重要因素，焕发了他的正能量，成就了他的正向成长。

每个时代都有它的海和船，也有它的礁滩。留守儿童很难想象生长在权力家庭的张展有如此多的磨难。他的自由天性被遏制，他的爱好和才华被压抑，他的整个成长轨迹被操控和监视，就像一块毛坯任由冷轧机碾压成为他人意志的形状，他的自我、心灵被碾成尘埃后依然香如故。

这一切磨难直接来源于父母、母系家族。他的父母是被权力攫取灵魂的人，或者说被权力异化的人。这就是小吃部关闭和开张、张展千里之外获得交换妈妈的原因，也揭示出社会生态的芜杂。

《寻找张展》无论形式还是内容都是一部充满张力的作品，上部与下部形成互文，旁敲侧击的映带丰富了作品的内涵、拓展了作品的外延，给读者强烈的冲击力；它揭示了一直以来被遮蔽的、一个阶层人物的成长环境和心灵轨迹，将困境和救赎呈现在我们面前，我们似乎又听到“救救孩子”的呼声！《寻找张展》也有值得商榷之处，如张展“转化”的契机是法航失事父亲遇难，这只能作为个案，难以示范效仿，不具备“转化”的典型意义。斯琴经历了那么多依然是“圣洁”的，在张展心理最危急、人生最关键时刻给了他慰藉，“圣洁”就受到“挑战”，令人费解。当然这些瑕不掩瑜。

一个人的心灵史

——走近作家东西小说《后悔录》中的曾广贤

说来羞愧，我还是头一次读作家东西的作品，这缘于谢有顺的一篇文章介绍，于是找来了刊载《后悔录》的那期《收获》细细品读。这部长篇小说用“事实辩证法”不温不火、从从容容地呈现出曾广贤的人生路程和心灵轨迹，并折射出两个时代的软肋。

一、白纸

十四五岁的曾广贤正赶上天地一片红的单色调时代，心灵是一页白纸，没有色彩也没有汁水，干瘪而空洞。时代的红色浸入广贤母亲这位大家闺秀的骨髓，十年没与广贤的父亲——一位旧时代的遗少亲热，致使他与从前管家的女儿赵山河私通，被儿子广贤撞见，并泄漏给“专政人”赵山河的哥哥赵万年。结果，父亲被打得血肉模糊，勉勉强强捡回一条小命。之后，广贤撞见单位的领导骚扰母亲后当场羞辱自己的母亲。历经红色风暴洗礼的母亲，十年都没与丈夫亲热的大家闺秀无法忍受儿子的怀疑和羞辱，迫使女儿失踪后，将自己喂了老虎。曾广贤干瘪的心灵不可能感应女同学小池的一颗芳心，不仅自己错失美丽的爱情，还致使小池遭受下乡的苦难，使她失身于百家，后来百家背叛致使她精神失常，又葬送了小池的一生。

在那特殊的年代和社会环境下成长的曾广贤，心灵如脱水的菜蔬，苍白、空洞、干枯，如风化的石末，干燥又没有汁水。这种沙化心灵的生成折射出那个时代对人的戕害、对人性的扭曲。

二、涂污

曾广贤妹妹的失踪、父亲的不齿、母亲的辞世，导致他一个人孤苦地生活着，加之青春期进一步挺进，这使他干燥的心灵又燃起一把火，一次次地窥视张闹美轮美奂的身姿，燃烧的青春火焰越燃越旺以至于疯狂。他夜里破窗闯进张闹的房间，没有过分的举动却落了个强奸的罪名，被判刑十年。感情受伤的小燕惺惺相惜来探监示爱，这对曾广贤来说无疑是雪中送炭。他熬不住狱中肉体的折磨和心灵的煎熬，伺机越狱失败后又加刑三年，告发李大炮逃跑又获减刑两年。在距刑满还剩六十一天时，曾广贤获无罪释放，因为张闹翻供了。张闹给了曾广贤特殊的礼遇并向他倾诉了多年来所受的屈辱，致使曾广贤在张闹和小燕之间难取难舍。

曾广贤经过了这么些生离死别、磕磕绊绊、冷冷暖暖，他心灵那张白纸画满了线条，涂满了色块，由于先天缺氧，难免心灵扭曲，思想迟钝——胆怯、犹疑、寡断，导致他赎罪般的大半生以悲剧上演。

三、赎罪

曾广贤在张闹和小燕取舍问题上被小燕的假象所蒙蔽，被张闹的身体所忽悠，做出了舍小燕取张闹的错误选择，又因心里负重过多，优柔胆怯而给百家可乘之机。后来有了通透的看法想和张闹生个孩子过平常的日子，不想张闹的“层次”提高了，遭了一顿羞辱，赔上八万元才弄明白张闹给他的那张结婚证是假的。后来他知道了张闹不仅踢了百家，还踹了张律师，给一个厅级干部生了孩子。

小池因百家和张闹的关系而精神失常，爬上宾馆的楼顶自杀。小池的父母跪求曾广贤救自己的女儿。不得已，他在众目睽睽下，攀上楼顶脱衣和赤裸的小池拥抱。“文革”时期没收的现价上千万元的祖房归还，不料百家这只黄雀早已在背后盯着，百家用合同蒙骗租去，后来却又因百家涉嫌淫秽、偷税、漏税被查封，最终得而复失，使本来就有心脏病的父亲因悲喜过度成了植物人……

曾广贤因泄漏了父亲的隐私多次为父亲守门；因不识小池的芳心才赤身裸体在众目睽睽之下救了小池；因冲动撞进张闹的房间而磕得头破血流，做出了错误的婚姻取舍，导致受挟制若干年又赔巨款；因婚姻取舍失误祈求小燕的谅解下跪扇自己耳光；因举报李大炮逃跑，帮他撮合意中人还给他结婚费；因幼稚伤害母亲，导致母亲死于非命而永远愧疚；妹妹失踪无处寻迹，心灵烙下抹不去的阴影……何时能还完债、赎清罪！赎罪的过程也是心灵完善、省悟的过程，更是灵魂审视的过程。

曾广贤大半生钻了许多套子，跳了许多坑，但他没有任何抱怨，反而对自己的过失一再赎罪——温良心怀和灵魂在场。因为灵魂在场，曾广贤一路磕绊、一路后悔、一路审视、一路赎罪，他兼有“审问者”和“罪犯”的角色；还因为灵魂在场，才从同一人物的不同侧面发现他（她）的光与影。

沙漠送来清凉

——走近雪漠小说《白虎关》中的莹儿

在我有限的阅读中，深感西部作品的沉静、结实、浑厚、大气。近日读雪漠的《白虎关》时又一次得以印证，小说中那扑面而来的生活气息和呼之欲出的人物形象、明衔暗勾的运思、灵魂里涌流的清泉……《白虎关》的作者把钱当作一杆秤，用其钩出沙漠深处生存的本相，钩出文化积淀的沉渣，钩出人之为人的重量，钩破生死的屏障。

茫茫的大漠与灰沉沉的天穹合成亘古的石磨，繁衍在这里的人如一粒粒稻谷从磨眼滑进磨齿间碾轧，或如磨道里的驴子蒙了眼拉着磨棍一圈圈转，直到生命尽头。在生活这盘磨的碾轧下，生命中的女性更是受难者，她们同样遭受生活的磨难，又额外遭受男人的蹂躏——“娶来的媳妇买来的驴，任我打来任我骑。”“打到的媳妇揉到的面。”喝酒、赌博、打老婆，这是男人消解“热恼”常用的三剂良药。给哥哥换媳妇的兰兰像牲口一样被酒后的男人捶得血痕满身；死了女儿，拼死离婚不成，皈依了金刚亥母，看透人生，漠然生死。

与兰兰对换的莹儿摊个“焉货”，不久就撒手人寰。婚姻的束缚与生活的挤压无法扼杀莹儿生命的鲜活，她撕下脸皮和小叔子有过短暂的愉悦时光，并且有了情感结晶。但肚里存了点墨水的小叔子耐不住驴拉磨的日子，远走他乡杳无音信，她靠反复品咂那短暂的愉悦时光来支撑沉重的生活和空荡的心灵——毕竟还有想念，还有盼头。

但这样的日子也不得安生，因兰兰拼死闹离婚不回婆家，娘家哥带人将莹儿劫持回去，婆婆又拼老命夺去她的心肝儿子骨肉。送走死离又迎来生别，因为是换亲，兰兰不回婆家后莹儿“理所当然”也要回娘家。莹儿妈为了给儿子弄钱再娶媳妇，又再将莹儿卖个好价钱，将一直认为是“别人”的外孙也抢了回来，把一向不入眼的徐麻子奉为上宾，不仅杀鸡沽酒，连自己也奉上让徐麻子“享用”，更令人吃惊的是还默许他“享用”莹儿……

沙漠深处人们的生存就是这样：用喝酒、赌博、打老婆来消遣，用自己的女儿换儿媳妇来延续香火，用挖暴发户的祖坟来平衡心理，用“金刚亥母”来麻醉心灵……这让我们看到了人穷志短和失去尊严，让我们看到了历史文化积淀后的沉渣在经济浪潮的鼓荡下泛滥，更让我们看到心灵的干涸和灵魂的风化。

莹儿怜惜哥哥，舍离骨肉回到娘家；她体恤父母，委屈自己给哥哥换媳妇；她作为母亲，无法遏制对儿子的渴念；作为鲜活的女儿身，她有理由对她心仪的人儿思盼；作为生命的个体，她应有选择自己生活的权利。可她没有，但她从不放弃争取。

为了父母和哥哥，莹儿无可选择地接受了“焉货”，“焉货”怎能安妥洋溢着青春活力的女人的身心！和小叔子有了短暂的情缘，这在“假道人”看来未免淫乱，在断绝六根的人看来未免滥情，但正是由此，莹儿鲜活的生命触手可及。可贵的是，作家没用上边两种眼光看待莹儿，而是用人性的目光来抚慰她，用挚热的笔来礼赞她。因为她的确值得礼赞，她严词拒绝猛子的“那事”使他羞愧得无地自容；虚弱无力的她，面对欲强暴她的徐麻子，用牙齿死命咬去羞辱、咬住尊严。“罪恶是一方对另一方的粗暴干预。两厢情愿，便无罪恶。”两情相悦是通向情感的佳境，是生命极致的路径。对六根已净、漠然生死的兰兰我们敬重有加，而对血肉丰满、生命鲜活的莹儿，更倍感的是亲切与喜爱。

柔弱的莹儿骑着骆驼，带着简单的行李行走在荒漠深处，她们是去沙海驮盐挣钱“赎回”自身，赎回生命的尊严！争取自由选择生活的权利，追逐梦想的幸福！荒漠落日，不见孤烟，禽鸣兽啸，心惊胆寒，夜如一副黑得不透风的网罩下来。她们点燃柴火，火光映出一层层围拢来的豺狼绿色的眼睛，她们各自紧握火枪和藏刀，她们要从豺狼口里夺回性命乃至幸福。夜愈黑豺狼的眼睛愈绿，火愈显得辉煌美丽。让我们为这弱女子举手加额！

《白虎关》用人性、宗教、文化等多种视角来烛照西部沙漠里的生活、人生、生命，尽管生活在这里的人如磨道里的驴子，可人性的瑰丽和不灭的理想如灯塔照亮灰淡的日子，如不弯的脊柱支撑生活磨盘的重压，给人以力量，给人以希望；又如一缕清风，给现今社会上陷入狭小、贪婪、仇恨、“热恼”的人们以苏醒，给热锅上的蚂蚁的心灵以清凉。

夜的河流

——读范玮近期的四个中篇小说

范玮的近作我已拜读过好一段时间，通常，我读过作品后会随即写一点心得，但这次却迟迟不敢动笔，原因是把握不准，有一种陌生感：语言凌厉闪着诗意；出其不意的山外青山亦真亦幻；曲径通幽直抵现实的存在与心灵的幽微……如夜空下一眼望不到尽头的河流，“满河星光月色，暗流汹涌，令人产生一种审美的晕眩和震荡。”

一、《东野湖》《出故乡记》：曲径通幽直抵现实的存在

《东野湖》中留守少妇安红得知丈夫外出打工后身陷城市的泥潭不能自拔，好强心盛的她正值青春旺季，花红欲探墙头。此时，她父亲（民办教师）的学生土豪贾丰收，处心积虑搭架子——给她父亲买楼房，将她儿子送进县城最好的学校，开车约她去东野湖游玩，于是，她也做好了“以肉饲虎”的准备。可贾丰收只不过是偿还少年时的一个梦，并不真的“翻心”。在东野湖，安红还聆听（见证）了满怀美好心愿又吃苦耐劳的良生的悲惨境遇。

贾丰收、安红、良生代表了三类人，他们普遍存在精神困境。贾丰收头脑灵活，伺机发财成了土豪，因眼界所限不可能往更高的层次发展，只好频频回望自己过去的缺憾，回望的结果是挥金如土满足一时之欲。安红心高气盛却落个留守少妇的身份，忍受着物质和情感双重饥渴的煎

熬，她挽救陷入城市污泥的老公的念头瞬间变成红杏出墙的行动，这种行为更便捷地满足她肉体与物质的欲望，当然，她不可能认识到最大的困境是精神的虚无。良生自小贫穷，长大后进城打工，立志让父母过上好日子，他吃遍了城里所有的苦，受遍了城里所有的罪，忍受了城里所有的辱，最终不仅没能实现心愿（父母在寒冷里死去），还被城市像痰一样吐到地上，家乡又嫌他一身臭拒绝接受，他成了没有立足之地的游鬼，除了身体他再没有任何资本去赌明天，他没有明天，天一亮他的尸体就漂在湖水上。良生还有涂自强们，他们出生在河泥里，拼命地往岸上爬，越扑腾陷得越深，以至于浑身湿透，肉体和心灵腐蚀为泥。

《东野湖》里的人物被迫或自愿放弃家园，而《出故乡记》里的人物不管是走出故乡还是留守在家，其内心依然铭记着故乡，守卫着故乡。

贫瘠的乡村生活考验着李唐、元宝一对年轻夫妇，他们经不住外面的物质诱惑，先后走出故乡，无论如何他们还能魂归故里。先走出家园奔向城市的是李唐的媳妇元宝。元宝会唱戏，这在崇尚享乐的城市是一门好技艺。艺不如妓呢？还是艺妓难分？总之，元宝将清洁的身体丢进了城市，背着一包袱钱回到家园，她忍受不了身体的肮脏，疯了，将整包袱钱付之一炬，投河自尽——清洁了灵魂。李唐也走进城市，在一家餐馆打工，因偶然的机会显露武功，成为那座城市里黑道拥戴的人物，于是他劫富济贫，行侠仗义。这种“另类”行径，自然在道上混不长久，意外的是，他挫败在爱情面前（他知道所爱的女子有家室），栽在自己手里：他自报了因“劫富济贫”毁了好好一家人的罪孽。

市场经济在激发了人的潜能的同时也刺激了人的欲望，改变了人们的生活态度、价值标准和乡土伦理。这两部小说都是以当下为背景，讲述在经济大潮震荡下的乡村人，他们明明知道城市是个魔盒，但还是既惧怕又向往，他们对养育了自己的家乡是眷恋的，可又忍受不了它的贫瘠，内心纠结着，无论是离开乡村走进城市的良生和李唐，还是留守在乡村的安红与李敦敦，他们都忍受着物质和情感的双重煎熬，在这样一种困境中，有的灵魂逃逸、肉体芳香，有的坚守灵魂、失去肉体，有的甚者灵魂与肉体一起腐烂。作品还更深一层地触及到世事的纷纭繁杂、人心的丰饶，如李唐的“劫富济贫”的罪过与安红心甘情愿地“以肉饲虎”。同样的城市经历，良生一败涂地身心俱毁，而李唐依然堂堂地站立着，这关乎个人的内在精神储备和心灵向往。

二、勘察心灵的隐秘世界

如果说上两篇小说重在揭示当下乡村流动人口的生存与精神困境，那么《鸡毛信》和《太平》这两篇小说则是勘察人心的密码、发掘人性的诡秘。

《鸡毛信》讲述一个偶然的梦引发“我”去欢城探寻十六年前姥爷失踪六天的真相。在探寻的几天里，“我”邂逅了前台的打工妹杨眉，不想她的真实身份是富豪之女，在做出国前的历练，更令人意外的是她夜晚上班，白天以女儿的身份照顾一个疯女人，那疯女人后来更是莫名其妙地不疯了；就在“我”探寻无果而返时，听一个女孩讲了她奶奶三年前的黄昏艳事，母亲听了转述，号啕不已……这期间穿插回忆了姥爷的人生片段：姥爷给知青做饭的荣耀，姥姥死时的痛哭与淡定，姥爷到“我”家养老时莫名失踪，母亲在姥爷死后才知道他半年前就得了绝症。故事套故事，每一个故事都是一个心灵之谜，每一颗心灵都是一口井，每口井都沉埋着打捞不尽的秘密。姥爷失踪的秘密探寻未果，却意外地发现了更多人的不解之谜。作者如在打井，打一口口心灵之井，井越深发现的谜越多，每个谜都有着多种谜底，都有着多种解释的可能，这正是范玮小说的魅力所在吧。

《太平》从另一个方向探寻心灵的密码，乃至抵达人性的模糊地带。“我”父母因无爱的婚姻乃至霜染两鬓时还是离婚了。父亲挚爱张映红，张映红对“我”父亲没感觉，却毫无来头地爱上了于勒；于勒泛爱不专注，他喜欢风骚放浪的女人，张映红的爱撕裂身心，由孤傲变得放浪，谁也不明白他们融合后的手势及手势背后的心结，大家只能看到他们双双走向了不归路和隔靴搔痒的案件定性。六姑已被少女时的心结钉住几十年了，她心中的校长知情多少？“五四青年”和张小琴恪守分手时的诺言之谜和“我”与小白的阴差阳错，这些都是源于心灵的诡秘和不可理喻，而人们往往从世俗的伦理出发，进行审视，“隔膜”的存在就不奇怪了。

这种隔膜与鲁迅说的因阶层文化伦理不同形成的隔膜有着质的区别，这里勘探的是心灵的丰饶、人性的葱茏神秘。这是人类永不褪色的魅力所在，也是号称人学的文学取之不尽的资源。这种勘探正如作者所言：“带给读者复杂的崭新的认知、体验、智慧和乐趣，由现实世界的此岸将读者摆渡到可能世界的彼岸，提供一场又一场丰富的、神秘的心灵活动。”

小说还顺便探讨了婚姻内的情与义，哪个走得更长远？《东野湖》里的贾丰收与妻子情尽义连，《鸡毛信》里的姥爷在姥姥去世时的淡定与号啕，《太平》里的周成舟与妻子的离—合—离，情和义如此地纠结，难以定性情与义哪个更长久，其流动性、随机性，因人因时而异吧，作家不可能给出整齐划一的答案，纵观古今中外谁也没有一劳永逸的答案。

三、延展小说的疆域

在我所读的四个中篇小说中，范玮站在西方的现代小说艺术的高地，打自己的艺术之井，力图另辟蹊径开发小说新天地。他的雄心与努力初见成效，简述如下：

首先是他爱惜自己发现的生活，没有艺术性的修葺，保持了生活苍茫葱茏的原貌，还有意培植其“旁逸斜出”，保有小说的丰富性和多义性。生活“原貌”不是生活的照搬，而是经过作家思想透视后发现了“新东西”，然后再将其还原到原生态的生活中去，小说的丰富性与深刻性从而得到统一。

其次是小说路径的探索与现代技法的运用。“梦”在范玮小说里是一个精灵，它可以是现实精神困境的暗示，可以是人物情欲的流露，还可以是象征，也可以是某种预兆，营造了亦真亦幻、虚实相生的艺术之境。

最后是他的小说叙述柳暗花明，洞天别开，眼看着小说接近终结，忽而“节外生枝”又进入一番新天地，可谓匠心独运。其语言如黑色的绸缎缠绕绵密，暗处闪耀着诗意的光亮，这里不再备述。范玮的小说世界正如知名作家刘玉栋所言：“他力求用出人意料的语言和形式来展示人的精神空间，因此，他的小说呈现出来的精神世界色彩斑斓、诡异怪诞……”

毋庸讳言，范玮的小说虽不尽美，个别处还有疙瘩，如《鸡毛信》里弗洛伊德释梦的解说，《太平》里妓性与母性的谭发，诸如这样那样的不足，也正是作家未来提升的空间。毋庸置疑，范玮有着与他雄心相匹配的能量，祝愿他在奔向目标的征途上，珍爱自己的才华，走得更远！

红花绿叶两相宜

——读张者的小说《同学会》

读张者的小说《同学会》，往往是读着读着就不由得泪流满面，陷入沉思，这就是张者的魔力。小说以当下生活为幕景，以同学聚会为契机，以发黄的纸条为引线，将思绪牵向上世纪八十年代的中学校园：斑斓的青春色彩和跳跃的鼓点节奏，情窦初开的纯真，男孩们的君子风范与仗义，女孩们心灵密码的微妙，以及无意中的伤害……愉快的阅读得到沉甸甸的收获。

《同学会》中的主要人物王旭，因现实生活的种种失意，翻出记忆中的日记本和夹在其中的一张纸条，勾起他过往的恋情，为了见到三十年前钟情的美女班长，别有用心地组织了同学会。于是，大家在对现实生活的抱怨声中追忆三十年前的中学生活：高三某班两名德智体全优的好哥们喻言和王旭以打赌的方式明确美女班长杨琳的归属权。浪漫美丽的角逐中，钟情美女班长的王旭落空了，因虚荣心参与角逐的喻言拿到了归属权。可喻言对美女班长没多少感觉，他的心另属于文静含蓄的胡月令。胡月令家里出了变故，喻言愈觉她可怜可爱，他与杨琳的关系就慢慢走向低谷。

杨琳忽然给了王旭一张署名“yl”的纸条：“如果我死去，你会为我哭泣吗？”“yl”显然是“杨琳”拼音的声母，这让本来就钟情杨琳的王旭高兴得天旋地转，晕了好几天，待清醒了又觉得不妥：我和喻言是哥们，现在杨琳是喻言的，朋友之妻不可欺呀！他就把纸条拿给了喻言处理。喻言羞、妒、恨，决定让王旭把纸条交给老师，于是老师在班里上纲上线地渲染了一通。不料，事后却传来胡月令割腕自杀的噩耗。原来杨琳给王旭的纸条上“yl”是“月令”的拼音声母，胡月令心属王旭。她的死因有家庭变故，有心上人的“出卖”，也有老师的羞辱。这不是“你站在桥上看风景 / 看风景的人在楼上看你 / 明月装饰了你的窗子 / 你装饰了别人的梦”吗？如此阴错阳差，多姿多彩。

《同学会》是一部意蕴丰富的作品。随着一波三折的青春故事展开，君子风范的王旭，沉稳含蓄、颇具风韵的胡月令，爱出风头的杨琳等一个个鲜活地走来，或低吟或高歌，展示各自的青春色彩与纯真，一根五分钱的冰棒能让恋人甜得连心都融化了，这在驳杂奢靡的现实生活的映衬下愈显亮丽、珍贵。情窦初开，暖风抚蕊，芳香氤氲一片，心灵频道的错位而明珠投暗，导致三十年的思念，甚至产生终生遗憾和不可弥补的伤害。青春期，谁是谁的爱，谁是谁是恨，这太让人困扰了。

这看似青春故事的曲径却通向心灵幽微，探讨的是心灵的密码、情感的暗道。小说对心灵情感的书写进入相当深的层次。再就是胡月令的死，是没有坏人的悲剧。胡月令的爸爸是坏人吗？深爱月令的喻言有错吗？交给老师纸条的王旭有错吗？老师教导学生自重自爱有错吗？在一群好人中，一位文静含蓄的妙龄女孩胡月令被逼死了！胡月令因家庭变故带来的压力很大，情绪极度低落，她的好友杨琳想帮助她走出情绪的低谷，问她喜欢哪个男生。于是胡月令就写一张纸条让杨琳交给王旭。这就是王旭、喻言误以为是杨琳写的那张纸条的原因。这求助的纸条谁曾想成了她命归黄泉的导火索呢？没有坏人的悲剧是许多经典作品试图达到的深度，《红楼梦》里贾宝玉和林黛玉的悲剧就是没有坏人的悲剧。

张者的《同学会》延续了他一贯的艺术风格：寓庄于谐，用轻松幽默的话语来述说沉重的话题，读来赏心悦目，是一种享受，读后又令人沉思，往往有意外收获。就这部中篇小说来说，无论是切入现实生活的调侃，还是同学聚会中的插科打诨，和追忆当年青春期的“愿赌服输”、错位的情窦初开以及“纸条”解谜，丝丝入扣，丝毫没有沉闷倦怠的感觉。这种貌似没有品位而品位自隐其中、貌似不求意蕴而意蕴十足的艺术效果是许多作家求而不得的目标。

好读的作品没含量，有含量的作品不好读，这似乎形成了作家们难以跨越的鸿沟。而张者迈出了可喜的一步，他的作品既好读又富有内涵，这给纯文学带来了巨大的活力，开拓了纯文学读者的疆域。这种创造性的贡献还有待于进一步的认识，其艺术价值还有待于进一步的阐释。

丰满与骨感

——读但及中短篇小说选《藿香》

很少将一本小说集从头读到尾，多半因我懒散，也有文本越读越松的缘故。但我在读但及的中短篇小说集《藿香》时却越读越来劲，就像和老朋友敞开心扉聊天，随着交谈的深入愈感内涵丰富而恋恋不舍——这种阅读魅力源自短篇的精彩、中篇的厚重以及文本散发的人文情怀。

历史拐角处的命运与人性

《藿香》和《茱萸》是姊妹篇，其故事发生在同一座城市嘉兴，历史背景都是1949年，作家选取这个历史拐点来展示人物藿香和茱萸激变的命运和激变中的人性幽微。那是摧枯拉朽具有颠覆性的时际，在那场轰轰烈烈的革命洪流中，她们因身份不同各有各的命运，各有各的情感波折。

历史风暴来临之际，商业主失踪撇下他的独苗女学生茱萸走了，此时的茱萸已身怀撤退到台湾的一名连长王守诚的种子，于是，她只好拉自己店里的小伙计春望来支撑门面遮挡羞耻，可她一直念念不忘的还是王守诚，为了不让春望近身，甚至在枕下藏刀。“遮羞布”角色的春望本来就不爽，这使他更窝火，当他发现茱萸思念王守诚而偷听“敌台”后就立即告发了。在茱萸服刑期间，春望感念老东家的恩德，无比惭愧，不断地给茱萸写忏悔信并去狱中探望，悉心抚育茱萸的女儿，还找到茱萸父亲的遗骸立碑安葬。茱萸出狱后，春望依然张开胸怀接纳她。春望用全身心捂热了茱萸这块石头，自己却“凉”了。在这节骨眼上，王守诚潜逃回来，与茱萸旧情复燃，他们谋划出逃并实施，上演了一场因爱而毁灭的惨剧。在历史转折处闪电般改变了命运的茱萸，她的情感在两个男人之间撕扯，她在心性和道德之间寻找平衡，她那颗流血的心在两个男人之间摇摆。这种动态的描写展示了历史的诡异、命运的多舛、人性的丰富、心灵的风姿。

颇有几分姿色的戏子藿香被富家公子严为家相中，并“替补”为妻子。为家是一个有情义的男人，他放弃去台湾的机会冒死回家接妻子，最终事情败露，丢了性命。而藿香心仪的男人却是留学归来的医生立伦，他热血沸腾地投身革命，因其说不清的海外关系被怀疑，最终“死不瞑目”。藿香和丈夫为家是衣食、肉体的依附关系，没有情感的融合、心灵的碰撞，尽管她也被丈夫冒死相接而感动。她和时代青年立伦就不一样了，属于心动的那种，一接触就激溅出耀眼的心灵火花，阴差阳错间终未如愿。作家把好人当坏人写，把坏人当好人写，也就是把人当人写。写严为家这个富家公子时没把他写成纨绔子弟，而是着墨于他对妻子的体贴疼爱，甚至舍弃一切只身闯入“解放区”来寻找妻子以致被“镇压”，这是多么有情有义！立伦是个好医生，更是时代热血青年，以革命的名义，他有千万个理由告发逃窜回来的严为家，可他告发的动机大半是看上了人家的妻子。这就是把人当作人来写，揭示了人性的丰富与复杂。

无序的生存状态

年少的我，曾经将一位名人说的“命运，不过是失败者无聊的自慰，不过是懦怯者的解嘲。人们的前途只能靠自己的意志、自己的努力来决定！”抄在笔记本上，当作人生圭臬，随着岁月的流逝，亲历事实却又将其无情地击碎。红楼对一些人只不过是普通住所，而对打工仔们却是遥不可及的梦想。他们拼足勇气去做一夜美梦，而陷入羞辱与罪责的深渊（《红楼一梦》）；韩宝贝拥有一场怎样轰轰烈烈、无果而终的爱情呢？肉体的融合和心灵的合唱不足以用来描述，爱情之水如何也不能融化俗世里的铁，直至他的骨头化为灰烬（《男人绣》）；天亮绝症缠身、债台高筑、妻子他嫁，他的生活陷入极夜，决意将幼子交付前妻，放弃今生，幻想来世的艳阳普照（《手珠》）；村官天阳一听到镇长打来的电话就浑身哆嗦，畏畏缩缩、逆来顺受地去做那些该做和不该做的事，连妻子都因看不起他而移情别恋，最终或激怒、或醒悟地放走了不该抓的人，他总算喘了口气。他后来的生活会怎样呢？（《我爱北京天安门》）

他们自然不是完人，身上难免有可恨之处，他们无疑都身处底层，他们的上方总有一只无形的大手捏住他们的命运，主宰着他们的人生。他们面对无形强大的对手，反抗就是以卵击石——招致更大的灾难或自戕毙命。

突变境遇下的人心

突发事件下，人们往往来不及掩饰，暴露出平时埋藏在潜意识里的隐秘世界。《台风》里的男主人隐瞒着妻子的癌症，借车带她去海岛旅游，百般逗她开心；一直闷闷不乐的妻子无缘无故地失踪了，忽然回来笑逐颜开地对他说："我有人了，咱们离婚吧！"这句话不啻于晴天霹雳，打击着男主人的心坎，可他忍住疼痛，依然没告诉她病情，显示了人物内心的正能量。《在函桥》里的女主人鲁丽过着自己满意、别人羡慕的小日子，突然有一天医院来通知，丈夫得了那种不治的花柳病，她从阳光里一下掉进冰窟窿，爱恨交加，幸福的回忆终抵不住眼下的怨恨。

通常状态下人总是戴着面具，只有猛然面临突发事件时才来不及掩饰，下意识将隐藏的真面目显露出来。用作家本人的话说："打开了自己也就打开了别人，里面的丰富与丰饶，辽阔与浩瀚，乃至美丑善恶组成的立体交响，都极具诱惑，难以穷尽。在内心的海洋里探索、挖掘，并且升华，我想象不出比这更有意思的事了。"

艺术匠心处处可见

《藿香》的艺术成就卓然不群，粗略地梳理一下，如下几个方面较为突出。（一）历史拐点选作小说背景炙烤出人性多层次的真面目。这看似个巧宗其实还是硬功夫，"需要理解时代，把握时代走向，走进人和事的灵魂"，如《藿香》和《茱萸》就是这样。（二）冰山说的艺术践行。《男人绣》只写了恋爱男方韩宝贝的痴情与受虐，至于男女双方如何热恋、何因有情人终不成眷属，却只字未提。《台风》里的女主人为何移情别恋也隐去了。《在函桥》里的男主人得病的原因始终是个谜。《我爱北京天安门》里毛丽和木建森的苟且也隐在背后。这种留白为读者开启广阔的想象空间，形成强大的艺术张力。（三）出奇制胜。可丽提出离婚（《台风》）；鲁丽发现函桥里的情诗（《在函桥》）；芳芳的手珠易主（《手珠》）；大民忽然没了踪影（《红楼一梦》），这些“意外之笔”给读者强烈的震撼和深沉的思考。不难感知，但及的短篇小说艺术源于契诃夫、莫泊桑、欧亨利等巨匠，他的高明在于，汲取他处营养培育自家园里的花朵。

《藿香》货真价实，饱满、厚重、风骨，找不到丝毫的妖艳与媚俗。

展翅的蝴蝶与世俗的菜刀

——赏读阿南的小说《残瓷》《傻瓜的盛宴》

阿南的活儿真够全的，读大学之际就在当时颇有影响的《当代诗歌》和《诗歌报》发表诗作了；在北大进修后致力于翻译，不声不响地完成了三十多本译著；在这期间，插空子收拾了一本融情感于哲思的随笔集《自在书》，不经意上了《散文》；近来又插手小说，竟然篇篇占据《延河》头条。阿南，也真有你的！

先来看阿南的中篇小说《残瓷》。元时的小生意人马可遭匪帮师爷的暗算，因逃命从山崖上滚下来被苗根大救下。马可拿出用生命保留下来的苏麻离青和精心设计的陶车图报答苗根大，被苗根大一一婉拒。由于马可的不慎再次招引劫匪，苗根大将生路推给马可自己留在死地。之后，马可将两人合制的青花炉给苗随葬。青花炉之宝贵，不仅是因为它本身是稀珍的元代青花瓷，还因为它凝结了人与人生死患难的情义和隐含着民族文化之精华。

岁月如河，青花炉流落到当下一名不识文物的青年画家六子手里。六子孤傲不屑攀附，因此无人给他捧场，好画也难以出手，以致连生存也难以为继。可他依然发奋不已，终于创作出连文化评论家陈兆远也为之震惊的《残瓷》，更令陈兆远震惊的是六子画架上的青花炉，他清楚青花的含金量，便以高价买画的名义顺手牵羊拿走了青花炉。六子的女友雅曼是一名小编辑，为了得到名人的稿子和六子的扬名，跟陈兆远荤荤素素地混到一起。

我们从作家穿越古今的比照中可以感受先人那种轻利重义、生死患难的仁义；而现今话语权在握的“陈兆远们”把玩的是文物的含金量，掂量的是红包的轻重，贪享的是艳色。陈兆远比劫匪的师爷要进步多了——古代的劫匪尚需阴谋、暴力才能得到的东西，现今用阳谋守株待兔，自会送货上门来。我们的一些优良品性会像青花炉一样破碎在“陈兆远们”手上！由此，我们不难感受到作家的痛心、愤慨和批判；也不难感受到作家对先人美好品性的怀恋、赞赏及作家弘扬优良传统美德的心愿。再者，文中展示的香文化、瓷文化，以及宋末元初的社会背景，给文本增添了深厚的文化意蕴。

再看阿南的短篇小说《傻瓜的盛宴》：小说讲述一名叫马可（两篇小说的人物同名）的人，不满足日出而作日落而息的果腹而安的日子，不顾亲人的劝阻和外人的嘲笑，脚步遍布世界，追寻理想中的精神风景。马可在南太平洋群岛梦遇“虚境生存”的庄思邈，领悟到：“宇宙展现在世人面前的，甚至还不足其全部的4%。从这个意义上讲，人类所有的现实活动，都是自以为是地在小之又小的孤岛上发生、消亡。而摆脱这一局限的唯一手段，便是借助虚境生存方式，拓展生命的空间。”这里的虚境可以理解为不受物质羁绊、开阔自由的精神境界。现世人们过于注重物质生活，而忽视了精神的探索与开拓，囿于眼前的物质利益，徘徊不前浪费生命。物质固然重要，它是人类生存的基础，更是一切活动的条件，有了这个基础条件之后，引领人类方向、提升人类文明的层次，还得靠精神。马可来到中国边界，奇遇深谙洁净功的奇人，获训：真正的高人不是躲避生活而是走进生活，“不会像我这样躲在荒野。即使混迹于闹市，他们同样可以置身事外”。这使马可将现实生活当成“虚境”，任凭自我释放，在世俗的法则面前碰得头破血流，被视为“精神病人”。这里我们不能太痴迷于作家津津乐道的“虚境生存”“洁净功”

之类，需注意执着的精神追求者马可与他所处之境格格不入，这个虚构人物承载着小说的主旨、作家的精神理想。物质欲望充塞的现世，作为人的灵魂——精神被挤压得无处容身；难求洁净的精神，只有在虚境或梦幻中才能与其相遇。小说还给读者更多的启迪与思考："我们的身体和灵魂一样沉积了太多的龌龊。"怎样才能得以净化？清洁的精神怎样化为现实生活的指南，净化我们的身心？作家给我们提供了广阔的"再创作空间"，也传达了作家对现实的忧虑与精神追求。

这两篇小说主旨较接近：洁净的精神追求与现世物欲的批判。而艺术追求各有特色：《残瓷》以青花炉为线索，以"V"字形结构，历史与现实两条线索穿插并行最后合一，给人以历史纵深感的同时又避免了拖沓；以古今比照凸显当下人的精神残缺；文中的玫瑰纯露、青花炉及其破碎，作家都赋予了丰富的意蕴，给文本增添了蕴藉的品质；行文多为写实手法，给人沉实厚重之感。

而《傻瓜的盛宴》以虚构的形式营造现代味十足的意象来达到创作目的。如果说前者在打地堂拳，那后者就是走空索道。《傻瓜的盛宴》营造的是一种陌生的、虚实相生的迷幻艺术意境，给人亦真亦幻、飘忽飞翔之感，创造了广阔的艺术空间，放读者八荒神游。结尾处乃画龙点睛之笔，乍读似乎有点生硬，其实与全文的迷幻氛围相吻合。

这么多年来，阿南自诗歌、翻译到散文、小说，不断尝试着拓展他创作体裁的样式。其涉猎的内容更为丰富，物理、哲学及其边缘科学等，他已走多远了？限于我的浅薄很难说准，但就眼前他刚涉足的两篇小说，亦不难感知他的精神和艺术探索的脚步，取得的成绩亦令人惊喜不已。

民族魂魄与生存境遇

——试说王向力小说的内在精神

近日集中阅读了作家王向力的一批小说：《净土》、《寒尽不知年》、《寻找薛文彦》和《坚硬的河流》。阅读这些篇章，总能感到文字背后有一位松塔似的汉子，在关中或伫立或行走，感应着他滚烫的血气和怦怦的脉动，脑海里油然出现久违的两个字——风骨。作家稳健的乡村叙事、性格鲜明的人物及其精神内涵，如“山里的干货”，耐人琢磨，且味道纯正，在文学被重口味、血腥、玄幻充斥的今天，作家王向力献上一系列营养丰富的“人文盛宴”，实属难能可贵！

我猜测，作家王向力的心目中肯定站立着我们民族英雄的群像：夸父、共工、愚公，抑或谦谦君子，基于此，他的小说塑造了一群如薛文彦（《寻找薛文彦》）、宋克俭（《寒尽不知年》）、林丰（《净土》）等“猛志长存”的富有民族精神的人物形象。

小说《寻找薛文彦》里的薛文彦是一位承续民族英雄基因的人物，他有着为民谋福利的情怀，他的胆识魂魄是集体的、民族的，胸怀至高的目标，心生无畏气概，任何艰难险阻都无法阻挡他前行的脚步。在二十世纪七十年代上半叶，物资匮乏、技术落后的境况下，薛文彦作为偏僻山区的一乡长官，毅然决然地要修一条让山民走出贫困、走向富裕的路。这条路连准备在深山建设兵工厂的部队都望而却步，而他修路的决心却坚定不移，他面临的不仅是穷山、恶水、险峰，还有匮乏的物资、科技、人才，更有人的信念，与愚公移山的境况几多相同！愚公还有天帝可感动，而在当今时代，他可以依靠的只有为老百姓谋生存的一颗心、勇于担当的胆识和坚忍不拔的意志！

他认准了修路造福百姓，而同事们畏缩困难持不同意见时，他敢于“独断专行”；当一切还是白纸的时候，他只身一人穿莽林、爬山崖、涉恶水，探察路线，险些丧生。他无私无畏，身先士卒，唤醒向往幸福生活的人们的心智，在人们的心中筑起一道通途。修路需要资金，薛文彦低三下四去县上求告援助，去公路局“化缘”，甚至违规犯纪挪用公款，当同事们晓以利害时，他铿锵有力地说道：“怂呀！能有啥嘛，有啥事我一个人承担着，跟你们几个没关系，要割头割我的！”修路钎凿时乱石横飞，死人的事随时都有可能发生，薛文彦的肩头承担着所有施工工人的生命！他如此不避利害、不计得失地修路，是为了制造形象工程吗？是为了居功邀赏吗？他没有尊严，不懂得法纪的严厉吗？不明白其中的利害吗？还是说在他的心目中百姓的福祉高于一切，其他都置之脑后！？路修通了，剪彩的场面找不到他的身影——他功成身退。薛文彦几近完美的人格，富有理想色彩，也是老百姓期盼的父母官。

弹指一挥间，几十年过去了，新一代山村领路人怎样了呢？根据时代背景，小说《寒尽不知年》里的宋克俭应该是薛文彦的精神“传人”，他的脉管里流淌着薛文彦的血液：无私为民的情怀，雷厉风行的气魄，敢作敢当的品格。宋克俭是一个只顾拉车不知看路的人，尽管在城镇干得成绩显著，还是被发配到穷山沟里，但他依然不改初衷，舍弃小家一心扑在为民致富的征途上。薛文彦面临的困难宋克俭一样也没少，反而增添了人心的泥潭、人际关系的错综复杂和累累的债务。为了使已濒临瘫痪的乡领导班子正常运转，他使出浑身解数，甚至不惜出歪招、黑招：稳住地头蛇，镇住恶债主，“搜刮”各职能部门，动用派出所力量拦截出山路口，阻止山货外运，终于搞成了“旅贸会”，有了盈余后给乡里工作人员发了工资，总算启动了乡政府这套系统。为长久计，他又与投资商斗智斗勇，苦心孤诣经营，签了建造“度假山庄”的合同；征用土地，触动个别人的既得私利，浮出水面的却是非法拘禁百姓、强占退耕还林土地。

不难想象，宋克俭以败北告终……其过程，很多事情按常规难以行通，不合规的行为却成为常态：为了完成税务去省城买税票抵挡，为了达成某个目标，激化了干群矛盾，甚至不惜动用派出所的警力。宋克俭辗转腾挪，左冲右突，做着薛文彦那样为民谋利益的事情，却遭遇着不同性质的困境，薛文彦功成身退，宋克俭败北下课。这隐约又准确地暴露了基层官场盘根错节的利害关系，干群之间的矛盾，人心的私欲和愚昧短视，这些因素构成一张看不见的大网，缠裹人的手脚，消耗人的精力，钝化人的智慧。这体现了作家的现实关怀和思考。

如果说上两篇小说是在寻找我们民族万劫不移的精神基座，那么《净土》就是逃避社会雾霾、获得心灵宁静的清洁空间。由此看来，王向力的寻找和逃避是一枚硬币的两面，其核心是一致的——崇尚高贵的人性！

《净土》里的林丰从喧嚣污浊的城市跑到深山古庙，就是为了寻得一处清净环境，做一件有价值的事情——收集、保护历史文物，更是为了保持内心的清净。与他志趣相投的齐小云与其有着琴瑟之谐，无奈社会商潮无孔不入，寺院这片净土也被侵蚀、雾化，加之他人的灰暗心理作梗，他们又一次逃离，另寻他处。他们去哪里寻得净土？净土何在？高洁的心灵何处安放？由林丰的再次逃离想到薛文彦和宋克俭的结局：薛文彦劳苦功高没提升，反而调进县里的企业单位，晚年沦落为集市上的牛羊经纪人，生活状况可见一斑；宋克俭“下课”了，假如他继续干下去，等待他的是什么？或将比“下课”更惨！《净土》不仅有作家对纯洁心灵的体恤，有对社会生态环境的深刻反思，更有对人性不古的危机感。

王向力的小说核心指向：颂扬高洁的灵魂，宣扬为民造福的崇高精神以及对社会生态的忧虑。这是文学永恒的主题。在当下，这种吁请是多么的及时和必要！作家此举和他所描写的人物有着同样的非凡与悲壮！历史不管走到哪个时代，物质都随着时间的流逝灰飞烟灭，而人类崇高的精神却永恒存在着！卑鄙是卑鄙者一时的通行证，高尚是高尚者永远的座右铭！

作家王向力的这批小说文字简洁有力，叙事稳健而富于质感，不难看出作家精益求精的艺术追求。《寒尽不知年》扎实的叙事中不时介入诙谐幽默的插曲，这些插曲不仅平添阅读趣味，增强可读性，还起到旁敲侧击、丰富主旨的作用。不过，总体还有过实之嫌，未能给人足够的想象空间，在“虚实相生”这个层面还有功课可做。《寻找薛文彦》就有了可喜的精进，这篇小说以寻访的形式，从不同人物的转述中抽丝剥茧，一步步发掘人物的灵魂，一层层建筑这座民族精英的精神之塔，待其巍然屹立、万众瞩目时，却哗然跌入深谷（由民族英雄蜕变为集市上的牛羊经纪人），历史纵深处的诡异之变，给人强烈的艺术震撼力和悠远的想象空间。

尚需提醒的是，由于作家内心潜移默化了古典英雄的精神基因，其笔下的人物精神素质略显不足。不管是放在纷纭繁复的当下社会，还是就当代人性的复杂性而言，都感到有些单向性，这是作家拘谨、笔墨没有放开的缘故。一部优秀且具经典价值的作品，其内容不仅要达到历史的深处，还要具备直抵人心深处的能力。当然，作品的内在品质，是受作家自身的阅历和孕育他的地域、人文环境、先天禀赋、后天的自觉取向影响的，不宜作普遍意义上的苛求。

乡村游戏

——读陈宜新的小说《给大爷出殡》

《给大爷出殡》以正厅级待遇的“我”大爷的过世出殡为契机，招引各色人物粉墨登场，各展身段，各诉所求：马家钦和刘少东看到的是排场与利益，老火和司书记是谋求职位的“进步”，五哥想趁机报答救命之恩与抚育之情，七叔让大哥入土为安讲的是伦理常情，唯一的儿子马家努始终如一地守卫着的是浩然正气。在这场“出殡”表演中，肝胆烛照出蝇营狗苟，忠义烛照出丑陋不堪，文化伦理烛照出生活无序，上演了一台鲜活丰富的乡村生活剧。由此可见作家洞察人情世态和人物塑造的功力。

小说中的五哥最具代表性，他身为村支书想着为村人谋福利：给村里修柏油路，因其“不会来事”，致使村上的柏油路只能铺到纸上。为此，他不得已到处“化缘”才完成了村上的街面硬化。作为村支书，说一套做一套违反村规民约循私情，但因此威胁到他的村支书职位时，他立即指使村里理事会执行村规。五哥想借大爷出殡的时机报答老人家的大恩大德，体体面面地操持一场，这暗中了镇领导们的心怀，却又违备了大爷之子马家努的意愿。他本来对镇领导的作为有抵触情绪，但为了保住他的村支书职位又俯首帖耳。

司书记出身农民，勤于职守，尽心开导乡民造棚种菜，竭力招商引资，因没有后台与三次晋升机会擦肩而过，所以他指望借“大爷出殡”的机会结交秦市长，获得“进步”。不料，司书记的愿望落空了，马家村的柏油路补贴就挪到镇政府办公楼上。当市检查组来调查时，乡人都说司书记的好话，竭力保护司书记。

人尽其才、物尽其用是理想社会制度的具体体现，“司书记们”如此渴求“进步”让人作别样之想，是官本位文化心理根深蒂固，还是权力背后隐藏着肥沃的实利？作家在乡村摸爬滚打，有着细致的观察、独到的体悟和深刻的思考，提供了对乡村政治精准且深入肌理的认知。

《给大爷出殡》的故事发生在齐鲁厚土上。两千年前，这片土地上就生活着孔子、孟子和庄子等，积淀着丰厚的文化；繁衍在这块土地上的人们早已形成稳固的文化伦理，尽管历史长河曾无数次地淘洗，“青山遮不住，毕竟东流去”。这里依然延续着传统的伦理次序，堪称礼仪之邦的典范。尤其是逢年过节、婚丧嫁娶的节点上，这种文化格外有力量，规范着事务的程式。

在“给大爷出殡”这桩事上，七叔使出浑身解数意欲促成此事。起先，七叔力促村支书五哥操办此事，接着不顾病体挂着吊瓶亲自上马，身体实在不支，指派一帮本家的老爷子上阵死磨硬泡。七叔何以如此？他脉管里流淌着传统文化伦理的血液，加之习俗民约已内化为他的心理定势，形成生命的内在意志力量，彰显于外就是行为的规范与指南。大哥不能入土为安，作为小弟的七叔就是没完成责任，没尽到义务，会让他寝食难安。五哥“给大爷出殡”除了尽侄子的孝道，还有一份知恩图报的仁义在内；不给大爷出殡五哥有失道义，大庭广众下会说不起话。马家钦“给大爷出殡”是出于家族的荣辱，大爷能否入土为安不仅仅是马家努一个人的事，而是整个马姓家族的事，自然也关乎他马家钦的体面，所以他力主“给大爷出殡”。这使事态的发展愈加剑拔弩张，形成强劲的艺术张力。

富贵不能淫，贫贱不能移，威武不能屈。老祖宗的这些话爱听的人不多了，能听进心里并践行其精神的人少而又少，目光从从瞄准经济这个唯一指标，效益自然成了人们取舍的指南，其余都好商量了。有担当的作家其责任是将我们民族文化的精髓发扬光大，重建我们民族的精神价值。小说《给大爷出殡》中的马家努身上就凝铸着老祖宗的精气神。抗日战争年代，还在学校读书的马家努父亲（“我”大爷）被日本鬼子掠去做修碉堡的伪军，不久做了八路军的俘虏，因他既有文化又英勇善战，多次在前线战场立功成为团级指挥员，后来因负伤转业到地方工作。“十年浩劫”期间，因其履历曲折被打成“三类分子”，押回老家劳动改造，妻离子残（其子马家努成了村上唯一的光棍汉）。历史总是柳暗花明，大爷得以昭雪平反，组织照顾马家努让他进城工作，他死活不去（为此还挨了父亲的巴掌），一心守着年迈的老父和厚实的土地过活。马家努不想“进步”不代表其他人不想“进步”，老火、司书记百般钻营，试图借助大爷的关系“进步”。

就“出殡”这桩事，七叔的伦理、五哥的仁义、家钦的排场等，无意中都站在了司书记的一边，对马家努形成了合围，他一人孤军奋战又如何突围呢？单凭“夹邪劲”难以取胜，对老火来横的，对五哥来硬的，对七叔来软的，可谓曲尽周折。他为何坚持不给父亲出殡呢？——“为了不使愚兄走后饱受诟病，愚兄的后事一切从简，不通知贤弟，不动客，不发丧出殡”，他是为了恪守父亲的遗言和自己的骨气！马家努不近人情的“夹邪劲”至此豁然开朗，晴空惊雷，振聋发聩，彰显了万劫不移的民族的铮铮钢骨与气节！作家也警示我们：宝贵的民族精神在当今利益社会下，生存空间如此逼仄，弘扬如此艰难，不难感到溃散的隐忧。作家将如此的重任搁在一个残疾光棍身上，除了表达上的反衬，还包含着作家深重的担忧。下一辈马志玩世不恭地说：“原来是大老头子不想让别人沾他的光呀！”听到此言担忧就不是多余的了。

说起来，身为中国土生土长的小说家，写中国气派的小说是多么自然的事情，但由于种种原因，事实并非如此。何为中国气派的小说呢？首先看中国经典小说《红楼梦》《水浒传》《三国演义》《西游记》，粗略地说：一是小说主旨表现中国人的精气神和中国经验；二是以讲述生动的故事、塑造鲜活的人物为手段来实现创作主旨；三是语言简洁、蕴藉。具备了这三个特征就是中国气派小说。第一条我在上文已经简单表述过，这里说说《给大爷出殡》的故事结构、人物塑造及语言运用是如何体现中国气派的。《给大爷出殡》的核心故事是“出殡”，以此引出抽调大爷的责任田；司书记吊唁扑空，挪用“村村通”补贴建办公楼；司书记招商与村主任刘少东“近水楼台先得月”；五哥“化缘”给村上铺柏油路等。故事的结构可谓动一发而牵全身。《给大爷出殡》的中心人物无疑是马家努，可作家给这个人的笔墨还没五哥多，待读完全篇回首来路，马家努的形象矗立起来了，所写人物无一不是衬托马家努，作家娴熟地运用了我国古典诗词中虚实相生的写法，尤其是行文中“包袱”越裹越紧，最后一抖如雷鸣，人物形象擎天而立，给人出其不意的震撼。作家力求将作品里的每一个人都塑造成丰满的圆形人物，如马家努有着刀枪不入的“夹邪劲”，更有柔肠似水的情怀。父亲去世多日了，他依然每餐在父亲的房间里摆放着碗筷和老人生前爱吃的菜肴，自己因悲痛消瘦得脱了形，这不是侠骨柔肠是什么？

《给大爷出殡》是鲁西南原汁原味的乡土语言，又是经过作家加工提炼的、普通读者没有阅读障碍的语言。如“揉搓这件事情”，传达一班本家老头软缠硬泡逼迫马家努“给大爷出殡”，多么的形象生动又耐人品味 。文中“得罪了烧锅的，吃不了烂豆 ”“夹邪劲上来了”等乡土妙语不胜枚举。

新锐作家

第三辑

“教堂”的倾斜与修缮
探摸城市的心灵
摇曳生命的野性之火
信仰之旅
一束斑斓的光
肉身生存与灵魂追问
那些生活里的星斗
命运的巨鲤谁能扣住鳃
招魂曲

美丽不说话
小鸟的蓝天在哪里
人世孤儿
鼎足而立
肉体 PK 心灵
罪与罚
意象群落与文化悖论
困境里人性摇曳

“教堂”的倾斜与修缮

——浅说徐则臣的《耶路撒冷》灵魂回归之路

这些年，徐则臣的创作一直穿行于北漂着的京都与故乡的花街，而他的新作《耶路撒冷》将二者融汇于行走的路上。那些被雷电狂飙冲击得似蒲公英般飘落一地的心灵的碎片，在泥潭中呻吟、挣扎、反思、觉悟，殊途同归，步履蹒跚地走向精神圣地。这部长篇也是作家多年的反思考和艺术积累的结晶。

一、故事的黄昏

徐则臣的《耶路撒冷》讲述的是初平阳、杨杰、易长安和秦福小的故事。这几个人是发小，共同经历了花街的童年、少年，然后走上各自不同的人生道路。初平阳读北大社会学专业，准备到耶路撒冷继续探求信仰之路。杨杰做水晶生意，事业成功。易长安，做假证、假牌照，不差钱。秦福小，弟弟死后，初恋受挫，远走天涯，后来带着领养的孩子回到花街。小说以初平阳回花街卖老屋大和堂为主线，讲述了花街的变化，花街人的变化……

《耶路撒冷》不再恪守“形式上回归古典”而走进“故事的黄昏”，扬弃了传统意义上的那种有着完整的起承转合、顺溜的逻辑链条、无懈可击的因果故事。作家随着阅历的丰富、视野的开阔，深感这种故事的虚伪性已不能抵达世事真相，也无法呈现人物复杂的内心世界，因此，作家“不畏将故事变形与非常态”，借助“暧昧与偶然性”走进遮蔽的世界和丰富的人心。

吕冬的内伤。吕冬和他身边的易长安、杨杰、初平阳相比幸运多了。他，出生在官员家庭，享受着丰腴的物质生活，升学、工作、结婚、住房，都由在市级机关当官的母亲一手操办，可他后来却进了精神病院。他的不幸是从小就被母亲一厢情愿地按“标本”塑造培养。吕冬的日记、内裤、遗精等，母亲都要一一审查。母亲如愿以偿地把他塑造培育成想要的“标本”后，发现不是她想要的，又要把他改造过来。吕冬的妻子、管委会主任齐苏红义不容辞地接过管教他的重任。齐苏红除了接管了婆婆一整套的审查外，还变本加厉地批评他作为教师不进步、没能力。这期间，吕冬因家庭养成的怯弱，错失了挚爱的女友秦福小，致使她十六年的青春年华在孤苦流浪中度过。吕冬说她们婆媳两个的脑子当官都当坏了，是她们把他搞坏掉的。这话真不是一个精神病人能说出的，而是一个清醒者之言。还好，吕冬终于自我觉悟了，决定和齐苏红离婚。

杨杰的使命。杨杰一出生就背负了替母亲重返北京的使命。母亲因为那场“知青”风暴将她从北京冲击到乡村，将自己打造成铁姑娘的意志苦苦支撑了她十多年，可她返京的日子依然遥遥无期，渺茫的希望断绝之后她嫁给了村人，她北京的家境也掩埋在历史的深处。历史就这么喜欢跟人开玩笑，将完全绝念的事情兀然推到你面前：回京的机会来了，可她正值孕育新生命的时候，机会不再等她，她顺理成章地将自己的心愿寄托在孩子身上。作为农民子弟，杨杰替母亲重返京城的门路很窄，在读书升学失败后，杨杰选择了唯一的希望——当兵。就杨杰来说，复员进京城的几率等于零。于是，他复员回乡进了只能每月发一半工资的厂子，不久还倒闭了，成了无业游民，为了生存，他往返于京城与家乡倒腾水晶。终于，杨杰在京城站稳脚跟，有了自己的公司，娶了北京姑娘，入赘京城，用了半生的时光终于完成了母亲赋予他的历史使命。

正值公司蒸蒸日上之际，杨杰撤退了，停止大规模的水晶制作，做起小活，捡起边角废料做配饰挂件。这缘于他一次偶然抚摸后的省悟：水晶清澈润泽，是大自然的处子，在机器上瞬间就消损一块，而大自然孕育一块水晶需几千年，几千年的结晶瞬间就消耗了，这种消耗将使其成为大自然的罪人、历史的罪人，后人多少年的救赎才能弥补这种触目惊心的损耗！莫待身后有余忘缩手，眼前无路想回头。在杨杰身上，凝结了作家对资源过度开发、自然生态、社会生态的反思。

易长安的反叛。如果说杨杰一生下来就背负历史使命，那易长安自懂事起就开始反叛父亲。其实易长安的父亲易陪卿也一直在反叛，文化人的他（二十世纪六十年代的高中生）在一片反对声中娶了以身体养活父亲的女子为妻，这种不凡的义举惊动小城。可他的勇气抵挡不住内心的撕拽，一喝酒藏在身体角落的鬼就出来作祟：打老婆，到处沾腥惹臭来平衡心理。易长安怨恨、仇视父亲，总是忤逆父亲的意愿而为。他数理化学得好，父亲叫他学理科，他偏考文科；大学毕业后，父亲叫他留在城市，他却去了最偏远的小镇；父亲“搞破鞋”，他专搞没结婚的女子。他除了和父亲对着干还跟所在的乡镇领导较劲：追讨工资、监督领导吃喝。胳膊拧不过大腿，结果被迫走人。走进京城，“生计”两个字立马悬在当顶。还好，凭着他的聪明在泡沫时代很快找到活路：造假证，并如鱼得水。“反叛”一词是轻巧的也是沉重的，凭着本能或意气即可为，可坚持并保证正向性就需要足够资本了。一旦精神储备不够、物质资源不足，再加上外界强大的压力与诱惑，内外交困之下，或反叛，或剑走偏锋，或倒行逆施，比起所反叛的对象有过之无不及。易长安和他父亲的反叛即属此列。

秦福小的内心救赎。年少懵懂的秦福小因妒忌弟弟所受的偏爱，在弟弟精神失常割脉时犹疑，未能奋不顾身地救助，致使弟弟毙命，景家断送香火，父母哀伤欲绝。她扛不住内心的自责，想偕同男友吕冬出走，而男友吕冬并未同行，于是她一个人历时十几年流浪了大半个中国。这期间，她去了父亲的老家孔孟之乡济宁，见到了年迈的祖父母；听说了秦奶奶背着十字架死于暴雨之夜；遭遇过拥有北京户口的男人的爱情。她领悟了景家的香火和秦奶奶的十字架，由犯罪感转化为赎罪行动：抚养一孤儿续接景家香火。

尤其是秦福小在秦奶奶和弟弟坟间坐了一晚，感知了秦奶奶心灵的幽深与玄远、自己的狭窄与短浅，更看到了个体生命的尽头——坟墓，消解了心存的芥蒂、怨恨和恐惧，坦然地去看望伤害过她的前男友吕冬。这一路是人生文化叙事，更是心灵叙事。几千年的文化积淀有它自身的惯性与生命力，“野火烧不尽，春风吹又生”，“后人”注定要负重前行。

初平阳的行走。无论是作品构建还是旨意传达，初平阳都是“最具负重”的人物。他在历史和现实的风暴中飘摇，试图抓住生命的支柱。秦奶奶和杨杰母亲身历的“文化大革命”“知青下乡”，他本人身历的“火车抛锚”“御码头”“翠宝宝纪念馆”；还有同辈人杨杰、易长安、秦福小、吕冬们的遭际，尤其是景天赐之死，作为知识分子的他深深地陷入迷茫，寻找并反思生命的依托、爱的能力与灵魂的归宿，成为他自觉的使命。因此，他辞去了大学教师工作继续求学探寻，这在外人看来发疯无疑，他的坚持与决绝遭到亲戚朋友的误解与非议。欣慰的是，他的女友舒袖愿意辞去工作伴他同行。在北京考博期间，他们陷入深不见底的困境：平阳首次考博阴差阳错地失败，舒袖找不到工作，两人的积蓄花光，生存成了头等大事，舒袖不得不厚着脸皮向妈妈伸手。他们不仅陷入生存困境，前途也实在渺茫，焦虑煎熬着他们，他们甚至不知道这种焦虑何时是尽头！舒袖绝望了，她甚至无法判断：爱和绝望哪个力量更大！物质和精神均告罄耗尽之际，舒袖试图以怀孕来坚持爱情！强弩之末，母亲的手格外有力，舒袖被拉回了家（舒袖离开平阳，我们依然喜欢她，包括她有了孩子以后和平阳约会。她心灵丰盈、鲜活，有血有肉，是写得最出色的人物，因文题所限就不展开了）。弹尽粮绝之下，冰天雪地之境，初平阳一个人怎样坚持下来的？“绝望”了依然还要“爱”！这力量何其强大！其内心已构建了那座“耶路撒冷”精神之城！初平阳卖掉祖传的居所大和堂，孤绝地奔向耶路撒冷这座人类精神庙堂——“有的只是信仰、精神出路和人之初的心安。”他因寄托了作家的理想而被赋予了神性色彩。他的坚持和精神行走，是同龄人的希望，是这个时代的希望，更是我们民族的希望：“掉在地上的都要拾起来”，重走灵魂之路，重建精神家园！

二、小说的边界

徐则臣以前说他的作品“形式上回归古典，意蕴上趋于现代”，新长篇小说《耶路撒冷》已超越了这种说法，“故事”不仅走进“黄昏”，“意蕴”也穿越“边界”。

雷电风暴。小说里反复写到火车抛锚，其根本原因是提前通车、车速过快，这里隐喻盲目地“跨越式发展”会带来无法弥补的后果。小说里还反复出现雷电、暴风、骤雨，如：秦奶奶背着十字架死于雷雨之夜，教堂倾斜愈加厉害；穿着清朝的服装在伪造的御码头摆渡的老何死于雷雨之夜；景天赐、铜钱两人被雷电击残。雷电雨暴不仅是自然界不可阻挡的神秘暴力，也是社会风暴的象征，是小说的背景，是“文化大革命”带给秦奶奶们的遭际，是“知青运动”带给杨杰母亲们的伤痛，是火速城市化、经济泡沫化、人心沙漠化，陷人于困境和焦虑。人物的遭际、命运、内在焦虑皆以此为据，反过来，人物的歌哭也反映社会的过去、现在，还预示着未来。

大和堂。这部小说是以初平阳回老家卖祖传居所大和堂为契机展开的，引出一群买卖大和堂的人并展示各自的动机。齐苏红以旅游管委会主任的眼光买大和堂，看到的是升值空间；杨杰的老婆买大和堂，看到的是商业价值；易长安买大和堂是安顿剩余的女人；周志成买大和堂送给掌权人，是为了获得更大的工程项目；秦福小买大和堂是还死去弟弟的心愿，以期弥补内心的亏欠来获得救赎。初平阳卖大和堂是为了去远方寻求精神的圣地。大和堂是一条纽带将一群人扭结在一起，又是一面透视镜照出他们各自内心的世界，可谓一箭双雕。

景天赐之死。与大和堂对照的是景天赐之死，如果说前者展示的是当今部分人过盛的物欲，那后者揭示的就是当下人爱的缺失。景天赐之死的起因是易长安的恶作剧：雷雨天策划游渡运河赛事，不幸被雷电击残；杨杰明知天赐脑子有问题还将手术刀给他，成了他自杀的凶器，杨杰成了帮凶；初平阳和秦福小是景天赐自杀时的在场者，由于他们内心软弱卑怯、缺少足够的勇气与爱的力量，没能及时救助造成天赐死亡，这件事在他们以后的成长过程中越来越清晰，越来越沉重，罪与悔如影随形，成为他们内心的力量，促使他们的心灵正向转化并走向灵魂升华之路。

教堂修缮。易长安答应搬迁，使教堂不用拆除为妓女翠宝宝纪念馆腾地方了，可一场场雷电风暴的袭击，外加教堂年久失修，倾斜角度越来越大几欲倒塌，政府没有余钱花在这种事情上，那就由几个与教堂有关联的人凑钱来修缮吧。杨杰是民营企业家，易长安是有钱人，那就他俩多凑些，秦福小、初平阳少凑点。易长安被逮捕归案时，杨杰他们找到公安局让他在修缮教堂的捐款协议上签字。易长安签字时警察竟然给他打开了手铐，签字得以自由，真是百感交集，唏嘘不已。教堂是民间的精神之塔，这些人自觉自愿地修缮倾斜的精神之塔，这是作家的心愿，也是有良知的人们的共同心愿，这种心愿会传染给越来越多的人们；人们朝向精神之塔，走在灵魂复活的征途上。

徐则臣的《耶路撒冷》笔者读了两遍多（第三遍是挑着读的），哩哩啦啦用了将近一个月的时间，三四十万字够长了；内容涉及历史与现实、生态与欲望、罪与悔、文化与精神、人性与灵魂，等等，分量够足，密度够大；艺术探索与文旨深度也抵达了“边界”。这部小说实现了作家所说的长篇小说之长度、密度和难度，“引领文学，尤其是小说这个文体全方位地出击和开拓疆土”。

探摸城市的心灵

——读徐则臣的长篇小说《王城如海》

城市化进程紧锣密鼓且成效日益显著，其标志是小城镇建设遍地开花、大中城市肢体纵横蔓延；城市的摩天大厦、豪华写字楼的森严壁垒，挤压着底层的生存空间，整日不退的雾霾，遮蔽了人们的生存状态，模糊了人们的心灵。拨开迷雾俯瞰林立的楼宇，探究城市普通人生存真相和心灵态势，是“城市作家”发力的方向，也是义不容辞的责任和义务，“70后”作家徐则臣在这方面做得尤为出色。

随着城市的急剧膨胀，市民的成分日趋庞杂，有怀着报效之心的“海归”，有追逐梦想的大学生，有刑满释放的“劳改犯”，有乘势崛起的富商，更多的是脱离泥巴投奔城市寻觅幸福的农民，这就意味着市民的素质参差不齐。而城市的格局森严，致使大多数处在底座急于上升的青年人内心越发焦虑，而胸怀报效之心的公知忧心忡忡且脚步缠绊。这大致就是《王城如海》披露的城市生态，处在这样的生态下，人们的心灵是怎样的惴惴不安？

《王城如海》的故事并不复杂，海归导演余松坡的话剧《城市启示录》中的一个细节触及了城市的痛处，具体说是触碰了投奔城市、追逐梦想青年的软肋——对他们的思想状态和生活方式表示了轻慢，冒犯了青年，由此引发了一系列的麻烦，导致余松坡心理疾病频发且日益加剧，阶层隔阂、怨怼情绪逐步暴露，以致酿成悲剧。

首先是围绕“冒犯”引发的媒体人发言和剧组讨论。媒体人与剧组成员基于各自的利益、思想认知，从不同的角度发表观点：艺术规律的、生活真相的、人生启迪的和经济效益的，五花八门莫衷一是，三观含混，简直就是一个“江湖”，难以厘清事情的真相与问题的出路。文本借助讨论意在展示和审视城市文化人的三观及心态。再就是余松坡演讲遭责难。事先约定的京城大学演讲，无论他如何真诚、策划人如何周旋，也未能免遭青年人的责难。讨论与责难是一件事两个方面的反映，是不同层面思想的碰撞，初步展示了城市的丰富性与复杂性。但这种展现还是表层的或者说是概貌，更深层的城市皱褶和细密心路，需更进一步探索。

《王城如海》中韩山追随恋人罗冬雨，放弃家乡出租车司机的职业进京跑快递；罗冬雨为供养弟弟罗龙河念大学在余松坡家当保姆。罗冬雨尽忠职守赢得了余家的信任和喜爱，但无论是弟弟还是恋人都不允许他们随便进入余家，余家的事她更是守口如瓶。这惹得韩山心生嫌隙与怨恨：未婚妻胳膊肘往外拐，跟外人一气不跟自己一心，他不自觉地将这种怨隙转嫁到余松坡身上，有意无意窥视余松坡的隐私。他发现罗龙河的恋人鹿茜在工作室拥抱余松坡，他不分青红皂白，将看到的事情告诉了罗龙河，怨怼得以宣解，韩山心里抑不住兴奋与快意。

余、韩处于不同的生活阶层，他们的隔膜与怨隙，从根底上说是阶层之间的。罗龙河原本是余松坡的铁杆粉丝，余松坡在他心目中高大耸立、周身放射着光芒，无异于灯塔，因姐姐的关系得以接近余松坡而万分荣幸。他得悉余松坡抱过自己的未婚妻又被放了鸽子，如遭五雷轰顶。偶像形象坍塌了，原本金光四射的偶像瞬间成了怯弱、虚伪、算计的“瘪三”。余松坡背叛了自己，也辜负了罗龙河的敬仰，罗要“挽救”偶像！罗不辨真相，暴露了他心理、思想、人品的低凹。姐姐要他帮忙收拾余松坡的书房（余松坡夜里精神病发作将书房弄得一塌糊涂），他无意间发现了余的《生死书》，窥觑了余的心路，抓住了余的“死结”，他决意向余的伤痛插一刀：他谋划余松坡跟“疯人”余佳山相会。佳山的精神异常是监禁刑虐所致，佳山的遭遇关联历史、人性，亦关乎余松坡的参与，也是松坡心理“死结”的根源。这种蓄意谋划彻底暴露了他“挽救”的真面目：虚假挽救的实质是解雇报复。

由于“疯人”在余家失控导致余夫人从楼梯上跌下来，摔得头破昏迷。罗龙河见死不救，胁迫姐姐与他一起逃走，试图逃避罪责（韩山故意致使余松坡尾骨骨折），这彻底暴露了他们低劣的素质和邪恶的心理，已经构成犯罪。就余松坡来说，无论是韩山的妒忌还是罗龙河的仰慕，都有着厚厚的隔膜、不明就里的误解与怨恨，以致他遭受伤害。其根源有社会环境的因素，有青年人认知的偏激，有素养的欠缺，更有人的心理灰暗。这正是一个游历世界后的学者，专注中国京城研究、探摸其心灵的一个重要层面。

海归余松坡的心路是怎样的呢？余生在农村，少年目睹了小伙伴因争夺一株草，刀血相见，甚而毙命；高考落榜为争取当兵名额，参与陷害堂兄余佳山，使他入狱并刑虐至精神失常；余为减轻内心帮凶的罪责，放弃了当兵重新复读考入大学；为躲避“触目惊心”而出国留学，但无论怎样他都难以逃避心灵的惩罚。夜深人静时被伤害的堂兄就会找到他，以致噩梦、夜游不断，只得用《二泉映月》平息焦虑。在国外游学期间，曾被宣判死刑——“肺癌晚期”，在最煎熬的时光里写下了《生死书》，道出了妻子都不知道的隐私；旋即死刑解除，原来“肺癌晚期”是误诊。经历了生死之劫的余松坡视余生为上天恩赐，不顾朋友“断层”的劝阻，决意回国以艺术的形式考察、探究中国京城的真相。

余松坡导演揭示京城青年生存和精神真相的《城市启示录》陷入四面楚歌的局面。首先是来自青年的责难，网络与自媒体的便利使舆论浪潮铺天盖地，甚至产生过激行为，阻碍他探究城市的真相；其次是剧组的生存、“成功学”缠绊着他追求艺术真谛的脚步；再次，他能抵挡有形的美色诱惑，却难以防范无形的邪恶中伤，意外遭遇余佳山触痛旧疤；最后是家庭琐事，使他陷入难以自拔的内心困境，夜里心理疾病频频爆发。但他仍以坚韧的意志，秉承一位公知的操守，深入蚁族生活区考察，排除所有阻挠，理智地站在“风口上”，坚持原创剧情，揭示真相，坚守初衷：以艺术的形式探究京城的真实。余松坡心路的梳理摸爬，是《王城如海》对公知阶层心灵世界的勘察。

《王城如海》剥茧抽丝地对京城不同人群的生存状况、文化素养、价值观和心理状态进行勘探，引以思考的是：不管城市如何繁华富丽，路有多宽广，楼有多高大，地铁有多便捷，奢侈品牌店有多密集，有钱人多风光，这些都是浮华的那一部分。城市化不能等同于现代化，一个城市的现代化意味着这个城市内在“血液”的现代性：教育背景、人文素养、规范的自觉、价值取向、心灵面貌、精神境界等，这些才是现代化城市的内在指标。由此而观，我们远未完成现代化，距离真正的现代化城市还有相当长一段路要走。

徐则臣的文学背景决定了他有不寻常的创作艺术，这在《王城如海》中得到充分的表现，这里略作点评。中心事件辐射整体，人物来龙去脉立起结构框架，既严整又开阔。文中有暗示的桥段，面具的一再出现遮不住主人内心的孤独与恐惧，忧伤的《二泉映月》难以滋润心灵的焦虑与创伤，雾霾里辨不清混沌的精神世界。再就是叙事的互文性：余松坡对青年生存境况、思想状态的考察与他们自身的行为形成互文，现实生活与《城市启示录》的内容形成互文，余松坡与剧中教授形成互文，这三重互文构成文本的巨大张力，给人开阔的想象余地和思考空间。

摇曳生命的野性之火

——走近乔叶《打火机》的余真

乔叶的小说《最慢的是活着》延续了她以单纯的目光透视生命的丰富性：善良与善良的冲突，这种冲突的结果是温馨氤氲，其问鼎第五届鲁迅文学奖，是实至名归。近日读了她的新作《妊娠纹》，文笔愈显灵秀圆熟，由感情丰沛的婚外恋叙述，凸显女性在男性眼中的尴尬价值与女性的自尊醒悟。她以前的小说《解决》《我承认我最怕天黑》都非常棒，可我很偏爱她的《打火机》，尽管行文不如《妊娠纹》流畅圆润，但其中流贯着不可遏止的生命野性如颠簸不灭的火焰，灼痛了我。

乔叶的中篇小说《打火机》叙述了主人公余真 16 岁之前三天不打上房揭瓦的叛逆，16 岁那年意外被强暴了，这次深痛的遭遇似乎一下掐灭了她的野性之火。余真，16 岁之后自觉地按照世俗规范来规划打磨自己，逐渐把自己驯服为世人眼中的乖乖女。她发奋考取了大学，参加了工作，相夫教子，甚而在世俗社会里历练得游刃有余，竟然坐上了人人羡慕窥觑的局办公室主任的位置。局里只一个去北戴河消夏的名额也落到她的名下，在北戴河她邂逅了“老牛”厅长。她生命中的野性之火原以为熄灭了，可是一遇到适宜的温度和时机就如荒野上的磷，火苗摇曳于漆黑的夜空，艳丽如春天盛开的花朵。

余真懂事是缘于 16 岁时被强暴的那个夜晚。体内的那层膜破裂意味着她失去了爱和被爱的权利，意味着她丧失了世俗的正常生活。为此，她不得不收敛自己，行为举止处处检点，小心翼翼地做一个符合世俗标准的淑女。中学时代，她一心扑在功课上，每天宿舍、教室、食堂三点一线；进了大学，更是非礼勿言，非礼勿听，不和男生约会，拒绝即使打动了她的求爱。她领到大学毕业证的同时也领了一张经典的淑女合格证。她对丈夫隐瞒了她的过去，从热恋时的第一次性接触，十几年过去了，丈夫一直蒙在幸福的鼓里，她做得很成功，可以说历练得炉火纯青。在家里是贤妻良母，在单位也如鱼得水，坐上了人人眼馋的交椅。从社会角度来看，余真的修炼成功了；从个体生命来看，修炼的过程无疑是无奈的压抑、自虐的过程，外人难以感受余真的疼痛。

花季少女余真被强暴时不再是身体的疼痛，而是被无形的大手扼住了未来生活的喉咙，谁也不能羽化临仙不食人间烟火，脱离世俗生活。因此，余真紧紧掐住自己生命野性的脖子，将它囚禁在牢笼里，使其不得撒野，这样也使自己未来的生活，免遭更大的伤痛。这是社会人自我保护意识的作为。

世俗社会规范的驯服其实质是对生命野性活力的一种强暴。对一个生命野性活力的驯服，除了自我意识钳控以外，还有来自家庭的、学校的、社会的、传统的、现代的、土生土长的、海外舶来的，作为女性更加一层男性对女性要求的标准，还有来自意想不到的驯服。如余真在大学里突遭警察问讯和如影随形的董克的“好意”……来自方方面面的驯服力量汹涌如潮，个体无疑是大潮中的一滴水。余真的“懂事”就是知晓了这些力量的凶猛，与其对抗无疑是以卵击石头破血流灭顶之灾，而自觉地接受世俗社会的各种驯化，服了世俗这方水土，识了世俗潮汐冲浪大潮，方得世俗之渔利。余真在这方面的确历练得功夫非凡，已大悟到：虚伪和卑微地夹着尾巴做人，“让你的用心变成他的成就”。这也许是她坐上办公室主任位置的法宝。的确，余真被世俗社会驯化得很乖了，乖孩子总能得到很多优待，“但优待这个词是对待俘虏的。他们被俘虏了，被各种各样的好处俘虏了。俘虏是另一种强暴！”是的，这是一种来自世俗社会网状力量的强暴。

生命的野性如原上的草，“野火烧不尽，春风吹又生。”她原以为“学会了淑女，学会了羞涩，学会了矫情，矫情得看不出矫情。心里的兽，都死了”。心里的兽真的死了吗？余真来北戴河消夏，离开家人亲友和同事熟人，离开生于斯长于斯的城市进入一个陌生的环境，混入陌生的人群，悬在头上的剑不复存在了，心理捆绑的绳索松开，绷紧的弦放松了，又遇到了“老牛”厅长，不用语言就能接通她心灵的暗道。余真忽然内视：“原来她的心，依然是个动物园。”“这些年她之所以得以安静，只是那些兽一直在冬眠，它们没有死。”没死，也不会死！遇到适宜的气候和土壤又会春风吹又生。余真卸下心灵的枷锁，那些被迫冬眠的困兽苏醒了，舒展筋骨抖擞精神跃过松垮的栅栏，野性复发奔突驰骋，昂扬着不可遏止的生命原始活力。

乔叶以敏锐的直觉感知生命的丰富性和复杂性：人被世俗规范驯化的心灵和未被驯服的心灵相互矛盾冲突又相互纠缠缱绻。说到未被驯化的心灵和生命的野性，我们会不由自主地想到梅里美的小说《卡门》中的女主人公卡门，她桀骜不驯的生命野性更为彰显。当然生于中国、长于中国的余真不会也不可能像卡门那样张扬野性。作家乔叶在这里没有自设栅栏，也没有故作放纵，她只是将她敏感的生命体验直觉感知到的生命野性活力赋予了余真这个女性形象，让读者自己去玩味、对照、评判。

信仰之旅

——读石一枫的小说《心灵外史》

石一枫的长篇小说《心灵外史》讲述了大半个世纪以来，民间精神所遭受的种种磨难。这磨难有源自个体的内因，更多的是源自外在的社会环境，甚而内外合谋。民间涵养的这种精神（人的信仰）的遭遇依然温热和光亮，从某种意义上说，这部作品蕴含了经典作品的理想质素。

《心灵外史》主人公大姨妈是佣人世家厨子的女儿，自小享受着与“我”母亲（末代格格）同吃、同住、同学堂的待遇，“我”姥爷家有一条世传家规：大年饭的第一杯酒敬给佣人，感谢他们整年操劳。在这样的环境下成长的大姨妈有着质朴的世界观：与人为善，相信日子越过越好。这滋养了她一个单纯温热的灵魂。世事变迁，她父母亡故，“我”母亲的家人被发配边疆，她与“我”母亲成了没有血缘而相依为命的姐妹，甚至在危急关头她不惜用生命保护“妹妹”。

大姨妈信仰的首次劫难是在“文革”时期。那个时代“革命”二字闪烁着耀眼的金光射线。为争取成为革命人，儿子揭发（陷害）父亲、妻子揭发丈夫，掀起了亲密人之间相互揭发的高潮；此外，还造就了一批像“我”父亲那样“某种光明的、宏大的思想理论化身”的人物。这种情境下，大姨妈遭劫了。当时母亲得到老世交的帮助进入大学就读。大姨妈在餐馆帮厨，处于“转正”考察期，“组织”动之以情晓之以理循循善诱；“一片红”的时代，大姨妈“相信革命是善的、正义的、伟大的；她还相信自己像其他人一样正在革命，而革命必须有所牺牲”，为了免于“全天下的工人阶级和贫下中农再吃二遍苦、受二茬罪”，她向组织告发了“我”妈藏在水缸后面的“字儿纸”，虽然临场她后悔了，“一如既往地豁出命来保护母亲”，但依然不妨碍“字儿纸”无限上纲为“变天书”。“我”母亲大学自然念不成了，被发配到陕西深山的兵工厂改造。大姨妈的善心却害了主人，她怎么也想不到会是这样。她唯能做的是放弃“根正苗红”的资本，主动要求离开京城去河南插队，与“我”母亲同受罪、共患难，以减轻内心的自责和愧疚。

第二次信仰劫难是全国迷信气功的神奇功能：包治百病、无所不能，从平民百姓到身位显赫者无不信之虔诚。大姨妈不能生育（输卵管不通），遭丈夫虐待，她相信气功能给她一个孩子，日子会“越过越好”。她带上年幼发育不良、略有些呆傻的“我”（时值父母闹离婚，“我”临时由大姨妈照顾），千里迢迢奔赴气功大师带功治病现场。气功大师声言他的功法是“饮露为生的世外高人所授”，“他本人的伟大贡献是完成了传统国粹的现代改造”，并亲眼看到那个世外高人使盲人重见光明，聋子听到声音。与之相匹配的是入场票价，大姨妈倾其所有只够买一张票，也就是只有一人有受大师带功治病的机会。

“我明显地感到大姨妈的双手在颤抖，她贴在我后脑勺上的胸脯一起一伏，她的心脏在怦怦直跳。”“我抬头看大姨妈，她半张着嘴，鼻翼一抽一抽，脸色却是苍白的。她一会儿眺望着台上的师傅，一会儿盯着横在身前的工作人员，一会儿又低头俯视着我。看我的时候，她的手又用力摩挲着我的肩膀，纵然隔着衣服，也搓得我的皮肉都发烫了。”据说这是气功大师在内地的最后一次带功报告会，这次机会对大姨妈太重要了，甚至是改变命运的时刻，她为了来到这个神乎其神的地方，不知筹划了多久，她坚信大师发功一定能疏通她的输卵管，她生了孩子，就能过上“越来越好”的日子。可大姨妈带“我”来是想治好“我”的呆傻，使“我”聪明健康成长啊。就在人波翻滚的时刻，大姨妈一把将“我”推上台，她淹没在泱泱一片的人海中。“我好像被从泰坦尼克号上搭救出的孤儿，就要孑然一身地驶向光明的彼岸。”她将改变命运的机会让给了一个没有任何血缘关系的孩子，大姨妈用无私奉献来成全他人之善，在这一推的壮举中得以辉煌的释放！结果自然是一场闹剧，席卷全国的气功大潮很快退去，“问鬼神不问苍生”的历史魔咒再一次玩弄了众人的虔诚和善良，众人里包括大姨妈。

大姨妈的信仰（心灵）又一次遭到的冲击是传销。大背景是“不正常就是正常，太正常了反而不正常”。就大姨妈本人来说，心地单纯善良的她，被视为“迷瞪”，被丈夫弃置山村，后来因矿藏开发，山村乌烟瘴气，难以生存，不得不逃离。大姨妈“脑子是满的，心是空的，必须得相信什么东西才能把心填满”。而传销的宣传词是“为了我好，为了身边的人好，为了所有的人好……信了就能摆脱一切苦难，就能越过越好”。大姨妈就豁出去，信了。大姨妈找“我”母亲投资，是为了不再为妹妹上学的事犯难；死命地拽“我”留在传销窝点（“我”曾潜入传销窝点救大姨妈），是为了让“我”赚到钱买房子结婚，“可结果是这样的！”母亲的投资血本无归，“我”在传销窝点九死一生，还是大姨妈“豁出去”救了“我”。大姨妈一颗善良的心必须充实着，心里一空就觉着白活了，甚至活不下去，为了寻求生命的支点，她跌进一个个散发着光芒的陷阱，害己害人。

大姨妈最后一次信仰是肉体摆脱了苦难，灵魂升入天堂。大姨妈所在的传销窝点，由“我”卧底举报，被公安机关一举捣毁。大姨妈回到老家主动自首，原因是她已无家可归，她住的山村因“开发”矿藏污水弥漫，成了名副其实的污染之地，能走动的村民都外逃了，剩下的老弱病残就是等死。她不想回去等死，又没有亲人投靠，实在找不到别的活路，就想着自首进监狱不失为一条活命的路。可她是普通传销人员，进监狱不够格，必须由家人领走，于是七拐八弯找到了“我”。是否跟“我”走，她内心很纠结。由于本能的求生欲望，大姨妈想跟“我”一起生活，为了战胜回到死地的念头，她用尖锐的东西扎划、用火烧燎胳膊，“我不能跟你走了，还有人等着我呢。”可走向死地的念头说：人家都三十多岁了，连婚也没结，“干吗不替别人想想呢？谁活得容易啊，还得让人家来顾着你，你这不是成了负担、拖累人家吗？”“既然一无所有，不如随心所欲，只有一无所有的人，才能随心所欲。”此刻的大姨妈，“她手握自由，有机会让身体回到我们的世界，但灵魂早已滑向了另一个世界。”为了不给“我”添拖累，她听从了神的召唤，和一位非法传教的盲人偷偷地回到死亡山村——走向死地。她以肉体泯灭、情断义绝来表达她的情义，坚守她的善良，守卫她的灵魂。

大姨妈历经大半个世纪，怀揣一颗单纯善良的心，笃信虔诚，与人为善，紧要关头牺牲自己成全别人，期盼“越来越好”的日子，可她的心灵一次次遭受磨难，信仰一次次遭受戏弄，其因何在呢？这有历史的原因：中国未曾有过真正严格意义上的宗教（精神）信仰；再就是现代革命的冲击，本土的儒道释文化心理结构渐次溃散，人们的精神领地一时空白，“对于如同大姨妈这样的普通民众来说，其内心世界长期以来实际上一直无所依凭。也因此，面对着诸如革命、气功热、传销之类具有极大蛊惑性的事物的时候，他们才会以飞蛾扑火的架势不管不顾地直扑上去。究其根本，由于缺失了现代理性过滤的必要环节，这就有了一些捡到篮里都是菜的意思。”无论如何说，大姨妈的善心善行总是遭遇始料不及的恶果，这颠覆了善有善报的古训，制造了一个悖论，也形成了文本的张力，撕开了世事的面纱得以窥视到它的真面目，令人震惊的同时，也开拓了思考的空间。

再来看看“我”的心灵之路。出生在“文化”分裂的环境里，成长在离异家庭，唯一感受到的亲情只有大姨妈照顾“我”的一个多月。“我”大学毕业后大环境变成了“古今中外怪力乱神在这片土地上大开筵宴，每个敢于信口开河的江湖术士都能分一杯羹”。“我”虽然读了地质测量专业，却转行做了报社记者，明知龙道而作鳖行，七出八横想做人上人而不得，孑然一身落下了精神疾病。文中说：“我从懵懂的傻球变成孤僻的少年，现在又变成欲望勃勃的家伙……我们最终变成一群在簋街夜市上深受欢迎的小龙虾。这东西学名克氏原螯虾，杂食，生存能力极强，擅长攫取，能够适应极其肮脏、阴暗的环境，并且总能在腐烂的泥土中发现养分。它们的形状外强中干，性情又非常残暴，在食物匮乏的时候会果断地同类相食。”“我”们这代人不会像大姨妈那样遭受精神信仰的劫难了，“我”们根本就没有播下精神信仰的种子，只有物欲的膨胀，奉行“克氏原螯虾”的生存法则。

“我”们这代人在生存法则下产生的现实土壤是怎样的呢？就拿“我”与人合伙建造庙宇收敛银两的经历来说吧。“神棍们的招摇撞骗已经形成了一个巨大的产业，这个产业和色情业，和形形色色的‘腐败经济’一样，虽然半遮半掩但却确凿存在，并且有着清晰的利益链条，不知多少人指着它吃饭呢……”官员对穿丧仪拦车喊冤的老妇置若罔闻；执法人员预设目的颠倒黑白地审理案件……这样的环境你还指望长出白杨？蒿蒿遍地还足奇吗？

《心灵外史》这部小说是普通人半个世纪的心灵史，更是信仰史，给人以史的厚重感的同时，更启迪人的反思。读这样的作品让我们想起一些经典篇章：食指的《相信未来》，安徒生的《海的女儿》《神曲》，等等，从这个角度说，这部小说呈现了经典的迹象。

一束斑斓的光

——读梁鸿的小说《梁光正的光》

关注当今文学的人肯定熟知梁鸿，她是文学教授，以《中国在梁庄》《出梁庄记》成为文坛非虚构的领军人物；她又猛然抛出长篇小说《梁光正的光》，塑造了梁光正这个“事烦儿”“爱情毒瘤”四不像的人物，权威人士称其为文学史上“还没有出现过的”农民形象，为此，她被誉为“新锐小说家”。

梁光正“自带光”，他相信正义的力量，他的言行散发着道义的光辉；他热爱生活，有自己的梦想，为此招致灾祸吃尽苦头，他却矢志不移，循着内心的指引勇猛前行，成为中国式的堂吉诃德。他的“荒唐”放射着异样的光芒，昭映出世事和人心的晦暗，展示了救赎的可能。

梁光正是中原大地上一个普通村庄的村民，出生于二十世纪三四十年代，按说是一个惜土如金的老式农民，可他一贯穿着标志性的白衬衫，且一尘不染，这使他与整天跟土地、庄稼打交道的身份不伦不类。他不安心种地，而四处逃窜打工（二十世纪中期外出打工就是盲流，有随时被关押的危险，何况他是躲避因说真话而招致批斗）；他看不上一门心思在土里刨食的村人，梦想种麦冬获取丰厚的收益，结果一无所获还欠下高利贷；怀着同样的梦想种豆角、辣椒，均收获同样的结局；后来又做小生意，卖凉粉、豆腐。他这样不安分地折腾，村人自然看他不惯，何况生活也折腾得一团糟，不遭白眼就怪了！

梁光正折腾自己就算了，还爱管闲事，好“逞能”，邻里纠纷他要去调解，谁受村干部欺负了，他去帮人打官司，别人心知肚明不敢说的话，他来挑明真相……他这种“露能”不是招致遍身血迹的批斗，就是让别人陷入更深重的冤情，可他依然秉性不改，我行我素。他亲生的四个子女对其怨气满腹，甚至怀疑他亲生父亲的身份。因他中年丧妻，跟巧艳妈再婚，钻天打洞苦抓苦挠养活巧艳姊妹几个，并供他们上学，而自己的亲生子女很少得到他的父爱。对子女的抱怨，他自有说法：爱自己的孩子是本能，连动物都会；爱没有血缘关系的人才是高级的爱，是道义和担当。他这种行为和论调与其身份和能力，由常人看来的确荒唐，但荒唐中闪烁着耀眼的光芒。

更令人匪夷所思的是，70多岁的梁光正放着福不享，拖着胃癌的病体回村承包二十亩地种油菜，说每年能赚6000块钱，这不是掌他四个子女的脸吗？适逢镇上引进工厂征地，他自做钉子户不说，还蛊惑村民“失去土地无以托身”来抗征。他“吃国粮”的儿子被镇书记下课了，理由是“连自己家人的工作都做不通，还上什么班！”大女儿冬雪拿着钱给他，并说“我们给你种地能赚的钱，地能不能不种？再种地你儿子的饭碗就丢了！”可他拧住不信：“什么时代了？还‘连坐’不成！”他的荒唐不仅仅是可笑，但笑后不觉得时代哪儿不对劲吗？是的，一个时代有一个时代的拧巴，完美的时代就像完美的人一样，只存在想象中。梁光正不合时宜、不合身份的“事烦儿”，如秉持长矛的堂吉诃德朝着生活的风车横冲直撞。撇开一时一地的时宜，用更开阔的视野审视，他身上散发着“现代性”与古道热肠的道义担当。他的这种精神不是从外界学的“舶来品”，是自发的，与生俱来的，是血液里流淌的，因此具有本土性和稳固性。

“事烦儿”梁光正65岁后，不辞辛苦地踏上寻亲和报恩之旅，并将“一顶顶大帽子扣在四个已然中年的子女头上”，把他们挣的不多的钱尽可能撒出去，弄得他们苦不堪言。他起先寻找一位好友的遗孀，待曲里拐弯地找到了，她早已改嫁并生了个智障儿子，她的儿媳是个精神失常的人，年迈的老两口还要以种地维持生计，生活可以想象多么不堪，梁光正的子女不等他示意便主动拿出钱接济。他又千里迢迢去内蒙古寻找救过他的恩人，他当年流窜到内蒙打工被当作盲流发配，多亏一位仗义的老工人担保才得以释放。他费尽周折只找到了那人退休的儿子（本人已去世）。更令子女尴尬的是：饥荒年景他外出讨饭遇到好人，给了他们家半车红薯、萝卜，使他们全家熬出活命。那人去世时，梁光正不管儿子多么不情愿，非要他披麻戴孝送葬不可。甚至多年后，还带领儿女去感谢那位恩人的子嗣，找见了“子嗣”，自我介绍半天，人家还蒙在鼓里，早忘了这茬。梁光正的执着寻亲访友无论遭受多少尴尬和抱怨，他依然乐此不疲、兴致勃勃。他的寻找是怀旧也是报恩，更是对已经渐行渐远、以致消失的一种情怀、一种精神的寻找。这种寻找和他当年“逞能”言他人不敢言的品性一脉相承，他寻找的不正是这个时代所丢失的吗？！

子女们到底发现了梁光正寻亲访故不够纯粹，暗藏心机——有为寻找蛮子作铺垫的嫌疑。蛮子是当年因受丈夫虐待从蜀地山窝里逃出来的小媳妇，她还带着两三岁的儿子小峰。蛮子是个高中生，她稀罕梁光正身上遭村人厌恶的白衬衫，飞蛾趋光似地住进梁家。那时梁家主妇已卧病多年，大女儿在外地上学，余下的三个孩子需照顾、病人需伺候，还要抓挠着养家糊口，梁家正处于生活困境之中。而蛮子心甘情愿下地干活，回家烧火做饭、伺候病人，还用她的心灵手巧将匮乏的日子调剂得有声有色。尽管这样，蛮子依然不受梁家孩子的欢迎，反遭抵触、厌恶。这除了孩子的本能外，还因为她败坏了梁家的名声。

梁光正数年如一日地伺候卧床的妻子，年终带着不多的结余、背着病妻四处求医问药，直至倾其所有。如此周而复始达七年之久，梁光正的声誉三里五村皆有口碑。蛮子住进梁光正的家声誉就坏了：床上躺着妻子，就把女人领回家来了。最让梁家孩子不可忍受的是，蛮子和梁光正钻进吊着帘子的东屋里半天不出来，还弄出古怪的响声。使梁家孩子心生怨恨的是，蛮子给他们母亲喂错了药，所以，当他们的爸爸与蛮子外出打工还债务的空当，梁家孩子出恶气的机会来了，不知怎么，蛮子的儿子掉进了滚烫的粥锅里，严重烫伤，落下终生残疾。蛮子蜀地的丈夫终于找来，强行接走了蛮子母子。不久，梁光正去四川找过蛮子，被蛮子的家人打得头破血流、昏迷不醒，是由大女儿出面才接回来的。

梁光正软硬兼施地征服了大女儿冬雪，得以成行蜀地。这次不仅找到了蛮子，蛮子还领来了小峰。小峰已届三十岁，一米七八的个头，他一条腿的膝关节黏滞变形，走起路来似虾行，伤痕沟壑，纵横全身。他曾多年躲藏于人烟稀少的大兴安岭深处，还染上赌瘾。梁光正明明知道子女们能力不及，还是百般央求他们给小峰找个稳定的工作，好成个家。对于小峰娘俩的到来，梁家子女内心极为复杂。一是满足了父亲的心愿，做儿女的心里有种成就感；二是勾起蛮子当年给他们心里布下的阴影、怨恨；三是小峰到底是在梁家落下的残疾，他当时是个懵懂无辜的孩子，造成他如今的生活境遇，罪孽难以开脱。

本来以为距离的遥远、时间的流逝，埋藏在心底的隐秘会烟消云散，不想小峰的出现，又将他们拽回当时的情形，将他们隐藏的罪孽暴露在阳光下，将他们明媚的心情拖进晦暗，将他们丢进良知的油锅里煎炸。他把小峰找来“就是让我们生不如死，以最鲜明最深刻的形象刻在我们心里，让我们意识到亏欠，让我们记住小峰”。这是梁光正软硬兼施，甚而处心积虑寻找蛮子的目的？还是另有私心，别有隐情？

梁光正寻找蛮子确有自己的小九九。这从大女儿冬雪发现的那张他与蛮子的合影可得知。蛮子“稀罕”梁光正的白衬衫，忽略他的家庭困境和年龄悬殊“赖”上他；梁光正不惜毁掉多年积攒的好名声领蛮子进家，蛮子被家人强行接走后，他又贸然只身进山寻找，被打得遍体鳞伤，险些丢掉性命，这足以说明他们心灵的确“般配”。梁光正当初寻找蛮子未果，后来与“憨人”巧艳妈结合，承担两个家庭的重负，无暇顾及情感领地。但儿女们都大了，生活安顿了，多年遮蔽的情感不由自主地冒出头来。他寻找蛮子就是寻找自己丢失的情感、撂荒的心地、心灵的风景。他病危之际、昏迷情势下的潜意识举动（抓住蛮子干丝瓜般的乳房吮吸），昭示了他遵循心灵的指引、追求感情的契合，也是他挺进心灵世界的最后一搏。作家李洱看到此处，禁不住称赞梁鸿“真是艺高人胆大，处理得这么果敢、胆大，刀锋如此锋利，扎得如此的深”。

寻找蛮子不只是“私心”，还另有宽广的情怀：牵念与承担。眼前的子女们都成家立业了，那个烫成残疾的小峰怎样了？小峰的出现，梁光正内心肯定是愧疚的。小峰外表麻木内心灰淡，失去了一个青年的活力和生活信念，梁光正责无旁贷地承担起小峰新生活的起航。所以他央求子女帮小峰找工作，看到实在爱莫能助，就自己打定主意承包土地种油菜，让小峰有事做，慢慢戒掉赌瘾，又能帮小峰赚一些钱，将生活的光亮慢慢注入小峰的内心，用心何其良苦。他拖着病老的身子回家种地（又一次将其子女们置于尴尬处境），女儿用钱买他不动心，儿子苦苦劝说他不理，甚至威胁到儿子工作，依然不动摇，再一次展示了他“高级的爱”。还有就是拔出萝卜带出泥（或许不是梁光正的本意），小峰的出现将子女的隐秘曝光，达成心灵的审视、救赎的可能，成就灵魂关怀，谁又能说不是一种“高级的爱”呢？

梁光正一生在构筑两个世界：道义和心灵。它们不是各自孤立独行，初看相互排斥、相互矛盾，其实盘根错节，相互联结、相互扶持。在构筑过程中两者并非并驾齐驱，而是有所倚重：外在属从内心（如任由名声败坏将蛮子领回家）。总而言之，是作家敏锐的目光穿过层层坚硬的俗世外壳，照亮生命的原生丛林，让我们欣赏那含苞带露的、未曾沾染尘埃的花草。由此而观，文学史上的确未出现过梁光正这样的农民形象，用“农民”这个身份套在他身上的确不合适。他身上包含了丰富的人性内容，用“人”来看待他，就不难理解了。梁鸿塑造出这么丰富的人物形象，“新锐作家”称谓言之不虚。

《梁光正的光》另一个显著功劳是将中国式的家庭关系写到骨头里了。在中国的家庭里面确实是相互妥协，相互牺牲，相爱相怨，彼此说不清楚，因为生存困顿艰难，每个人都要相互依靠、相互扶持才可以有基本的生存。大女儿冬雪见证了父亲早年为养活他们姊妹所做的付出（偷队里黄豆、下地偷庄稼、外出讨饭），为此她“稀罕爹”更多一些，对爹的爱也更深切。冬雪也最爱这个家，但是为什么她跟爹之间关系最紧张？恰恰也是因为爱。这种亲情关系，如此纠缠不清、如此深刻地影响家庭中的每一个人，这是一个家庭的内部性格。“哪儿哪儿都对，就是心里不对；哪儿哪儿都不对，就是心里对。”这就是中国式的亲情哲学。

《梁光正的光》艺术上值得说道的也不少。首先是作家将古典诗词的衬托（反衬）手法活用到小说中，体现在小说中就是拧巴，梁光正与子女、与村人、与世情等，都较着劲、拧巴着。这拧巴初看有些反讽意味，而其实反衬梁光正的“这一个”，反衬他身上散发的异样光芒。这在作品最后，安葬他时象征性（荒诞性）地描述得以充分体现。再如“斗地主”“寻找”也富于象征意味，这里不再详述。

肉身生存与灵魂追问

——读孙频的小说《松林夜宴图》

“80后”孙频属于“少年老成”作家，笔力之犀利老道，同龄人很少有比肩者，且惯于将人物置于极镜下，考察、追问其心灵幽微、精神走向。她的《松林夜宴图》亦属此列，但比其以往的作品更为深远幽邃，将人物陷于体制、资本、饥饿的围困中，加以人性勘探、灵魂拷问。本文试图从以下三个方面加以解读。

一、李佳音：肉身与精神的博弈

小说《松林夜宴图》中的李佳音，出生于白虎山下，从小受外公的熏陶喜爱绘画，“追求美而徒劳的东西”，及长考入南方的一所艺术院校，结识了美术教师——一位纯粹的画家罗梵。她对罗梵无限崇拜以致成为她的精神标杆，甚而明知罗梵滥情依然倾心于他。毕业在即，李佳音面临着去与留、生存与理想的选择：服从分配必须回到出生地；留在罗梵身边将一无所有。她选择不辞而别，回到白虎山下做一名师范学校的美术教师。此际，外公已去世，给她留下一幅《松林夜宴图》和伦勃朗的画册。画册突显的特质是光（线），而她对外公留下的画册百思不得其解。她按图索骥考察外公居住地白虎山和知情人，结局不仅迷雾丛生，而且心生恐惧与绝望。原来白虎山上寸草不生，只生长战争和屠戮，遗留着村庄的废墟和累累白骨，历史与人性的残酷、荒凉透彻她的骨髓。加之体制的桎梏，绝望、恐惧攫住了她。李佳音后悔没留在南方、留在罗梵身边，又得知罗梵辞职远走他乡不明其踪，这抽去了她内在的主心骨，“外忧内患”，精神无处安放以致崩溃，肉体膨胀，甚而与男生越界。

李佳音被学校辞退，来到北京寻找罗梵（同学告知罗梵在北京）。她在罗梵住过的宋庄（自由画家村）民房安顿下来，房间里残留着罗梵生活的痕迹和气息，在白虎山下的情欲偃息，有了绘画的强烈冲动，她意无旁骛地将心灵的世界用色彩、线条呈现出来，一任生命流淌。一年内完成了连续性的八幅名为“时间”的画作：“甬城的白墙黑瓦，香泡树与莲花缸，白虎山上的白骨与山下的日落黄河，三江边的爱情与绝望，戈壁滩上的控制与情欲，累累白骨之上的狂欢，天老地荒的犹疑与反复证明。”画里看不到一个人，只有大团化不开、无始无终的时间，只有天地山水、草木鱼虫和阳光，似乎人还没来得及出世。这倾注了李佳音全部心血的画作，画商却不想多看一眼。画商就是游戏资本的操作者，“你的画能变成资本吗？变不成资本它只是一张涂满各种颜料的纸。”这期间，李佳音了解到宋庄的自由画家和画作行情。画商们无意进入艺术史和艺术创新，只是迎合市场胃口，像产业工人批量生产“画作”一样，成为暴发户，而真正的艺术家——常安、严纳的作品却无人问津，过着衣不御寒、粮无隔夜的日子。世俗的目光与市场的标准，致使艺术的价值与价格严重分离，市场走俏的是名家的仿品和俗艳劣作，真正的艺术品无人欣赏。一位具有创新性的艺术家（画作）就是一个新生事物，对其认识及欣赏需要一个过程，绝大多数人在这个过程中被陈腐惯性的目光扼杀，只有少数幸存者越过漫长的时间隧道得以见光。一个民族的希望与强盛在于生长新生事物的土壤及价值与价格的平衡度。李佳音惧怕沦为常安那样的乞丐画家，画了一段时间行画，但她又不能承受这种自戕而离开宋庄，情愿找别的工作谋生也不忍作践心灵的圣地。

李佳音进了一家广告公司上班，她的生活被格式化成两截：地上是格子间和地铁车厢，浸泡在俗不可耐的口水里。闲下来，看着光阴一寸寸在眼前溜走，像南方夜雨中的菌类、白虎山上的白骨。可她又隐隐地觉得自己是一头怪兽与斗士的混合体，一个被众人嘲笑的对象和意淫的诺亚方舟。她是被贬黜到人间的地藏菩萨，即使身上的金粉败落，可她的内胆依然是一尊菩萨。因为她内心涌动着，“如果创造出真正的艺术需要她是一个病入膏肓的病人，需要她的病和血喂养她的画，需要她以凌空飞扬的姿势从人间一跃而过，那她也愿意。”为此，她无法与物化的白小慧、貌似文艺青年的刘文波混同。在白小慧眼里，有车有房的刘文波是绝佳结婚人选，可李佳音与刘文波的身体接触泛不起一丝情欲的涟漪，反而心生厌恶。情欲消退的身体如枯竭的河床，年轻的她已苍老得没有了欲望！“她待在租来的房间里，光影不停地变换，她坐在地铁的车厢里，看着芸芸众生蚁群般徒劳奔波，感觉自己已经活得太久，古老得像一截长满皱褶和年轮的树木，而生活本身古老无耻得更像长满青苔、木耳和虫豸。”她失去了生活的耐心，心里注满厌倦，甚至厌恶。她禁不住想到罗梵（有画家说罗梵又回到了北京），她不顾被公司辞退的危险，满京城寻找。她每找到一处，他都“刚离去”，他似乎知道她在找他，故意不让她找到。她听到罗梵的一些传闻：为了吃饭，他做行为艺术，将断指栽进花盆里，募捐似地推销画作，甚而碰瓷。最后她见到罗梵了，她看到他扑向疾驶而来的车辆，瞬间倒在马路上血肉模糊。罗梵放弃肉身，守卫艺术，守卫精神，成就了他形而上的存在。这正是李佳音寻找他的意义：罗梵之于李佳音，已经失去肉体的关联，而是她的精神符号。她的追寻（爱），其实就是精神寻找和追求，也是“追求美而徒劳的事物”的表现，在虚无的胁迫中依然心存信念——“有某种事物发生和存在”。

李佳音的可爱在于既要正常生活又有精神追求，既要肉身的物资供养又要灵魂的丰盈饱满，“幽灵与天使共存”，是一个“圆形人物”。她从甬城到榆中，从榆中到北京宋庄，又离开宋庄另谋生计，在人生的追求过程中，一方面留恋（困于）物资生存，另一方面，心灵属于高远的精神世界，肉体与心灵始终处于撕扯状态，一路疼痛。难能可贵的是，她始终如一地以罗梵为精神路标，脚步不停地行走。

二、罗梵和常安：精神远航与搁浅

《松林夜宴图》中罗梵和常安是艺术化、精神化的人物，是一个时代的话题和亮色，历史将对他们虚位以待。罗梵是一位南方高校的美术教师，因不能忍受体制内的种种控制，辞职到北京做自由画家。他纯粹地艺术追求，独立、高蹈地精神行走，与画行的伪造、俗艳背道而驰，因而他明艳而颓靡的画作无人问津，必然成为精神富有而生存困窘者。他远游美国、英国、法国，其间遇到一位贵妇人欣赏他的画，依然停不住他行走的脚步，最后又回到北京做行为艺术，沦为乞讨，甚至碰瓷混饭（与严纳、常安的生计殊途同归）。与其有过交集的女艺术家常安也做行为艺术，她雇佣六个男杂技演员累加背负裸体爬行，她裸身趴在最上层，这样的“画作”自然进不得画廊，不仅变不成资本还要赔钱，为此她借遍了宋庄所有画家的钱，还是饿得面黄肌瘦到处蹭饭，衣不御寒冻得浑身打颤，但她依然坚持用创新的艺术形式表达自己真实的想法。她不求别人理解，甚至不求男人的爱，认为那是软弱的表现（后来，她割舍不下母亲，回归常人的生活）。罗梵和常安都是“透明的玻璃球”，从不同的视角看到了不同的景观。罗梵不懂人情世故，不停地折腾自己，往死里折腾，将艺术和生活混为一体，视女人为画作不断更换；常安外形的另类与内心创意是一致的，她连做爱也充满与众不同的意味：“做爱可能是艺术，可能是暴力，可能是乞讨，可能是在索要安全感。”从另一个视角审视，他们远离陈规疏离物质，是纯正的艺术家，是艺术的创新者和开拓者，是精神的领跑人。他们视艺术为生命，生来的使命是创造一个别样的艺术世界，构建独立的视界和价值观，其表现形式和色彩是心灵的反射或生命的分泌物。他们的人生追求、艺术境界“勇敢得邪恶”，自然难以为众人理解，其价值难以被众人认识，他们属于未来，属于世界。因为有了他们的存在，世界才不那么灰暗荒凉，这也落脚到生命的意义，人的一生就是漫漫时间的过客，赤条条来去，只有喜好点什么、珍惜点什么，给世界增添一抹色彩和温馨，生命才不会被虚空和荒诞淹没。

三、外公与《松林夜宴图》：人性的追问

李佳音的外公宋醒石是位画家，原本是南方人，年轻时由于政治运动挟持到西北沙漠垦荒种粮。他多年坚持给南方的知青队友邮寄吃食，每次都因查无此人被退回，他仍照寄不误。外公晚年“痴吃如命”，领着外孙女去街上买豆腐脑，回来的半路上就喝完，竟不自知；看到邻家的孩子吃零食回家就找女儿闹着要吃，甚至将家里的零食藏在被窝里偷吃，酷似贪嘴的孩子。如此种种给人造成外公过往的迷雾。

小说对外公过往的描述是由两条路线进行的。一条是李佳音对外公当年的居住地和知情人的探访。李佳音先是探访了外公一直讳莫如深的白虎山，看到了寸草不生的茫茫荒漠上累累白骨，毫无生命迹象，只有黄沙掩埋下窑坑的痕迹，放羊老人说，当年知青挨饿的惨相，什

么都吃；再就是走访了当年的知情老人，得知外公所在的知青垦荒二队只有他一人生还，这与外公说的他和另外两位队友在白虎山上种各种粮食，还种百合、玫瑰，相殊天壤。探访的结果使迷雾越加浓厚。另一条探幽路径是对外公的遗画《松林夜宴图》的寓意追问：罗梵和常安的说法接近，饥饿且弥漫着剑拔弩张的诡异气氛；郭一原认为就是一幅普通的山水画；画商认为是不合比例的山水画、失败之作；李佳音看来“画里的三个人，那个向画外张望、散发弹琴者看起来有点像外公，但他的眉宇间更多的是一种神秘的陌生感，不似外公的文弱，有些戾气，有些狰狞。而他的两个同伴则饮酒听琴，表情祥和，他们三人的神情形成一种奇怪的张力”。

李佳音凭自己的艺术直觉、对外公过往生活的探访和他晚年种种异常表现分析，综合为一个问题：“人在最饥饿的时候到底会做什么？”一个意识清醒、濒临死亡的生命会做什么呢？由历史上无数次大饥荒的史实证明，外公画作的诡异和生前异常行为都昭然若揭，所有证据都指往一个方向，外公在最饥饿的时候的某种可能，并由通晓心理学的刘文波一语道破：“会不会是你外公当年害死了他们（画中的两个队友）？”最终探明了外公当年在白虎山上的生存情状，以及极境之下的人性幽微。

人性丰富混沌，隐含着不同的侧面和层次，人在不同的环境下呈现出不同的侧面，“文变染乎世情，兴废系乎时序”。若文章是人的内心表达，那这句古训也证实了人心变化的规律。阳光明媚的环境人性就会呈现春暖花开的一面；如果将人置于狼虎之群，人就会表现出兽性的一面以求获得生存。李佳音理解了外公，以悲悯的情怀宽容外公，她“清晰地看到他活在世上每一天的痛苦和恐惧。她看到他身上最可怖的一面的同时，却愿意像他的祖母一样，泪流满面地抱紧他”。是的，理性缺位时，我们还有宽容与悲悯。

孙频的小说《松林夜宴图》，不管是考察精神走向还是追问人性的幽微，都超越了同代人的身影，抵达一个新的境界。这正是我们看好这位年轻作家的理由。

《松林夜宴图》语言富于诗性，文中随拾皆是；文体杂糅，诗歌、书信等样式融为一体，最值得说道的还是人物的设置。李佳音是叙述人物（线索），以她为视角见证全篇内容，同时她又肩负着传达意旨之责，正衬罗梵、常安的纯艺术追求，反衬郭一原、刘文波、白小慧的世俗物质，使郭一原与罗梵、常安形成鲜明的对比。宋醒石和他的画《松林夜宴图》像一团谜，一路追问谜底，旁敲侧击各个人物。有意思的是，作家将次要人物（刘文波、白小慧）施以浓墨重彩，将身负主旨重任的主要人物（罗梵、宋醒石）推向高迈、玄远的金字塔尖，整部作品如一尊高耸入云的浮雕，视觉远近分明，给读者开阔的想象空间。所有人物皆由李佳音交织在一起，浑然天成，足见艺术匠心。

那些生活里的星斗

——读刘玉栋的中篇小说《月亮舞台》

阅读刘玉栋的《月亮舞台》，有一种久违的体验，一时又说不到点子上，有初读汪曾祺《受戒》的感受，又不全是，《受戒》传达的美远在云水间，而《月亮舞台》呈现的美近在泥土里，与作家的《给马兰姑姑押车》一脉相承：行文依然姿态婆娑、丰茂，又有新的拓展，少年还是那个纯真少年，眼里闪烁着星光，也含着酸涩的泪水。作家让良善温润心灵的同时也给读者忧思的空间，在享受审美愉悦之际也感到生活坚硬得硌疼。

少年胖墩的心愿

十一岁的少年胖墩，原本有着春天般温暖的家，一次意外车祸将他们的家卷入肃杀的寒秋，他的父亲丧生于车祸，还连带挂走了爷爷，母亲为了还债带着妹妹嫁给了外村的拐子，他只好跟有老胃病的奶奶相依为命。暑假过后妹妹也要上学了，他答应送给妹妹镇上最漂亮的书包和文具，他决定利用暑假打工挣钱实现心愿。他在镇上找了多家店铺，都因年龄小遭拒绝。无奈找到家里开健身中心的同学田磊磊，好歹以暑期社会实践的名义留下来。他“不管干什么，都要认认真真的，不能含糊”，让老板感觉到他的工钱是理应所得。健身中心“咯嘣眼”经理一闲下来就要他陪着打台球（只能输不许赢，不然就遭寻衅挑刺），直到他因不慎划破了台球桌布被“咯嘣眼”赶出门，白干一周活。

第二次打工是去一家盒饭铺帮忙。在健身中心替人买盒饭时认识了饭铺的女主人“三姨”，胖墩向她陈述了家庭变故、心愿和在健身中心的遭遇，女主人对外以姨甥之称收留他做帮工。在饭铺时间不长，就引发多次“误会”。饭铺里的帮工女孩小翠看别处时正是看对方（眼睛斜视），由于胖墩不知情而误会，遭排斥；另外三个帮工以为他真是老板的外甥，起初还讨好地为他（年龄多说了两三岁）说媳妇呢，知晓真相后态度反转，挖苦他小小年纪“挺会抱大腿”。细流微澜中世态炎凉跃然纸上。胖墩也误会了“咯嘣眼”说他坏话，并心生愧疚意欲道歉，还对磊磊隐瞒“咯嘣眼”赶走他的事实。一个孩子如此作为，只能说宽厚良善是一些人的修为，也是一些人的天性。胖墩总是主动抢着干活，因年龄小力不从心，骑电车送盒饭摔伤，不好意思再去饭铺打工。为了完成给妹妹买书包、文具的心愿，胖墩打工不成就琢磨“自主创业”。因为给旅社的人送盒饭，认识了“蛐蛐协会”的南方人，他决定捉蛐蛐卖钱。他向退休在家做根雕的老鲁爷爷请教如何捉蛐蛐，并自己做了捉蛐蛐的整套工具。第一次行动就捉了一只能卖二十块钱的蛐蛐，给犯胃病的奶奶买了药，又经南方人调教，胖墩有望捉到更值钱的蛐蛐。这期间，胖墩帮奶奶摆摊收摊，去妈妈家找妹妹玩，跟老鲁爷爷捡树根，处理树根，给树根命名，做根雕，不觉竟然完成了两件根雕：《舞蹈的孩子》《妈妈的梦》。可他一直未能完成给妹妹买书包、文具的心愿。这种生活在现实中不感到眼熟吗？大家都会有一番感触、忧思吧！

《月亮舞台》美学追求

《月亮舞台》有别于时下血腥、悬疑、戏剧化的文本，刘玉栋是有主见、有追求的作家，他顺着《给马兰姑姑押车》的美学范式一路走下来：发掘、表现生活中的真善美，来融化、温暖现实中的坚硬、清冷，点亮人本远景的火光，疏浚人物心灵深处的清泉，叙事平和、蕴藉。《月亮舞台》自然有其源头，远的如归有光的《项脊轩志》，近的如沈从文的《边城》，汪曾祺的《大淖记事》《受戒》，以及孙犁的《荷花淀》，这一路显著的"景点"是诗意。具体表现在有意弱化故事的戏剧性，淡化情节的跌宕起伏；而着力语言的简洁、美好意境的营造，行文缓和平淡，如一股深山溪流淙淙流淌，清澈味甘。再一个"景点"是叙事日常化，多用闲笔，姿态婆娑，生成一种生活化的"绿色文本"，尝一口，像从树上刚采摘的果子一样汁水充盈，味道鲜美。

刘玉栋的作品继承了这一脉特质，并开拓了自己的天地。他作为成长于二十世纪八十年代现代浪潮风起云涌的作家，涵养了种种现代艺术，并化用到作品中。《月亮舞台》开头和结尾的梦："不远处是一轮巨大的明亮的圆形舞台，一个手拿话筒、戴着礼帽、穿着燕尾服的小丑正朝我招手……小丑说：庄帅同学来到美妙的月亮舞台，给大家带来什么节目？我面红耳赤，急得不知说什么好，歪扭着身子，好不尴尬。小丑笑呵呵地说：你会跳舞吗？我摇摇头。唱歌？我摇摇头。朗诵？武术？小品？相声？我一个劲摇头。小丑皱了皱眉头说：那你为什么来到月亮舞台？"这段情节有着浓厚的隐喻色彩和象征意味，现实生活中一些拥有显性、急功近利的技艺者走红，而那些潜心科学研究、抱有人文情怀、为人类长远之计默默工作的人却身处生活的尴尬境地。再就是老鲁爷爷带胖墩侍弄根雕，表面可以理解为少年才华的展现，而作家选择根雕却别具匠心：“根”启迪读者更深层的联想，根是一株大树的命脉，文化的根是一个民族的命脉，一个人的根扎在哪里就会成长为什么样的人，老鲁爷爷是胖墩的根呢！文中多处胖墩遇到疑难，就仰望星空，也富于隐喻意味。所有这些开阔了读者的想象空间并引发读者深层的思索。

刘玉栋敞开胸襟拥抱现实，将镜头对准当下生活，这是他有别这路前辈作家的又一特质。这路的前辈作家题材大多选择深山老林、古刹云水之际，描写风烟俱净的别处生活。而刘玉栋将其笔端插进生活深处，勘探生活底层的真善美。胖墩就是我们身边的孩子，他有着敦厚的性格（不与“咯嘣眼”计较）、灵慧的心性（为了不给妈妈的生活添麻烦，大多都是跟妹妹在村外的桥下见面）、独立的意识（自己挣钱给妹妹买书包、给奶奶买药），他身上也有属于那个年龄力不从心的限制。胖墩的妈妈更是常见的农村妇女的性格，内敛、坚韧，忍屈负重，为了还清家里的债务嫁给一个残疾人，看似冷漠（无视孩子和婆婆的眼泪），其实心里燃着一团火，包一顿饺子叫儿子去吃，还让儿子给婆婆捎一碗，时常将自己种的蔬菜送给婆婆。再者老鲁爷爷教胖墩捉蛐蛐与南方人教的截然不同，这反映了自然生态的失衡，也映带了社会生态的递变，褒贬隐含其中。刘玉栋笔下的美不是绝尘的远梦古刹，而是弥漫着烟火气息的温暖，散发着泥土芬芳的生活味儿。

命运的巨鲤谁能扣住鳃

——读刘玉栋的小说《大鱼、火焰和探油仪》

实力青年作家刘玉栋的中篇小说《大鱼、火焰和探油仪》延续了他的厚实沉潜，同时也呈现了新质：与他以前的沉静相比，通篇流贯着愤激之情，小说的戏剧性既彰显了命运不可掌控的需要，也增强了小说的可读性。

乖戾的命运

马九果的爷爷一生勤苦节俭，治下有一份殷实的家业，这份家业后来竟然成了几代人的祸根。父母一辈子忍气吞声低头做人，哥哥远去几十里外“倒插门”，连姓氏都要随人家的。马九果和高支书的儿子高元泰同样经历一场大火，大火照亮了元泰的前程——光荣参军，提干，娶了首长的千金，却把九果的命运烧成灰烬——坐了五年大牢，成了村上第一个劳改犯，一切幻想皆化为泡影破灭，等待他的日子比父母哥哥还惨。

前途的无望、内心的苦闷、青春的狂躁、不平的怨恨交结成一条绝望的毒蛇咬嚼着九果的心灵，九果的心被这汹涌的毒汁浸泡着、扭曲着，堤坡上的那棵弯柳树分外亲切，将命悬在其上是最好的归宿，不然也会疯掉……他终于失去了理智，强暴了高支书的女儿——他自小心仪的女孩高元红。高元红同情他的遭际没告发他，后来高元红告知他怀孕了，并怂恿他一起远走他乡。九果暂时和心仪的姑娘在一起自然心喜，但依然难以预料等着他的是福还是祸。

隐喻与暗示

命运总藏在你背后或在看不见的地方，傲慢地瞟着你，偶尔和你遭遇，你精神一振纵身一跃，满以为捉住它了，哪知它早已跑到你目力不及处望着你哧哧地冷笑呢。高支书的儿子高元泰拉马九果去西大湾捕鱼，九果意外地和马一样大的鲤鱼遭遇了，他本能地纵身骑上鲤鱼的脊背，一手迅速抠住鱼的鳃，此时九果的内心何其喜悦！传说的鱼精骑在胯下、握在手中。当他试图抠住另一鳃时，鲤鱼一甩尾巴就把他打翻在水里，且落了个遍体鳞伤。高元泰还拉九果去偷地质勘探队的汽油，不小心燃着了汽车。高支书亲自找到九果，许之副厂长以达到让九果替元泰顶罪的目的。九果知趣地要求降格为民办教师。此时的马九果怎样想？父辈忍气吞声低头做人的历史从此改写，那个叫作命运的家伙正站在背后哧哧地笑呢！五年监狱过后，他连父辈的日子也不如了！巨鲤的隐喻性暗示我们：别说追逐命运的锦鲤，就是锦鲤向你游来也会擦肩而过，命运之悬疑吊诡实难把控。

文中除了巨鲤还写了千年鳖精、鬼火、探油仪。这些隐喻性的形象，暗示了命运这个神秘的尤物。

刘玉栋是山东最有潜力的青年作家之一，他也面临着题材和艺术上的开拓，开拓就是探险，这样那样的失误在所难免，戏剧性简直成了这篇小说的表里，但有个别情节经不起推敲，如高元红第二次去小河屋，这个情节很重要，但很勉强，当然瑕不掩瑜。《大鱼、火焰和探油仪》不失为一篇有分量有冲击力的作品。

招魂曲

——读朱山坡的小说《灵魂课》

朱山坡的短篇小说《灵魂课》如一首招魂曲，徜徉山乡野地，回荡繁华闹市，时而低回缠绕，时而激越震荡，终被城市化、商品化、金钱化的声音所淹没。

小说《灵魂课》给我们讲述了山乡一位老奶奶因村里的一个小伙子摔死在城市的建筑工地上，被吓破了胆，神志不清，絮絮叨叨，一次又一次去城里想找回自己的儿子阙小安（以为摔死的是自己的儿子，想招回儿子的阴魂）。因儿子铁了心断绝泥土的根须，决心在城市安家落户，娶妻抱子，享受城市的幸福生活，最终老奶奶与儿子像她拐杖上的气球，破灭在城市的尘埃里。

老奶奶说人死了和活着都有灵魂。我们姑且说活人的魂是阳魂，死人的魂是阴魂。其实，贫瘠的土地很难生长阳魂。老奶奶年轻时为了让儿子吃得好一些，和村上的男人衍生了许多风流韵事而声名狼藉，甚至巴不得儿子有一百个爸爸；而“我”的爸爸情愿把耕牛卖了给“我”交城里的房租，不“在城里出人头地”就不让“我”回家。“我”为了在城里待下去，不得不伺候骨灰盒。鲁迅说想要天才出生，首先要有培育天才的土壤，套用这句话：要想活人具备灵魂，必须先有培育灵魂的土壤。这样贫瘠的土壤怎能培育出活人的灵魂？！作家在这里没有将底层人丧失灵魂的责任一味地推到“外界”，而是说他们本身也缺乏资源来抵御外界的侵蚀。乡村青年一厢情愿地挤往城市的不归路，他们的家乡充当了推手。

城市的繁华声色像磁石吸引铁屑一样吸引着农村青年决绝地拔断自己与土地的根须，义无反顾地投奔城市（即使活着不能在城市安家落户，就是死了骨灰盒也要寄存在城市，宁做城市的鬼不做乡村的人）。他们来到城市，为了扎下根舍得下本钱，舍得下力气，舍得下身体，舍得下感情，舍得下尊严……自愿“洗心革面”，不仅衣着和城市人靠近，行为观念也和城市人拉近，梦想融进城市生活接近财富，心变得冷漠坚硬。阙小安就是这样，面对多次找他回家的母亲，说她的脑袋坏了，甚至倒拖着母亲的腿将其拖出广场、穿过马路、拖进深巷，一路留下声嘶力竭的呼喊和一道连绵着的血迹。阙小安的这一举动耐人玩味，表明他两方面的决绝：一是拔断乡土之根的决绝；二是泊在城市的决绝。但这种决绝，钢筋水泥铸就的城市却不领情、不买账，随着泥土生长的根须渐渐枯萎，留在城市的人也身心俱焚，阴魂却不愿散去，成为城市的流浪鬼！

毕竟有人醒悟了。山乡老奶奶絮叨：“一个人的骨灰装不满一只盒子，一个人的灵魂也装不满一只气球。”她一次又一次执着地寻找儿子、寻找儿子的灵魂：在为被金钱冲击得魂飞魄散的人招魂。要想招回那些被金钱勾去的魂魄，就要先打击金钱的嚣张气焰，于是老奶奶挥动拐杖打击那硕大无比、摄人魂魄的金元宝。这个举动意味着对金钱的抵御和反抗，尽管在众人看来这种抵御和反抗无异于蚍蜉撼大树，滑稽可笑。

《灵魂课》包含着丰富的艺术技巧，主要体现在以下几个方面：一是开掘深，农村青年决绝地拔断泥土的根须，做流浪鬼也不回乡；二是寓热于冷，外冷内热，不动声色的鞭挞，阙小安倒拖母亲最显功力；三是以小见大，以老奶奶找儿子的小事昭示了这个时代魂飞魄散的病态；

四是篇章结构、人物设置让人联想到《祝福》《孔乙己》。其实作者一贯注重向西方小说借鉴艺术，《灵魂课》也有魔幻的味道，人物的所想、所说、所做皆有作者自为的痕迹，若用本土传统小说的尺子衡量肯定不合度，好歹当今文学的多元化格局已形成。

美丽不说话

——读甫跃辉的小说《秋熟》

小说《秋熟》如一首诗，意象绚丽斑斓；如一幅画，灰淡的背景下凸显灵魂的光彩；如一首挽歌，哀伤地歌唱着凋落的美丽；如一篇意蕴丰富的寓言，寓意着一个时代的凋敝与茂盛。

《秋熟》有意无意地将故事情节隐去，呈现的是一幅幅画面——斑斓的意象。年迈的老龙太身负背篓，带着爹死娘嫁的小孙女翠妮在田野上拾稻穗；孙女又聋又傻，没有玩伴只得跟在奶奶身后。老龙太的大儿子每年只给她几百斤活命口粮，她每逢秋熟就佝偻着腰拾荒，以备自己的后事和孙女的嫁妆。翠妮痴傻不会帮奶奶拾稻穗，整天抱着几朵荷花玩。傻翠妮常常把硕大的花瓣撒进烧稻草的火堆里，老龙太就怜惜地往外抓，孙女不停地撒奶奶不停地抓，祖孙二人乐此不疲，一次游戏后，老龙太安详地闭上了眼睛。秋尾上，翠妮抱着最后几朵荷花再次将花瓣撒进烧荒的火堆里，“丰厚的红色花瓣不一会就变成了黑黑的硬壳”。

老龙太的儿女们都忙自己的事去了，忘了赡养老人。老人一旦闭上眼睛，子女们就哭得呼天抢地，葬礼办得热闹隆重，显得格外孝顺，这孝顺如米饭里掺了沙子，一嚼就硌牙，孝顺里透着矫作，透着虚假。没了奶奶庇护的翠妮将沦为换取金钱的商品。远处背景里时隐时现着打架丧命的小儿子，弃女寻找自己幸福的儿媳，更远处，城市化吞噬着乡村：高楼大厦覆盖着竹篱茅舍，工厂废水污染着纯净的田园，商业风气腐蚀着乡村文明……社会转型之际，新的道德规范尚未形成，原有的乡村文明迅速瓦解，如成熟的庄稼收割后，下茬庄稼还没人播种，田野里一片白地。物欲大潮淹没了精神岛屿，灯红酒绿的繁茂掩盖了心园的荒凉。

翠妮喜欢荷花，常怀抱几朵硕大的荷花，她身上熏染了荷花的清香，她与荷花融为一体了，散发着芬芳。翠妮顽皮地将碗口大的花瓣丢进燃烧稻草的火堆里，奶奶麻利地伸手抓出来，翠妮不停地往火堆里丢花瓣，奶奶不停地从火堆里往外抓。奶奶嗔怪着，翠妮呵呵地笑着，村人看着她们这种游戏不知有何乐趣，而小说里反复地描绘着这种场景，用意何在？自宋朝周敦颐《爱莲说》以来，荷花已是出淤泥而不染、香远益清的灵魂象征，翠妮烧花、奶奶救花已是寓意存焉。老龙太不仅是乡村传统美德的载体，更是洁净灵魂的守护者。当老龙太在一次抢救荷花闭上眼睛后，翠妮失去了保护伞，陷入窘境。文中村人对老龙太祖孙一再感到歉疚，让人感到些许欣慰。

小说是傻子视角的再一次妙用，翠妮因又傻又哑使这篇小说获得诸多妙趣。傻是一道屏障，是洁净的心灵的载体。哑巴不说话，使得文本更为蕴藉，耐人品咂；又因傻，做出了常人觉得不可思议的举动，如她烧花奶奶救花，意境妙绝。再就是虚实相生，文中多次出现秋熟的田野，多次出现怀抱荷花的女孩，多次出现祖孙烧花救花的场景，实也哉虚也哉？虚实相生也哉！象也哉，意也哉，意象交融哉！语言舒缓沉静又凝练，可圈可点。

《秋熟》是一部鲜活的生活果肉里包裹着结实的精神内核的小说。阅读这样的小说，是行走在凄凉的秋野里一次温暖的体悟，是一次日益荒芜的乡村文明的审美。这种审美不是乌托邦式的，而是以坚实的现实为基础，颇具审视性的审美。

小鸟的蓝天在哪里

——读余一鸣的《愤怒的小鸟》

读余一鸣的小说如置身生活深处，烟火气息扑面而来，其中的人物摸爬滚打，肉体和心灵的疼痛莫不给人现场感、亲历感。《愤怒的小鸟》依然延续了他与现实的“胶着状态”，但转换了视线：从底层打拼的农民工到“愤怒的小鸟”和雾霾的天空，目光所及之处令人震悚。

《愤怒的小鸟》中两条线索时而交织、时而并行，给我们描述了两个世界：成人江湖和孩子江湖。如果说成人江湖是土壤，孩子江湖就是禾苗；如果说成人江湖是天空，孩子江湖就是小鸟。我们先来看成人江湖。

主角金圣木的爸爸——农民工金森林脚踏实地打拼成为施工队长，刚有起色，不料被江湖人骗得底朝天，又被他的小工郑婷婷的爸爸郑守财趁火打劫。郑守财发迹了，金森林却做了郑的雇佣司机，郑守财还以金森林的名字嫖娼败坏他的名誉。金森林心里那只愤怒的小鸟时常蹿出来闹腾，终于驾车失事翻倒在山坡下。意外的是，站起来的金森林几分得意地审问压在车下的郑守财，这一审问不要紧，却将自己的工作审丢了。庞壮飞的爸爸庞局长贪心不足蛇吞象终于事发；陈小雯的父母只顾挣钱养儿子……小说中的成人江湖是尔虞我诈、坑蒙拐骗的没有底线只有利害关系的世界。这个世界既有孩子成长的第一所学校——家庭，又有孩子成长的开放式学校——社会；而学校是社会肢体上的一个器官，又无以超拔社会这个系统。说白了，孩子就是成人江湖里的鱼，有什么样的江湖就会有什么样的鱼！

小鱼未服成人江湖水性之前还另有自己的天地，那就是孩子江湖，如小说里所言："看见敌人想杀就杀，看见金币想夺就夺；杀人时血光四溅，夺钱时金光闪闪……没有人在背后使绊子，规则是明的，手段是明的。"这里和成人江湖相比省略了"潜规则"、"暗箱操作"和"迂回战术"，来得更简洁，真枪明刀直来直去。两个江湖之间还有混沌地带：成人和孩子的交汇处。金圣木老鼠戏猫似地将妈妈给他上奥数班的钱送给了网吧；庞壮飞略施小计就从爸爸那里获得独自使用电脑的权利；陈小雯用消费青春的方式摆脱了父母的衣食约束；老师更好糊弄，庞金二人的"双簧戏"演得语文老师喘不过气……孩子青出于蓝而胜于蓝，有将成人玩在股掌之间的势头，世界终归是他们的——后生可畏否？！

小鸟愤怒了——他们的蓝天在哪里？他们的未来何以堪？

钱学森弥留之言令人惊悚，我们的教育、学校、教师饱遭诟病，尤其是教师。其实，教育只是社会这个大系统的一个器官，或者说教育是社会这张皮上的毛，教育不可能超拔出社会这个大环境生存在真空里；教育内部的改革也只能治标不治本，不能解决根本问题。更何况，"社会人心所向，校园外活生生的案例，不是教师在课堂上苦口婆心所能抵挡的"。我这样说不是推卸学校（教师）传道授业解惑外加教化的责任，而是想说明"病根"所在；想说"救救孩子，不仅仅教师有责任，家长也有责任，每一个社会人都有责任"。因为未来是我们大家的。

我不想说余一鸣创新了什么发现了什么，在这个许多人做事很少守得住底线的社会，余一鸣还胸怀良知去写作，这就弥足珍贵让人尊敬。一介卑微的教书匠把时代伤痛的痼疾拥入自己温热的胸怀，感受疼痛焦虑，忧社会之忧，痛他人之痛，然后将自己的忧思转化为小说的形式艺术地呈现出来，使人们警醒，这就是作家余一鸣的写作价值之一。

捧起余一鸣的小说非读完而不能释手，何以有如此魅力？虽不能用“如万斛泉源，不择地而出，在平地滔滔汩汩，虽一日千里无难”来比拟，但他的小说的确如生活的河流，不事雕琢，却给人亲和感与冲击力。再就是小说内容关涉千家万户孩子成长的话题，关涉我们的未来，是热点、焦点。而对文中生活化的质朴语言，洪治纲先生有很好的总结：“粗粝、奔放、自然，呈现出浓烈的日常生活气息。”“仿佛不是作家苦心营构的产物，而是生活浆汁的自然迸发，虽也有些芜杂，但饱含了某种原始野生的力量，洋溢着生命特有的勃勃生机。”还与作品的内容随物赋形相契合。

余一鸣的小说与现实生活呈现胶着状态，这种状态是一把双刃剑，优点上文说了，其局限和二十世纪八十年代中后期刘震云那拨作家的“新写实”类似：由于跟生活的距离太近导致审美光照不足，生活透视尚欠力度。

人世孤儿

——读小说《东山宴》和《钻石笼》

《东山宴》和《钻石笼》分别是两位新锐作家孙频、焦冲的中篇小说。这两篇小说都是述说在物质贫乏或茂盛的境遇下，人内在素质溃散的情况，前者因生活贫困的挤压亲情流失，在无奈中挣扎，悲怆而凄惶；后者面对滚滚的经济浪潮欲望盛开，主心骨凋落，为了物质进位，自觉顺应潮流，主动拽断温热的脐带，以致成为失血的物质空壳。

《东山宴》的故事背景是在生存极为艰难的贫困山区，人们所做的事情都是为了活着，在这种生存境遇下，讲述采采和阿德两个孤儿的故事。采采是一个十三四岁的女孩，说来她有爸有妈不算孤儿，可他们离婚后又各自成家，她成了没人要的累赘。她挨了爸爸的打，赤脚翻过晨霜覆盖的山头找到改嫁的妈妈，妈妈不问冷暖硬赶她回去。她是爹舍娘不要的孩子，生活无依无靠，亲情缺失。她渴望得到生活的安全和亲情的温暖，她没有别的办法，只好采取极端的方式来获取她的需要：自贱和自戕。起初她说继父如何如何摸她，后来又说村人怎样怎样摸她，其实是她内心亲情饥渴扭曲的外显，是她渴望关爱的幻象。她这样说的结果事与愿违，继父因羞辱出走，妈妈对她更为冷漠。更甚者是自戕，她以死“要挟”妈妈收留她，甚而用玻璃划脖颈，满村展览伤痕来引起人们的关注。她甚至嫉妒死了妈妈、被爸爸抛弃的智障儿阿德，因为他还有奶奶疼爱，这些都透露出她内心的孤寂与不安全的恐惧，渴求亲情和爱。

阿德是个智障儿，五岁时病魔夺走了妈妈，后来又遭再婚的爸爸的抛弃，幸亏有年迈的奶奶疼爱。他心里割舍不下妈妈，他在自家的窑洞前团泥巴，团的泥巴谁也看不出是什么形状，他捧在手里喊妈妈；要么独自一人跑到对面山坡的坟场，寻找长眠在那儿的妈妈；要么声嘶力竭地哭喊着跟奶奶要妈妈，百般无奈的奶奶扯开衣襟，将他的小手伏在她吊袋似的乳房上，慰藉那颗幼小孤苦的心。无情的岁月将奶奶也带走了，阿德黑夜跑到坟场，用手将奶奶的新坟扒开一个洞，钻进新堆的坟土里，他又和奶奶睡在一起了。他说过的，奶奶死了睡棺木里，他也跟奶奶睡。阿德是个智障儿，他的生存能力还是个婴儿，没有亲人的呵护他无以生存，亲情是他的脐带，他与亲人生死与共，只得用一个“傻”字了却，为聪明人耻笑。阿德心存至亲至爱，随奶奶而去令人唏嘘；采采的父母经营各自的生活，无人顾及女儿，致使她生活无着、亲情缺失，心灵遭受严重的创伤，她长大成人后的生活态度岂不堪忧？未来毕竟是孩子们的！

再来看焦冲的《钻石笼》，这篇小说主要写了陈丽芸和陈晓晨姑侄两个人物。陈丽芸有过两段婚姻，她的第一任丈夫是个安分守己的老实人，因挣不得大钱不能满足她的物质欲求而离婚；她的第二任丈夫是个杀猪的屠户，能挣钱满足了她的物质虚荣，可屠户素有花心之习，她现场捉奸不依不饶，屠户不堪羞辱服毒自尽。两个男人一疯一死，她被十里八乡看成晦头，再没人敢娶她，她只得远走进城做保姆。她泄私愤，阴差阳错地救了小老板；小老板知恩图报，她更是全身心投入，全方位地献身于老板，甚至甘当老板的替罪羊深陷牢笼，她竭尽投献以求“验明正身”而不得。她除了晋升物质身价，其他一无所获，连老本也抖落干净。父母相继去世，家里亲人因她见不得人的身份与她断绝来往，孑然一身的她外表豪华光鲜，内心却藏着幽深的空寂与孤独。

她的侄子陈晓晨考上大学本来是家乡的骄傲、家人的希望，不想毕业了连生存都成问题。在工作无着、升学无门的困境下，想起同城的小姑陈丽芸并费尽周折找到她。血浓于水，小姑暗中不遗余力地帮衬他。他工作能力不错，特别是他挑战性的雄心与姑姑一脉相承，得到小姑欣赏。他借着小姑的关系得以接近老板的独生女黄之馨，趁黄之馨感情空缺的时机，将“把妹高手”的技艺施展得淋漓尽致。“只要有心，它就不会辜负你。”如他所言搞定了老板的独生女，走的是新常态路线：未婚先孕。结婚生子双喜临门，阵势很隆重，只请了场面上的人，父母都没让到场。春风得意马蹄轻，进位物质高峰。他却不敢正视内心——那儿有一匹“心猿意马”在奔腾，将父母弃置，正觊觎更高处！姑侄二人看起来都是成功人士了，他们的成功有所付出，更多的是出售，自觉地自我出售。

回头来审视这两篇小说人物的内心轨迹：《东山宴》里物质匮乏，人们被生存绑架导致抛儿弃女，可怜的两个孤儿因渴望亲情、挽留亲情，做着无奈、无望的挣扎与抗争，其行状凄怆又壮烈；《钻石笼》是物质隆盛期，人们物欲洞开，社会阶层壁垒森严，想得到物质进位的一些人不择手段，包括自觉地丢弃生身之土，割断亲情的脐带，甚至将自身待价而沽，即使他们侥幸达到目的，也因掐断了血脉成为无本之木或断线的风筝，徒有一副物质躯壳。不管是前者被动还是后者主动，都致使亲情的血脉断流和恩爱退场，这就意味着冷漠、残酷粉墨出场。基于此，这两篇小说切中时下软肋，给人们敲响警钟。

鼎足而立

——试说闵凡利小说的三个维度

闵凡利多年来风雨无阻地在文学创作这个领地上辛勤耕耘，他在不断拓展自己领地的同时，也在自己的土地上打井，因而收获着纯净而丰硕的文学果实。他的诗歌、散文、小说遍地开花，频频转载、入选年度选集，还多次改编成电影电视剧，年纪轻轻已出版 11 本文学专著，并荣获包括冰心奖在内的十数次省级以上奖励，水到渠成地签约了省作协。细读闵凡利的作品（小说），感觉他在关注当下社会小人物的生存现状、勘探国民历史文化心理和领悟人生的真谛这三个维度做了努力探索，也取得了有目共睹的成绩。下面我就这三个层面分述个人的阅读体会。

一、时代承担与现实关怀

一位有责任感的作家需不可推卸地关注他（她）身处的时代，对时代做出承担与回应。闵凡利也不例外，不说他早期名噪一时的《解冻》，但就他近来创作的一批更为厚实、颇具穿透力的现实小说，如《债主》《皆大欢喜》《天皇皇》等，对当下社会不同侧面的洞察、揭示与思考入木三分，体现了一位作家的责任、担当与情怀。

《债主》讲述的是某乡镇领导对民营企业限制、挤压以及巧立名目地剥夺，这不仅使勤劳的人们致富的指望落空，更导致政府的公信力弱化。民营企业主赵青海父子先后借给当地乡政府23 万元，如果说父亲赵青海起先借给乡政府的8万元是凭一个农民党员的觉悟，自愿帮助乡政府渡过经济难关，那么后来儿子赵大庆的15万借款是畏惧乡领导的权力胁迫才借的。由于生意场上的陷阱和赵大庆母亲突发心脏病，急需资金盘活生意和缴纳手术费救命，父子俩开始了向乡政府讨债的艰难征程。赵青海救妻心切，将推脱赖账的乡政府告上法院，乡政府的高级轿车贴上封条。更为恼火的是：乡政府有钱交法院罚款也不还钱让老赵救命。无奈之下，白发苍苍的赵青海跪在乡政府大院里讨还救命款，却依然一无所获，儿子赵大庆的15万也泡了汤。

乡领导握着人民赋予他们的权力，巧取豪夺以饱私囊，歪曲了国家的富民政策，甚至置百姓生死于不顾，伤害了百姓的感情，何以如此？值得深思的是，商品经济效益刺激了一些人的私欲，人心物化、权力异化，少数基层干部丧失基本责任与公德，连做人的基本同情心也不具备。这岂不令人堪忧：乡镇领导作为最接近农民的政府公务人员，他们的形象就是政府的形象，他们的作为直接影响到政府的公信力。

《债主》这部中篇小说关注当下农村的生存现状，秉承现实主义精神，对当下乡镇领导有损政府形象的丑陋行径给予毫不留情的揭示和批判。作家站在民间立场，以体恤悲悯的目光关照农民在诚实劳动致富路上的艰难困阻，体现了作家的现世情怀。

《皆大欢喜》描述的是城市小人物的悲伤遭遇。小文人郑礼常写些批判丑陋、邪恶现象的小说，因莫须有的罪名被执法机关逮捕，在看守所里遭受非人的审讯，最终以证据不足释放。郑礼坚持讨个说法：要逮捕他的公职人员公开道歉，得不到答复的他起诉到法院。为平息此事，公检法、文化局以及郑礼妻子所在单位织成一张利害关系网，将郑礼这条鱼死死捆住，甚至用职称收买郑礼的妻子从内部策反，利用网络采取心理围攻瓦解郑礼，原本信誓旦旦要帮郑礼讨说法的律师经不住单位的胁迫变为撤诉的说客，妻子为了多年努力而不得的职称也成了“战斗在心脏里”最有力的人，郑礼最后不得不应允撤诉成就“皆大欢喜”。而检察科长要郑礼在认罪书上签字，这样才符合法律程序，不影响他们蝉联荣誉，结果郑礼拂袖而去。拂袖而去的他意味着要遭遇新一轮围攻。本来和郑礼达成统一战线的妻子、律师在首轮攻势下晓以利害，都站到对立面做说客了，郑礼在重重围剿中又能孤军奋战多久？

小说呈现了一个清清白白、心存正义的小文人如何在社会权力和网络胁迫的压力下自愿成为“罪人”的情况。这里作家给我们提供了三个审视层面：一是权力因缺失有效的监督而膨胀，本来是主持公道维护正义的法律却异化为戕害善良、助纣为虐的铁棒；二是世情关系网，每个社会中的人都是网上的一个结，谁也挣不脱，即使鱼死网也难破；三是人性的弱点，不管是掌权人、律师、郑礼的妻子都是活生生的人，既有光明磊落的一面，也有幽暗的一隅，且光明与幽暗交错，在利益的诱惑、权力的胁迫下，幽暗就扯去磊落的面纱而现形。

读闵凡利的《天皇皇》顿生愤懑之情，又无可奈何。“角猪村长”一而再再而三地霸占老实巴交的王大帅的妻子，王大帅忍无可忍举刀将村长砍死，等待他的将是严酷的法律惩罚，这使我们想起邵丽的《刘万福的案件》。生存需求驱使男人离家外出打工，留守妇女的隐忍与情感缺失，以及不良社会风气的漫漶，给“角猪村长”们的欲望创造了可乘之机，原本维持乡村次序的伦理荡然冲决。这里又回到老话题：人性之恶见不得“适宜的气候”，一有机会就钻出幽暗的洞穴肆意妄为、糟践良善。这篇小说打破传统的叙事方式，用先锋前卫的笔法，把我们从一个个精巧引向一处处新天地。从“叙事、说明、描述、目击者证词、议论、证词、闪回、哭诉”再到“叙事、新闻报道、补叙”章节，无不显示着构思的巧妙，作家用显微镜样的笔触深入乡村人物内心纹理进行刻画，使这个乡村案件留给我们深深的思考，那是关于乡村政权生态的清晰的图像，它让我们看到维护乡村伦理的最后一根拦腰稻草的断裂，让我们看到杀人者眼神中的愤怒和绝望。

二、国民文化心理的勘探

闵凡利关注当下小人物的生存状态，更探究他们深层的文化心理与混沌意识。国民心理这个话题的确不新鲜了，自“五四”以来以鲁迅为主将掀起了启蒙思潮，时至今日，附着阿Q阴魂的人们还晃悠在我们身边。国民心理这个由历史文化和生存处境融合而成的化石，想一蹴而就溶释它未免理想化了，要想完成这一历史使命还有相当长的路要走。为此，重提这个老话题不是多余而是必要，甚至在现代化的进程中紧迫而艰巨。在国民文化心理这个维度上，闵凡利的创作给我们提供了哪些启示呢?

我们来看他的短篇小说《好病》：“五保户”老人闵庆霸确诊自己患了膀胱癌——和周恩来总理得了同样的病，在村上身价陡然倍增，连村支书见了他都问好敬烟，并跻身村里红白大事的执事行列，排进村上的头人榜。一年过去了，再度去医院检查，闵庆霸的癌细胞消失了，一切正常。正常的闵庆霸在村里又回到他原本低贱的生存境遇，一病不起，没挨几天就死了。

癌症是威胁人类生命的仅有的几大病种之一，目前为止还是世界医学界有待攻克的难题，地球人无不谈癌色变，可闵家庄的“五保户”闵庆霸患了膀胱癌却成了傲人的荣耀，成了全村人敬畏的资本。在当地村民心中，因为周总理得过这种病，周总理是一代伟人，是天上下凡的文曲星，能和文曲星得一样的病，肯定也不是凡人。故事乍看荒诞滑稽，却入木三分地揭示了村民由历史文化积淀而成的权力敬畏与膜拜心理。这种心理扭曲到如此变态的地步，可笑！可悲！可怜！

《张三讨债记》里的张三借给李四一笔钱，经过几次酸甜苦辣的讨债，由债权人蜕变为债务者。对于这篇小说，陈晓明教授有精简的点评："李四坏到极点，张三又老实到极点，这样二元对立的二个人不断上演着存在的游戏。这里面包含着博弈论的那种结构，好／坏，对／错，就像翻牌一样总是不断试错，张三的牌总是翻错了，最后他还是错了。这篇小说无情地嘲笑了我们好人得好报、善最终战胜恶的流行法则。"陈教授是从社会学层面点评的，我试着从人的深层心理或者说人性的层面来解读。张三的确是一个善良且软弱的人，更是一个内心丰富的人。当他多次讨债未果也会考虑社会上讨债的套路，也多次对李四的老婆"青睐"，乃至心旗摇曳，又因怀恨在心的报复，最后才落入美人计的圈套。"张三就想起这几次的讨账，越想心里就恨恨的。吃地瓜吃雪的情景又浮现在眼前。最让他生气的是饭马上就吃了，李四又想法把他赶了出来。张三想，李四啊李四，你做事真是太欺人了。真是太不讲天良了。天作孽犹可违，自作孽不可活。这是报应啊。如若你还了我的钱，我就不会在你老婆身上动心思了。如今，我非得给你戴上一个绿帽子！"

这就从深层心理或人性的角度嘲弄、翻盘了好人、坏人的二分法。小说窥视了人性的幽微，呈现其斑斓色彩与摇曳多姿。

《面子的事》讲述了张山老婆跟村主任黄运河通奸的事，由孩子传布得村人皆知，张山感到无法做人要挽回面子，打老婆，请村主任喝酒，强奸村主任老婆（未遂）被判刑。张山终于挽回了面子，在村干部换届时当选为村主任，有滋有味地干着上一届村主任干的一切。张山一年前就发现黄运河睡了自己老婆，可为什么没有找他算账？因为村人都还不知道，再说黄运河不是白睡张山的老婆，其后附带着很多实惠，面子无损又能得实利，也就默认了。这就揭开了张山看似弱者的外表下掩盖着的丑陋心理：内心并无尊严、人格的支撑；张山挽回面子的策略不是运用法律、不是找黄运河抡拳头，而是请黄运河喝酒，揭示张山怯懦、畏惧权力的奴性心理。屈强跟凌弱是一对孪生兄弟，一旦张山坐上了村主任的位子，比黄运河有过之而无不及。说到底，张山不是被人凌辱就是凌辱别人，是非善恶只是挂在脸上，嚼在嘴里，而心里只是想着权力以及权力所带来的特权，阿 Q 在土谷寺里的美梦在张山当了村长后成真了。

总而言之，闵庆霸们膜拜权力，张山们畏惧权力，其实膜拜和畏惧是一枚硬币的正反面，实质都是“官本位”，这不仅仅源于权力的威严，更源于特权的实惠；威严和实惠的吸引力的根源是虚荣和私欲，这些都出自人的本性。张三的善来自义气（一种江湖文化），一旦义尽而本“色”显露，他陷进李四的圈套其实就是陷进人性昏暗的泥潭。作家从人物的文化性格入手，从不同侧面探察了国人心理的多重素质，钻探人性的深井，探摸人性的“暗箱”。

三、站在彼岸审视现世人生

陈独秀在《基督教与中国人》一文中说：“我们不用请教什么神学，不用依赖什么教义，也不用借重什么宗派，我们直接去敲耶稣自己的门，要求他崇高的、伟大人格和热烈的深厚的情感与我合二为一。” 我个人认为闵凡利的“新禅悟小说”的内质暗合或接通了陈独秀的“宗教精神”。我理解的闵氏“新禅悟小说”是站在彼岸审视此岸，考量人生的真相与价值，与其说讲禅性故事，不如说借禅性故事来喻示人生感悟，探讨生命的终极价值和意义，达到自我精神审视、净化和升华之目的，可以说是一篇篇阐释人生真谛的寓言。正如作家自己所言："所谓'新禅悟小说'就是以佛道中人的故事为背景，通过他们的生存状态和心路历程的追诉，展示生命的禅机和玄妙……他们能用这大块的时间来静静地思考人自身的来去归还问题。他们的思考能让焦灼的心田得到滋润，能让凄冷的心间得到温暖。他们能给世人一个答案。这个答案能让世人好好地反刍自己，思索自己。"

闵凡利的这类小说以精短意丰叫好，我读到的较长的要数《桃花红》与《桃花开》了。这两篇小说从内容上看是一个故事，由于女主人公的不同人生价值取向导致两种结局：《桃花开》的女孩风儿对美的态度是占有，她不仅毁了自己也毁了她渴慕的对象，留给自己的是一抔尘土；《桃花红》的女孩芊儿将对美的渴慕升华为对美的创造，成全了一坡美丽桃林，她的生命灿若桃花，野火烧不尽，春风吹又生。

精短篇章《念经的和尚》以复仇的故事道出生命生存链条的真相，复仇不仅没有必要而且实在愚蠢，宽容是生命和谐生存的阳光大道。《行路的和尚》讲两个年轻的和尚背不背美女过河与佛心的事，昭示佛不在别处，魔也不在别处，都在人心，佛心行佛道，魔心做魔事，不在身披的袈裟、口念的经文中。《真佛》讲述一个无腿上香者，用手和躯体爬上山庙，仅仅为了给佛上一炷香，别无他求，崎岖的山道染上斑斑血迹，赤红的心表白他生命的坚强与不屈的灵魂。

《神匠》在闵凡利的"新禅悟小说"中口碑最好，自然也更值得说道。小说的故事很简单，一位得道的神匠给一个化了二十年斋的和尚塑女神像（神匠只塑女神像）。女神像塑得富于人味而且活灵活现，塑神像不仅要用木架、白蜡、桑子，还要用汗水，甚至用自己鲜活的心，这不得不令人震惊！其实和尚与神匠暗中较量又隐含着一个爱情故事：

神匠与和尚曾经爱上同一个女子，和尚爱得轰轰烈烈，而神匠爱得更用心。后来，那女子去世了，前者成为和尚，后者成为神匠。这是海明威冰山说的艺术化用。这篇小说可以理解为一个爱情故事，爱情的真谛是真心。更深的层面可理解为人生如何修成正果：不仅要挥洒汗水，始终专一，毫无保留地捧出你一颗赤诚的心，而且还要捎带着道出神有了人味才是真神，不食人间烟火是泥胎；人需关注生存物质，更需超越现世浸润神性才算人。

闵凡利的这类小说是传递人在生存困境面前不失信心、热情和真诚，张扬人在自身局限和生存困境下的信念、希望与理想，追问到生命终极再返照生命的价值与意义：宽容、暖爱和善意，以悲悯的情怀拥抱现世。

综观闵凡利小说创作的三个维度：小人物现实生存境遇的洞察与透视、国民文化心理与人性的弱点以及站在终极审视人生存的真相与价值。这三个维度不是孤立存在而是有机生成的，形成三足鼎立之势。第一个维度的着眼点在社会层面，呈现小人物的生存困境和精神困境。第二个维度的着眼点是人的文化心理与人性的弱点，以此来解剖人的生存困境和精神困境。第三个维度是以禅宗为背景，站在终极审视人生的真相与价值，让人反思生存的意义，从人的价值理性和精神层面来规避世人胡行乱为，以实现社会规范与文化伦理的健康化。由上所述，闵凡利小说创作的三个维度的有机性脉络清晰可见：病象——诊断——疗治。由此可见作家的承担、情怀与胸襟。

肉体PK心灵

——读斯继东的小说《你为何心虚》

斯继东的小说《你为何心虚》讲的是茶余饭后“那些事儿”，有着水蜜桃的汁水，饱满可口。作者笔下的“那些事儿”还隐藏着耐人咀嚼的“果仁”：穿透生活表情让人们看到肉体与心灵分居、对峙和博弈。

年轻女教师赵四最后一个知道了老公出轨并决意离婚，先去了一向反对她和老公走到一起的小姨吴小莉家，小姨反而劝她别离婚。她又有意无意地到酒吧和暗中帮衬她的滕副校长约了会，同病相怜地合谋“报复”他们的另一半，但终因妈妈的电话干扰不了了之。妈妈把与女同事有染的爸爸赶出家多年，年轻守寡。不想妈妈早就知道女婿出轨，也劝女儿不要离婚，像合计好了似的，连四岁的儿子都是他们的同谋。合围之下，赵四又回到自己的家，身不由己地加入了“同谋”之列。

赵四信誓旦旦地离婚是做给别人看的，也是做给自己看的。赵四拥有私家车，这在教师同事们面前颇有面子，但当老公身边坐着“小三”、驾着自家车、无视她的招手、风一般从她身边驰过时，她从内到外都无法接受这种屈辱，她决心离婚。这羞辱源于赵四和她老公经济上的悬殊，而赵四也忽视了搭建独立的精神空间，更多地关注男人的身体：小姨专注经营男人的胃，赵四专注伺候男人的肉体。在这种背景下，女人多以婚姻、孩子和家庭为轴心，放弃营造自己的独立空间，尽管有这方面的想法，最终也只能成为臆想（甚至走向歧途）。

如赵四发现老公有外遇，有意无意和副校长老滕约会，并合谋开房苟合来报复他们各自的对象。“只要没出息的老滕不退缩，我就会继续。哪怕是咬着牙噙着泪，哪怕是中途恶心到呕吐，哪怕是世界末日提前来临，我也会把该干的一切干完。”这种报复乍看是一种激烈的反抗，仔细一品就不对味了，这种消极的报复不是正向的建设，顶多达到心理平衡，趋于归零。再就是客观的缘由。男人的“那些事”已被多数人接受默许，甚至连女人也达成共识：“你说这世上有不偷腥的男人吗？”当赵四老公的“那些事儿”浮出水面，不说周围的人，就是赵四的小姨、赵四的母亲，甚至连四岁的儿子都站到自己的对面。于是，赵四陷进了无底洞，“她想呼救，但是出不了声。四周围满了人，每一张面孔都很熟悉，其中有吴小莉，有母亲，有年轻时的父亲，甚至还有她四岁的儿子晶晶。大家都神情肃穆，仿佛在参加一个葬礼”。内心的虚弱和外界的强大注定了结局：赵四就范了，“快感不可篡改地跟着高潮如期而至”，精神缴械投降成了肉体的俘虏。

作家从婚外情这个热点来透视当代人肉体之肥硕，精神之孱羸，它们之间的博弈也成了“没有悬念的战争”：在内外夹击下，精神“心虚”地成为肉体的“合谋”。这正是当代人生存的现状和面临的困境。

《你为何心虚》采用三维叙事的方法：现实层面属物质（肉体），心理层面属精神（心灵），往事层面是精神演变物质的桥梁（纽带）。三者相互映衬、相互比照、相互补充，形成合力鼎足主旨。语言一个“贴”字了得：贴着时代，贴着生活，贴着人物内心，体贴入微。热点选材和流行歌曲的引用也是小说的景点。

罪与罚

——解读耿雪凌的中篇小说《大麦小麦》

读完耿雪凌的小说《大麦小麦》，不禁掩卷唏嘘：假如她们姐妹不曾遭遇强暴，大麦嫁给马驹，小麦嫁给鲜花，她们的命运或许不会如此凄惨不堪。即使有假如，那她们脉管里流淌的血液呢？与生俱来的性情呢？养育她们的肥沃文化土壤呢？看是偶然因素改变了命运，其实，她们的命运却是被一种潜在的神秘力量所掌控。

此前读过耿雪凌的短篇小说《关于一次自杀事件》，小说以倒卷帘的叙事策略，抽丝剥茧地展示民间文化的神秘力量以及由这种文化积淀而成的心理模式，可谓入木三分。阅读《大麦小麦》时我感到更为惊艳：小说赓续了民间文化的神秘性，笔触进一步探进人的心灵深处，呈现出人物性情的“这一个”。

先来看大麦这个人物。她在众多姊妹中排行老大，从小就养成勤劳忍让的习惯，形成自尊、自强、内敛的性格，长大嫁人后更显示出她的贤德，养育孩子侍奉婆婆，家里地里样样拿得起放得下，可她总是得不到丈夫鲜花的欢心，还常遭辱骂和拳脚，原因是大麦夜晚是“活死人”，鲜花行房如“奸尸”。这源于大麦 12 岁那年遭遇过老男人强暴，遭受了巨大的心理创伤，男人一接触就浑身痉挛，对夫妻生活更是冷淡。为此她尽力做出让步，忍耐鲜花的蹂躏和他明里暗里在外的拈花惹草，但她却忍不下无意中撞见鲜花与小麦野合，况且她当着小麦的面被鲜花掌得鼻口流血，她的自尊心促使她跳进月亮湾。

大麦凄惨的命运貌似缘于偶然事件：撞见丈夫与妹妹野合，或追溯12岁遭遇强暴，但这些事件只是外界的触媒，其本质根源还在于她脉管里流淌的血液和伦理文化熏染所形成的性格，性格决定命运。作为姐妹领头羊的大麦，她的性格沉稳、忍让、坚强，更有自尊。她从小就看不上不会做事只会耍巧卖乖、招人耳目的小麦，在她心里日积月累构筑起一方信念之碑：在诸多方面她比小麦强得多。小麦最显眼的是唱戏，那是"我"大麦不愿意张扬，不然哪有你小麦的风头，更不用说别的事项了。但恰恰是她看不上眼的小麦夺去了她的丈夫，她跟小麦厮打一团，丈夫不仅没站在她这边，还当着小麦的面辱骂、毒打她。丈夫击打她的肉体，更击碎了她内心多年建立起来的信念之碑。大麦之所以生活中样样走在人先，不留情面地与跟她开荤玩笑的男人翻脸，忍耐鲜花的折磨，就是因为她心中有一方信念之碑。碑轰然溃倒，月亮湾成为她的必然去处。大麦走了，并带去了儿子，这是对鲜花应有的惩罚。

再来看小麦。小麦在18岁时也遭遇过强暴，跟大麦截然相反，她的心灵不仅没遭受创伤却饱享一餐"盛宴"，开启了她的天灵之窗，人生中第一次升堂入殿如梦似仙，同时也打开了魔鬼之门，疯狂不可遏止地走向不归路。小麦原本快结婚了，因为意外的"盛宴"怀孕而被退婚，鼓着肚子不得已嫁给了"地主"的儿子马驹。马驹待她百般好，有求必应，饭来张口衣来伸手，比伺候老娘还上心，可是小麦却满脸苦水，谁能想到马驹"小麻雀"的翅膀折了，一直飞不起来。小麦不是耐得住寂寞的女子，女儿一满月就又风风火火地登上戏台，很快跟做编剧兼演员的姐夫鲜花纠缠在一起，台前幕后分不清你我。为了放开手脚，他们将战场拉到野地、黄河故道。小麦跟鲜花在一起酣畅淋漓，品尝到"女人过的日子"。为此她付出了惨痛的代价：流产四次还差一点搭上性命，母亲跟她断了亲情，姐姐为此投水自尽，遭受周围人的秽言与指责。为了做女人，她做不成女儿了，做不成妹妹了，做不成妻子了（她下药毒死了丈夫），也无法做人了。可她执着于做母亲，要生下第五次怀孕的孩子，这惹翻了鲜花，他与小麦渐渐变得形同陌路。

在俗世生活里，为男人臭名昭著、恶贯满盈的女人一旦失去这个男人，整个世界都塌陷了。小麦的结局可想而知。我们有足够的优势站在道德的高地挥舞伦理的刀枪对小麦肆意杀伐，文学不是道德审判庭，作家不是道德审判官，对人物不作道德绑架。笔者认同文学的主要任务是探究心灵的丰富与隐幽，心怀悲悯传扬人道。小麦没心没肺绝少受到传统文化的熏染、伦理的束缚，心性自由奔放，她不像大麦那样中规中矩。因此，她具有免疫力，同是遭遇强暴，她心理不仅未遭受创伤反而开启了做女人的天窗，同时也关上了一扇门。不足20岁的她就守着无性婚姻，马驹没有性能力却理所当然地霸占着她（即使是用所谓疼爱的方式）。于是小麦找男人了，她找的男人首先是能让她做女人（其实是掉进这个男人蓄谋已久的圈套），天地之宽广，属于每个人的路却是那么窄，而这个男人偏偏是姐姐的丈夫，她触犯了伦理的底线，背负深重的罪孽，她极力要求离婚而不得，身置生不如死的境地，逼她冲出做人的底线——投毒杀人，她的任性也遭到生活无情的惩罚。透过这些繁复事象和感情纠葛，让人看到人的原初生命欲求与文化伦理的冲突。这种冲突始于人类文明起步，至少目前还没人看到它的尽头，成为内在的热力贯穿人类发展的历程。由此观之，《大麦小麦》触摸到文学的常青树，具有优秀小说的气象。

“没有神性的写作，不会抵达真正的深邃和高度。”（张炜语）《大麦小麦》弥漫着神秘的气息，有一种无处不在的神性力量，这种力量源自民间神话传说以及千百年来齐鲁文化融于人们血液所形成的集体无意识。小说里大麦、小麦、鲜花和马驹四人的悲剧，并无“毒蝎之人”作祟，他们的悲剧是一种神秘力量的作用。大麦、小麦从小就不对付，她们是一对宿命冤家。8 岁的大麦付出高烧昏迷 10 多天的代价搭救了掉进雪坑的小麦，后来大麦因小麦投水自尽，天定相生相克。少女时代姐妹相聚过七夕乞巧节包饺子，大麦总是吃到“麸子”“小木棒”，而小麦吃到的偏偏是“硬币”“糖”。鲜花一岁多的儿子因追蝶落水随母亲而去。大麦死后小麦去家里找鲜花，一次遭遇“大麦”的扫帚抽打，脊背上留下一道道血痕；一次遭遇“大麦”的倾盆脏水，浑身淋漓透湿。这些无法解释的事源于其背后的神秘力量。

一连串神秘“赶巧”的事件就促成一个人的命运。我们来看马驹命运的来龙去脉：马氏祖上以挖别人的祖坟发家，其父亲宁舍亲骨肉不舍钱财，赶上“新社会”划成“地主”成分被斗死，祖父母沦为掏茅坑、扫大街的人，母亲原本是窑姐，赶巧马驹的爹看上她，“晋身”为三老婆，新社会初另立门户重操“旧业”，赶巧 10 岁的马驹夜尿，听到“营业”中的母亲高亢呼叫，过早地惊醒内向卑怯的马驹的性意识，过度手淫导致性功能丧失，偏又贪婪小麦姿色，结果年纪轻轻的就死于非命。这种善恶因果报应的惩罚蕴含着文化的神秘性，彰显了文化的隐性力量，应合了人们的文化心理期待。作家耿雪凌写出如此文化意味浓厚的作品并非偶然，她生长在鲁西南这片厚土上，浓郁的风土人情滋育了她的心灵，仙狐怪侠传说伴她成长，脉管里流淌着源远流长的齐鲁文化的血液，她的作品弥漫着馥郁的文化意味成为必然。

《大麦小麦》的艺术亦多有可圈可点之处：作家那种从容的叙事仪态，在当今文坛实不多见；小说的语言是经过加工提炼的鲁西南乡土方言，洋溢着生活气息又简洁有力；人物性格对立设置，如大麦与鲜花、小麦与马驹，性格相对的人物放在一起，产生矛盾推动故事情节发展，又形成鲜明的性格对比突出人物形象；一件事用不同的眼睛关照，不同的心灵感应，不同的视角描述。如小麦遭强暴的事件，用小麦和鲜花两人不同的经历感受来呈现，使得故事丰富而有层次，给人立体感；作家的倾向不用议论点明，而是隐含于人物的命运中，流露于故事的结局里，这就赋予了小说蕴藉的品质。

意象群落与文化悖论

——读朱斌峰的小说《梅雨天》

从朱斌峰的小说《梅雨天》中读出阴雨迷蒙的天地间、连绵的意象群落和阴郁的诗意；读出沉积压抑的文化河流和蓬勃的生命力；读出美妙充盈的感觉和老道的认知；也读出年轻作家的潜力和可能。《梅雨天》作为中篇小说可谓精短，不以故事见长而以绵密的意象取胜，密织的意象中蕴含着文化的悖论与原始生命力的勃昂。

小说的背景是民国年间的梅雨期，阴雨连绵，水雾笼罩着天地，所有成熟的事物在这个季节里都会生霉腐烂，散发着腐臭气息。同时，适宜的气候和雨水滋润，一切生命都会破土而出，以不可遏制的力量生长着。这就不难品味景象的隐喻性。

再就是“尼姑变狐狸”的传说：美女尼姑原本就是狐狸，是聊斋式的末路文人（男人）的意淫，更是淫欲男性荒诞丑陋的想象；美女祭神的习俗，以毁灭美丽的生命来救赎罪孽，这种荒唐的举动只能加深其罪恶；最后揭底尼姑并非怀孕，只是肚子里长瘤子；确凿的事实是“花少”夜奔尼姑庵溺死水塘。现实交织着传说，拧出文化的藏污纳垢和人的心理荒淫，悖论丛生。还有铁匠铺、弹棉花店，都是广袤沉重的文化土壤。

先生（父亲）在学堂里穿西服，回到家穿绸褂，是一个过时世故的文人，是陈腐文化的象征。文本中他有三次较为隆重的出场：一是梅子（他的学生）问及“尼姑变狐狸”的真伪，其顾左右而言他，敷衍“少女祭神”习俗，传播毒素的种子，玷污纯洁的心灵；二是“我”（儿子）

问及同样的问题，他自相矛盾地撺掇了美女与狐狸的种种故事，闪烁真相，暴露了他人格的虚伪、分裂与破碎；三是儿子要娶梅子，他搪塞“再说吧”。他肯定听说了儿子与梅子纷纷扬扬的流言，他比谁都清楚流言对少女的致命性，他世故破碎的人格决定他没有担当，决定他的推诿，他周武正王的模样其实和猥琐的二胡手（梅子的父亲）一样怯懦，铸成少年儿子和梅子的悲剧。

“我”与梅子姐青梅竹马，从小到大（不够大）一直被梅子姐所吸引，虽对梅子姐无端遭母亲打骂有些不解，却心有戚戚。少年的“我”遇见梅子姐遭镇长夫人欺负时挺身而出，帮梅子解了围，平时连牵一下手都不得的梅子，在当晚的月光里竟然献出了所有。第二天一早流言秽语如滚滚的江水淹没了小镇。流言是有盯梢之癖的镇长小儿子散布的。“我”因“堵源截流”有意无意地置他于死地。“我”真心喜欢梅子姐，也愿意娶她，父亲的“再说”令“我”束手无策，稚嫩的肩膀担当不起应负的责任，眼睁睁看着梅子姐一天天“魔障”，“我”内心痛苦不堪，却没有力量和勇气面对，只有逃逸。逃逸可以避开现场，而心灵的惩罚如影随形地追逐着“我”，除非“我”变得跟父亲一样世故。长期心灵的煎熬，腰间终究会长出“黑痣”。其实，“我”有两种选择，一种是与梅子一同承担，共赴磨难；另一种就是逃逸，或许“我”年轻，或许“我”根子上和父辈们一样懦弱。

梅子是一朵生长在淤泥中的莲朵，未来得及绽放就已凋零，她生长在母亲的打骂、父亲的猥琐和外界的流言秽语中。梅子是私生女，母亲不该怀孕的时候怀上了她，那个男人伤透了母亲的心，同时也将母亲变成过江之豚（乡人的眼里不贞的女人总要变成畜生），母亲将对那个男人的怨恨转嫁到梅子身上。因此，梅子在外常披一身流言飞语，在家母亲的打骂又是家常便饭。小时候还能跑邻家，找小男孩的肩头靠一靠寻求安慰，稍长，她心里的苦水无处倾诉，只能一个人跑到小树林里默默流泪。那男孩跟屁虫似地跟她进树林，试图分担她的苦楚。他哪里懂她的忧伤？他哪里懂她的花期已来临？她想要绽放！于是她去问镇上最有学问的先生：女人真会变成狐狸吗？“少女祭神”的回答对于梅子含苞待放的少女之心而言，无异于一场倒春寒时的降雪！

事情总会有意外，梅子看见懦弱的父亲又被众人奚落（主要是镇长的儿子与夫人），她不顾自己力单势微倔强地维护父亲的尊严，遭到镇长夫人的暴力和凌辱。那个不入梅子眼帘的“小屁孩”竟站到她身边（他的个头已超过她一截），以强硬的蛮力帮她解围。这与无动于衷的父亲形成强烈的对比，如一道强烈的春阳照亮梅子花圃般的心房，刹那间展蕾、吐蕊。梅子忘记了“女子变狐狸”和“少女祭神”的残酷规诫，以飞蛾扑火的壮烈走向那虚假或不虚幻的光亮。连手都不让男孩碰的梅子，在当夜的月光里毫无保留地献出了所有给那位“跟屁虫”男孩。梅子会像她的母亲一样在不该结果的时候结果吗？会像母亲一样成为过江之豚吗？未待梅子想清楚，流言秽语如滔滔春江之水淹没了小镇。她不曾奢望那男孩的婚姻，因为家庭、名声都隔着不可逾越的世俗鸿沟，她唯有选择一个人承受。

掐灭她心头灯火的是镇长的儿子溺江身亡事件的发生，并确认是那男孩所为。点亮梅子心头之火的是那男孩的光明磊落，却不想他也是阴暗狠毒之人，于是梅子心灰意冷，彻底与他断绝来往。伤心带给她无尽的悔恨，夜深人静时她赤身裸体跳进江水里洗涤，试图洗去记忆，洗去他的身影，还自己一个清白。

在外人看来，梅子跟她妈一样“魔障”了，谁人知解她内外交困煎熬的心呢！母亲依自己的经验，除了陪着女儿深夜沐浴江水，还为她唱大戏消除“魔障”，殊不知母亲已被流言沤成烂泥，好心做成坏事，给梅子的“魔障”推波助澜，甚至起到落井下石的效果，以致梅子真的魔障了。

黄梅天阴雨霏霏，空气中弥漫着腐烂的霉臭，混合着文化的糜烂和悖论——纵容男人荒淫，苛求女人守身如玉。这样的盐碱文化土壤，你能期望长出怎样的树苗？镇长的儿子夭折了；梅子魔障了；“我”在流浪中，心灵终日受着惩罚，长出“黑痣”。虽然时光越百年，今日是否还有彼时的幽魂徘徊呢？值得我们警惕！

困境里人性摇曳

——读杨逍的小说《白墙》

杨逍的中篇小说《白墙》以粘滞的语言，饱含深情地给我们讲述了某山村一家人的困境。这家人在困境里无望地挣扎，在作者的笔下，心灵的扭曲与人性的摇曳如一幅幅油画呈现在我们眼前，让人回味不已。

母亲

一个病危村姑，家人给她请了一位医术不错的郎中，再加上悉心调治后渐渐起死回生。村姑出于感恩稀里糊涂地嫁给了郎中的痴呆儿子。这人也呆得可以，竟然满村宣扬他和媳妇的那些事，还听信村上的谣言，说媳妇和父亲暧昧。所有这些，都是山村茶余饭后的极佳嚼料。但这嚼料对已做了母亲的村姑是一种沉重的羞辱，夜晚还要守着羞辱她的呆男人。作为一个人，她没有尊严与人格，在大庭广众面前无地自容；作为一个青春女子，内心封存的情感洪流盘旋着寻找出口。出口在哪里？出走另找感情的归宿？她是一位母亲，儿女是母亲的心头肉，难以割舍，内心熊熊的情感之火欲将她烧焦。何以安息内心的洪流野火？她瞄准了身边那个救了自己命、一直呵护自己、疼爱孩子的公公——尽管是长辈。

情感的洪流冲垮辈分的堤坝，内心的烈火烧毁伦理的藩篱。情欲的骚动暂时得以平息，孩子拥有母亲，家庭得以完整，这真能走出困境吗？

这种方式的挣扎如身陷淤沙，愈挣扎陷得愈深。她马上陷进了婆婆、小姑子的仇视，更要命的是以前的谣言成了谶语，公公扛不住外界的舆论和内心的自责，撤退了。母亲处于内外夹击孤军奋战的境地，给母亲致命一击的是孩子杳无音信的出走（与家庭的混沌有关），母亲哭天无泪地给了疯掉的公公——她的救命恩人一棍，这一棍包含了多少恩怨爱恨与沮丧啊！母亲毕竟挺过来了，顽强地活着。她对小姑的理解与怜惜也表现了她的善良。

爷爷

“我”的“爷爷”懂医术会治病，本来在村里是个体面人物，可生了“爸爸”这个呆痴儿子，娶不上媳妇，这就令他陷入尴尬境地。后来幸亏有一女子知恩图报愿嫁“爸爸”。不料，维持“爸爸”的婚姻使“爷爷”陷入更深的泥潭。“爸爸”的呆傻肯定是“母亲”始料未及的，为了把“母亲”留下来保全家庭，“爷爷”尽其所能行医供家人用度、疼爱孙子、体恤“母亲”，即使村上传起流言蜚语，“爷爷”还是有条不紊地我行我素。当“母亲”用另一种角色扑入“爷爷 ”的怀抱，他就不知所措了，尤其是“母亲”以出走要挟他就范，“爷爷”面临的困境无人能知无人能晓，他内心的矛盾与挣扎真是要命：他大半生的操劳，作为一家之主维护家庭完整的责任；“爷爷”是知书达理的乡医，伦理纲常在他心里早已筑起牢固的围墙，他亲手将围墙从心上一砖一砖地撬下来？“爷爷”不知所措的茫然中，“母亲”的主动占了上风。河一开口再截流就难了，“爷爷”终于抵挡不住外界的舆论和内心的自责，寻机自尽未遂落个疯傻，也算摆脱了尘世的困扰。

神庙与白墙

“母亲”的咒骂、“小姑”的自杀不约而同地选择了山神庙这个“神圣”之地。这是困境的深渊沉陷了她们内心神圣的大陆。一个人要在尘世里活下来，其内心需要有神圣的光亮照耀，除非你去了另一个世界。“小姑”彻底沉没了神圣，无牵无挂地走了；“母亲”有孩子，她还要年年刷“白墙”——修筑内心的神圣。这也是“母亲”屡摔不倒的重心所在。

“爷爷”的困境是给呆儿子娶媳妇、维持家庭完整，进而陷入乱伦的自责和舆论风口浪尖不得安宁。与“爷爷”相比，“母亲”的困境更为深重。“母亲”大病不死掉进了情感焦渴、心灵漂泊、尊严丧失、失子之痛的无边无际的深渊（“爷爷”的一些困境也是“母亲”的），这一切将其人性摇曳、撕裂。由于作家人文情怀的光照，这一切不是流于龌龊，而是彰显了鲜活的生命张力，令人怜惜。作家以悲悯的情怀体恤困境里人物的决绝与犹疑、逃避与勇气、绝望与新生，在一片混沌的挣扎与纠结中，呈现生命野火烧不尽的生机和人性丰富的姿态。作家对人物的歌哭有着切骨入髓的理解与怜悯，小心翼翼的笔触去抚摸人物的心灵和生命，生怕擦伤了谁。作家呈现了一场悲剧，一场没有毒蝎之人的悲剧，和宝黛的悲剧有着异曲同工之妙，达到了洞察人性的深度。

小说《白墙》是一篇货真价实的“干货”，作家不惜拿出箱底的生活积累和人生体验与大家分享，在“片儿汤”大行其道的当今文场，这种诚实为文的态度实在可贵。就这篇小说的题材而言有着较大的卖点，可作家将其收敛隐藏起来，其严肃态度可见一斑。流动而富于质感的语言，描绘了一幅幅浓重的人物写真。

杂花生树

第四辑

《人民文学》近作短评

《当代》点评专栏

《延河》短评专栏

《星火中短篇小说》短评专栏

《人民文学》近作短评

灵魂的哈巴克达坂

——读卢一萍的小说《哈巴克达坂》

卢一萍的小说《哈巴克达坂》（载《人民文学》2014年第8期）具有丰富的内涵，不仅凌厉地鞭打了政治符号化的人物，更弘扬礼赞了淳朴的人性。小说中，某部边防连模范战士凌五斗被上级授意在除夕之夜接受广播采访——五分钟，百来字的通话。为了保证线路畅通，五名通信兵被埋在雪山下。本来凌五斗的演练很顺利，可得知噩耗后却一个字也讲不出来了。领导吃惊之余采取了一系列令人震惊的补救措施，由此也展开了淳朴人性与政治符号的殊死较量。

首先，连指导员对拒绝演练讲话的凌五斗进行关禁闭。被遗忘在世界屋脊高山上滴水成冰的禁闭室里三天三夜的凌五斗，竟然以不停地机械跑动活了下来。活下来的他依然坚决拒绝政治任务。连长又以临阵逃脱的罪名恐吓他，并将他“枪毙”两次，一颗子弹从距他三厘米处穿过，另一颗子弹从距他一厘米处穿过。但凌五斗依旧是沉默而坚决地摇头，于是，领导只好找连里的通讯员做替身。

凌五斗之所以不能演练，是因为他心里压着牺牲的五名通信兵。天一回暖，他就独自除雪开路寻找埋在雪山下的战友。当路开到距事故地还有三里路的山肩时，连长却以响亮的理由呼啦一下将增援连队撤下去，把凌五斗丢在四五千米高的雪山上。他独自一人包裹在冰天雪地里，与野狼为伴，与雪山决斗，整整十天，终于从冰雪下扒出了五名通信兵战友，将其搬进狭窄的帐篷里。他和战友们同睡，他将自己的体温传递给他们，战友们冰冻了一冬的身体因凌五斗的体温而温软起来。

小说中凌五斗的淳朴与良知洋溢着人性的温热。文中有这样的描写：“这些带着愤怒的表情，屹立在中亚心脏地区的世界最高的群山，气势磅礴，蜿蜒逶迤。这种惊人的高度足以使任何旅人惊叹不已，维多利亚时代的旅行家将其称之为世界屋脊，这成了它的别名。”这雄奇瑰丽的景象无疑是凌五斗美好人性的象征，是作家对凌五斗灵魂的赞叹。这灵魂的力量如雪山上的飓风，涤荡着读者的内心，温暖着冷漠的灵魂。

小说语言凝练，字里行间流荡着一股冷飕飕的气息，不仅营造了艺术氛围，吻合文中特有的自然环境，更契合了边防连特有的政治气氛，有力烘托了作品旨意。小说采用递进的行文方式，一步步将情节推向高峰，不仅制造了阅读魅力，而且给读者带来无限震撼。

生存境遇与人文精神

——读麦家的小说《日本佬》

麦家的小说《日本佬》(载《人民文学》2015年第3期)以“后战争”为背景，用质朴稳健的语言讲述一个不算复杂的故事，内涵却极为丰富厚重：险恶的生存境遇与人的尊严，生命与家仇国恨、民族气节，社会环境与人性善恶，在半个世纪里接连不断地较量与碰撞，其激烈残酷程度，足使玉碎瓦全。

“父亲”十五岁那年被侵华日本兵抓去做挑夫、喂牲畜，其间救过落水的日本孩子，后来，这些经历使他背上“日本佬”这个侮辱性的诨名，村人，尤其是村干部关金以此羞辱“我们”全家，还动辄就给穿小鞋。到“专政时期”，救日本落水孩子成了万恶不赦的罪证，为此“父亲”付出了惨重的代价，全家人跟着遭殃，甚至连“爷爷”知道此事后，也羞辱得无地自容，非服毒自尽无以洗刷清白。

小说《日本佬》隐含着几个重量级的词语，我们来逐一讨论。首先是尊严与生存。“父亲”十五岁时被日本兵抓去，面临着两种选择，屈辱地活着给日本兵干活或者有尊严地宁死不从，“父亲”出于求生选择了给日本兵干活，虽不光彩也是被逼无奈。我由衷地崇敬宁折不弯的伟大人格，但从珍重生命考虑我还是赞同“父亲”的选择，有道是大丈夫能屈能伸。在和平时期就不同了，谁再拿此事说“父亲”马上拳脚相见，甚至不惜在其他方面吃亏也要维护尊严。“父亲”和关金的较量就是如此。其次是生命与家仇国恨、民族气节。日本人侵略我中华民族，烧杀抢掠奸淫无道，罪大恶极不共戴天；可他们的孩子无知无故，与世界上其他孩子一样是纯洁鲜活的生命，若因为他是日本人的孩子就眼睁睁看着落水淹死不救，罪责一样不可饶恕，从人道意义来说，良知何在！因此，“父亲”救落水日本孩子不是有背民族立场，而是出于人道、人性的良善，是见义勇为呵护生命！“爷爷”铭记家仇国恨与民族气节没有错，且辉光闪耀，若放弃一切唯气节论就过了头，如他崇敬的那位女子，将被日本兵强奸后生的婴儿溺死茅厕，这样的“民族气节”值不值得提倡还真需要讨论。日本兵的滔天罪行与一个刚出生的小生命有何关系呢？小生命何罪之有？无辜的生命以“民族气节”之名欲加其罪而杀之，是怎样一种行径呢？与刽子手式的日本兵滥杀无辜有何不同？！也许有人会说“爷爷”讲“民族气节”，是的，此时的“民族气节”已激化变异，成为极“左”的意识形态的合流之物。“爷爷”振振有词地说，若知道“父亲”救日本孩子的罪行，早就告知政府抓去“专政”了。这种意识是外侵的罪恶行径与国民“龙生龙凤生凤”血统论交媾衍生的怪胎。这些痼疾足以使我们警醒与深思。最后是社会环境与人性善恶。大风起砂石扬，不仅重伤了挺拔玉立的白桦林，人性中的幽暗也常常趁世道混乱之风弥漫开来，使人迷失善良。如果说关金习惯性地侮辱、陷害“父亲”是人性恶在混乱社会中的弥散，那么，“父亲”因救落水日本孩子所遭受的精神羞辱和肉体伤害，就是社会畸形意识形态以排山倒海之势、钢铁般的坚硬之戕害。“父亲”内伤如此深重，以致他向“爷爷”求恕，“我改造改造就好了”。由外力的逼迫转化为主体自觉的“改造”，人身上那种宝贵的东西，人之为人的标志——人文精神退化如此之快，会不会江河日下？我们是不是也窥视了人文精神溃散的原因？这也给那些有机会掌控人类命运的人提个醒：人文精神结晶经历如此漫长的历史，而摧毁如此短暂，仅在历史的一瞬；为避开历史与人类罪人的陷阱，请谨慎绕行，这种罪孽的历史不能再重演。

险恶的境遇与人文精神生存构成强劲的审美张力，这不仅是《日本佬》存在的价值，也是行文的动力。历史的审视不是故事演绎，而是警示后人。

审视一代人的生活信念

——读周瞳的小说《别墅》

"80后"作家周瞳的小说《别墅》(载《人民文学》2015年第3期)在物质社会背景下，透视了青年一代的生活态度，深层揭示了他们的生活状态和精神状态，也折射了社会生态的失序、青年成长空间的逼仄。

《别墅》讲述了有着高等学历的一对小白领恋人赵森和朱晓傲，他们曾经的纯洁感情和美好生活目标却被红酒涤荡得烟消云散。在红酒的浪漫里，赵森移情别恋投机人生，机关算尽到头来落个"烂柯人"，与同龄人相比专业落后了一拍，在残酷的竞争中难免出局；朱晓傲耽于红酒的泡沫里，眼看着心系的爱情远去，她不得不做另一种"打算"，跟赵森相比似乎成功了，享受了梦想的生活，这种以青春为代价的奢侈，只不过是虚幻的昙花。实质上他们是殊途同归：在社会的激流里，贪图享乐又想走捷径，"沉船"成为宿命。

我们来考察这对青年恋人"沉船"的原因。就他们自身来说，过度享乐、急功近利是他们共同的心理短板。女孩朱晓傲在资源积累时期硬要过经济兴盛的享乐生活，才踏上社会还面临着巨大生存压力，就加入红酒人群，收入与消费严重失衡，这也是恋人离开她的原因之一。后来她抄捷径"达到"了目标，过上了奢华的生活，可以透过她在别墅里的蛛丝马迹，想象她付出了怎样的成本：英语说得惊人流利，用手拿捏宠物粪便，将宠物唤作前男友的名字，练得一手好厨艺，还有过早地爬上眼角的皱纹，她不仅付出了勤劳智慧，还付出了青春和尊严，内在暗疮的疼痛只有她自己默默承受。这种过眼云烟式的浮华生活的获得过程无疑是一个华年女子幻灭的经过。一穷二白的赵森公考未果，眺望生活前程路漫漫其修远兮，失去了一步一个脚印的耐心，蔓生了向上求索的铁心，破釜沉舟花了两三年的光阴来搞定市长的千金，就在他几欲成功之际，市长下马“进去”了，致使他的这场赌注血本无归。社会日新月异不进则退，赵森的专业长时间停滞，后来者已居上，当他重新回到激流勇进的竞争当下，不可避免地处于劣势，甚至被淘汰出局，走捷径遭触礁。毋庸讳言，促使他们走上“捷径”的除了主观原因还有客观因素：社会生态失序，明规则多遭悬置，潜规则暗箱操作，致使赵森的公考总是卡在人为的某处；贫富悬殊差距拉大，究其根源“诚实的劳动致富”不能自圆其说，且阶层森严壁垒趋于固化，青年上升的渠道堵塞，加之社会的浮华与势利。这些难免使一穷二白的青年人跋涉在以诚实劳动致富的征途上失去耐心和信心，使他们的生活信念涣散，削弱了内在的精神强度，丧失了对外界强势重压下的坚持与抵抗力量；同时也映照出青年一代浮华与投机的心态。这就不难理解两位青年“另辟蹊径”了。而另辟蹊径又殊途同归：沉船！这是悖论吗？吊诡吗？这不是作家能回答的问题，这应当引起更大群体的忧虑与思考！也提示人们：捷径水域流急暗礁多，沉船是“常态”；暗礁与沉船“浮出水面”，炸礁与打捞成为可能。

小说还勾画了一对青年人的心路。由于物欲的熏染，或因在生活的激流中一再触礁遍身伤痂，原本汁水充盈青春勃发的心灵遭到风化，失去了温度、爱的冲动与能力，只残留着生存的本能。相隔六七年后，赵森在曾经的恋人朱晓傲住的豪华别墅看到：“月光下，她终于卸下了防御，显露出渴望被呵护的本真，于是他伸出双臂环住她还亭亭玉立的腰身，她没有拒绝，也没有回应，甚至微微的颤动都没有，仿佛石化了。

她内心有疮痍。”这条情感线路是触动心灵的地带，是审美风景所在。

小说技术颇为老道，双线行文，赵森走明线，朱晓傲走暗线，明暗映衬互文，颇得海明威“冰山说”的要义，“沉船”隐喻足多玩味，语言温润疏密有致，颇具特色。

神性与诗性

——读张炜的小说《寻找鱼王》

张炜的小说早期以清新隽永闻名，渐渐以质朴浑厚的精神质地行走于文学高原，近日读《寻找鱼王》（载《人民文学》2015年第6期），又一次印证了他执着的精神行走。作品以寻找“鱼王”为线索徐徐展开神秘的山水画卷，同时也是在探寻我们国族的根与源——精神与魂魄。

《寻找鱼王》讲述了一个在寻找中成长的故事。许多年前，“我”是大山里一个不满十岁的男孩，立志成为鱼王，由爸爸陪伴，经过艰难曲折的寻觅，终于找到了传说中的“旱手”鱼王。他拥有捉鱼奇技，可他和普通山民一样以耕种为生，并不热心捉鱼，更不以捉鱼为荣耀，“我”却听他讲述了鲜为人知的上辈鱼王们爱恨情仇的传奇故事，朦胧中明白了从师、做人的道理。“旱手”弥留之际又把“我”交给了“水手”鱼王的后人（“旱手”最初的恋人）——一位老太婆。她也不教“我”捉鱼，还对“我”立志当捉很多大鱼的“鱼王”持有疑虑。可她进入水域就像走进自己的庭院，长时间呆在水里，自由自在，抓鱼就像采摘菜园的黄瓜、豆角、茄子，还在水上睡觉。她居住地近旁的水域冬天也不干涸，它连着很大的山洞，山洞里驻着一匹船样的大鱼。它在，天就会应季落雨，没了它，上天就不下雨了，它是暗藏在山下的水根。“水手”老太婆住在这里是守护水源，守护这方山区的生命之根。最后，“我”邀来了父母，和“水手”后人一起守护这片水域，守护生命之源。

“旱手”鱼王不下水，甚至在泥土里就能捉到两拃长的大鱼，实在是神奇，大山深处常年难得雨水，鱼自然是稀有宝贵的佳品，是权威至高无上的家族长宴请贵客时桌上必备的“扛鼎”之菜。为此，“旱手”鱼王受到家族长的格外青睐；因其身怀绝技，家里也比一般山民殷实。山里还有一位“水手”鱼王，他水性很好，下水捉鱼如囊中取宝，可山里有水的时间短，他只有夏季能捉到鱼。起初两位“鱼王”取长补短和睦相处，儿女们青梅竹马并约定为儿女亲家；后来，“水手”嫉妒“旱手”在家族长面前的红火，心生独占捕鱼鳌头攀附家族长的欲念，不仅暗中将女儿转许给老族长的孙子，并置“旱手”于“意外”，致其身亡（后来，他本人也因贪婪丧生）。“旱手”遭遇“意外”后，他的妻子悲伤过度，一病不起，她临终前，叮嘱十来岁的儿子，不要留恋家里的“青堂瓦舍”，远离这是非之地，躲藏到深山，免遭“斩草除根”之祸。儿子遵从母亲的嘱咐，长期逃匿深山，耕种果腹，终了一生。“水手”的女儿得知“旱手”家破人亡的真相后，决然离家出走，寻找她的恋人——“旱手”的儿子，她终其一生再也未能启开恋人的心扉，只得与水共舞和大鱼（水根）相守。

《寻找鱼王》内容丰富，由不同的层面阅读将获得不同的收益。首先从成长层面解读。“我”（不满十岁的男孩）因出生在山区，立志做一名鱼王（鱼太珍贵了，会捉鱼自然生活得富足、体面），“我”在爸爸的帮助下，分别寻找到了传说中的“旱手”“水手”两位鱼王后人，可他们都不把捉鱼当回事，也不怎么教“我”捉鱼，而给“我”讲了前辈鱼王的故事，讲他们各自的生活经历，示以人性的弱点（贪婪），启以从师学艺、做人之道，使“我”从单纯狭隘的观念中超拔出来，迈向开阔的人生高地，提升了精神品位。小说从另一个层面，可以看作反映人与自然的故事。“我”寻找鱼王拜师学艺的目的是“捉很多大鱼”（向自然索取），过上富足体面的生活，“我”找到传说中的两位鱼王，可他们谁也不承认自己是鱼王，这是他们谦虚吗？从更高的层次审视，他们只拥有捕鱼（索取自然）的技能，而没有拥有大道、大爱、普世情怀，的确难以称王；而水底山洞里的大鱼，滋育一方生命，是水之“源”，生命之根，它才称得上王。“我”最终明白了这个道理，不再孜孜以求捉鱼奇技，而是自觉地守护水根。“我”寻师学艺的过程其实就是人与自然反转的过程：从索取到守护。这一层启示当下人们对自然无节制的攫取应有度。其次从深邃的神性境界解读。文中多次出现逶迤苍茫的山峦，笼天罩地的蔚蓝雾幔，幽深神秘的山根水洞，庞然不见面目的“鱼王”——山之根、水之源、生命之本。由这些寓意深邃的景物（意象），作家带读者走向高远的境界，引领读者走向更开阔的精神境地，也赋予了作品神性的光辉。

诗性一直是作家张炜追求的目标，《寻找鱼王》的诗性体现在审美高度。小说以少年的视角看世事，过滤了繁杂污浊，或将其推向渺远的背景，呈现出一个清亮干净的世界；精神寻找的经过也是山水画卷缓缓展开的过程，这赋予了作品浓郁的诗情画意；迷蒙蓝雾笼罩，旱地捕鱼，幽深的山底水洞，云龙似的大鱼，弥漫着神秘色彩；故事以连环套的策略讲述构成寓言式的审美王国，这就远离了尘世的喧嚣芜杂，自成家园。作家这些用心皆缘于与上文所述神性的和谐匹配，二者相容相生相得益彰。

阅读《寻找鱼王》是一场心灵的洗涤，是一程精神的导引，是一宴灵魂的滋养。

有待站立起来的一代人

——读金仁顺的小说《纪念我的朋友金枝》

市场经济时代滚滚商潮改变了一些人的价值观、审美情趣和生活方式。这些人把物质享乐提高到前所未有的高度，为贪求这种享乐不惜将自身当作商品去交换，认知的偏失导致审美的盲目性和表象化。

《纪念我的朋友金枝》就是这个商业时代人被物化了的精神病灶切片。小说的人物金枝中学时代就是个混混，她却执迷地喜欢上了学霸、后来的博士生袁哲。她没有学历，只得做绩效性的推销工作，她有一套行之有效的推销手段，说白了也没多少新鲜，无非是请客户吃喝玩乐、送礼品、拿提成回扣，还有一招比较厉害：将自己送上关键客户的床。她销售业绩显著，收入可观，出手阔绰，她每次给客户买的礼品都有袁哲的一份，他也受之若素。袁哲冷丁带上了“白富美”，且闪电结婚。同学聚会上“白富美”对袁哲侮辱谩骂，金枝看不过就跟她动了手，遭到破相。袁哲自觉亏欠，执意看望受伤的金枝，一看就看到了金枝的床上（他认为这是金枝最想要的），切实体验了她的胖（像骑在牛背上）。金枝突然销声匿迹了一年半，她再出现已成了韩国勾兑版时尚美人，这种魔术般的蜕变是她在韩国历经忍辱负重的打工、抽筋揭皮、刮骨抽脂如炼狱之磨难换来的。而此时袁哲的婚姻走到崩溃的边缘，他们又“神神道道”一起了。可半路杀出个程咬金抖落出金枝“摇曳多姿”的感情生活，她曾经沧海难为水，又执迷不悟，死于“掏心掏肺，披肝沥胆，肝肠寸断”。

金枝至死不渝追求的袁哲是怎样一个人呢？是她想象中的“清泉石上流”吗？他明明不爱金枝却收受她的物品，一有机会就“售”给了“白富美”；金枝为他受伤他却以上床来“补偿”，这次补偿造成金枝脱胎换骨的磨难和异国的耻辱；最后他还是“回心转意”做了“白富美”的“烤鸭”，他的“翻心”致使金枝自杀殉情。他骄人的学历不过是沽价待售的商品，感情的苍白、精神的贫乏使其患上“软骨病”，匍匐在物质层面上爬动，难以站立起来行走。金枝怎么追求这种人到了至死不悟的地步呢？对学霸的崇拜，对高学历的敬仰，还是对体面工作的向往？看看她追求的方式就会明白大半：像客户一样贿赂袁哲，像客户一样上床，甚至花去所有的积蓄外加“打工”，在韩国脱胎换骨整容减肥来取悦他，她的自尊自重哪里去了？她完全失去了独立的自我而自轻自贱。更深一层是她跟袁哲一样精神贫乏、心灵苍白、价值观扭曲，致使她的审美取向偏离核心附着于表象。其实他们的病根一样，精神瘫痪匍匐于物质表面，不会直立行走。当然，我们一味地批判人物有失公允，要清醒地看到社会环境的生存和精神困境，他们只不过是没有力量跟环境抗争、自觉与社会和解并溶蚀于其中的普通人而已。作品着眼于人，开掘的是人的内心世界，旁敲侧击的是社会现实，艺术化的旁敲侧击如一把寒光闪烁的剑入木三分，将病理剥开给人看，以期疗救的可能。

《纪念我的朋友金枝》叙述简洁，语言冷峻，给人一种苍凉的感觉，冷静下掩藏着剧烈与滚烫，达到了“寓热于冷”的艺术境界；小说讲述了一个俗常的情殇故事，俗常的故事蕴含着丰富的精神世界，实现了“从世俗中来到灵魂中去”的审美品质。

沦陷与救赎

——解读肖江虹的中篇小说《傩面》

作家肖江虹的创作从《百鸟朝凤》到《蛊镇》，以至今天的《傩面》，始终贯穿着一个宏大的主题：传统文化的根脉是中华民族繁衍并且长盛不衰的精神源泉。“现代化”一味对传统弃绝，而新的精神价值观尚未建立起来，年轻的一代眼里只有“物质世界”而目空其余，这使他们的心灵飘摇迷茫、精神瘫痪，生命失却骨骼支撑。肖江虹自觉承担时代的使命，力图抓住传统文化的命脉这副良药来医治时下年轻人的精神疾病。

《傩面》一文延续了上述主题并有新的掘进。大山深处的年轻女子彦素容跑进繁华的省城，确认了“世界是物质的”，全身心地投入捞物质而忽视了其余，尔后身患不可言说的绝症，最终回到大山的怀抱以期“叶落归根”。彦素容到家“等死”的这段日子，起初对村上的亲戚邻居包括父母，乖张暴戾，令人难以忍受，以致村人都认为她中了邪，父亲甚至为她请傩师唱“过关傩”。她貌似冷傲猖狂的表象下掩藏着打断骨头抽去筋的虚弱和焦虑，更甚者被“等死”的悲伤与绝望攫住，她寻机自绝于人世，从而结束这不堪忍受的悲绝（她一度上吊被秦安顺老人救下），这谁人能理解呢？眷念亲人而故意伤害他们，使其断绝念想以减轻悲痛，留恋人世暗自采集草药煎熬，拿出巨款“唱延寿傩”，试图医治绝症来挽留生命，“身后有余忘缩手，眼前无路想回头”为时已晚，她大把地花钱给母亲治病，她带安顺老人进省城满足他最后的心愿，这不仅是她求得心灵的安慰，更是她价值观、人生观的转向：从“物质第一性”转向“生命价更高”，尤其让人感到慰藉的是，安顺老人去世后，她自觉保留“伏羲面具”这副精神符号，意味着她开始信奉并承续传统化精神。这个“光环”并非凭空添置，而是傩师秦安顺老人的熏染及她本人在生命结尾处的醒悟。这条线索是侧写，作家采取了海明威“冰山说”的艺术手法，引人联想“水下”广阔的现实空间，使读者根据各自的生活经历进行二次创作。

小说的另一条线索是正写，以傩师秦安顺的视角展现了老一辈人的生活方式和精神状态。小说以现场进行时叙述了德平祖的安葬傩和彦素容的延寿傩，同时又以傩神附体魔幻式的穿插回忆了父辈、自己的人生片段，连接成一个完整的生命过程：出生、成长、婚恋嫁娶、生儿育女、病老死葬，每一个节骨眼上都由傩神（戏）守候。傩师秦安顺就是专伺人员，依据婚丧嫁娶不同的事，由不同的场景，因地制宜地戴上匹配的傩面、念唱匹配的词曲。这不仅是寂静深山里难得的热闹与乐呵，更是一种文化传承仪式，也是桥梁，连接了人生的不同阶段，悲与喜、生与死，接通了前世今生阴阳两界，巫性与神性融为一体，承载着民族文化的精神与信仰，营造了一派从容自若安然祥和的生命景观。作家选取傩师这一视角叙述文本，创造了中国式的巫神魔幻叙事，既有陌生感又消弭了舶来品的“生硬硌人”，给人以宾服的可信度。

作家将彦素容和秦安顺分别表述是为了行文方便，其实文本中两条线索齐头并进，时而各行其是，时而水乳交融，两种文化、两种价值观、两种生活方式相互交汇、碰撞，在碰撞和交融中传达出：“让世道萌动着先人往生以及命将归处的活生生的灵迹，在有无怕惧、傩面还是脸壳子的选择中，安顺、深远而素容、决然地承担人间情义和文化精神的传续。”然而，最后一位傩师仙逝，已人去物毁；醒悟的彦素容从火堆中抢出“伏羲傩面”，可她已确诊为“叶落归根”的人，这暗示着文化精神的传承悬置在断崖上，蕴含着深远的忧患意识——历史的吊诡与人性的灰暗，令人警醒、忧思。

丑陋的国民心理

——读曹永的小说《龙潭》

曹永的《龙潭》是一篇寓言体小说，但和以往的寓言又截然不同：寓意不是单一的指向而是开放式的，一百个读者或许能读出一百个龙潭。我读出龙潭的幽深和幽深处沉积的混沌文化。

某山村遭遇百年不遇的大旱，全村人濒临灭顶之灾，去险恶处——龙潭探寻水源是唯一的救命稻草。在人人自危的家族会上，这项挽救家族的道义之举落在与家族长有着世仇的曹多奎身上。多奎自然明白逃脱不掉肉包子打狗的差遣，就回家疯狂地打老婆，然后喝掉唯有的家当：十几只鸡蛋。临行和行进的路上他对村人百般要挟，最后，他连着捆绑他的绳索一起被丢进深不见底的龙潭。

这个山村面临百年罕见的灭顶旱灾，却无人站出来探寻水源自救而想着逃避他乡，呈现了怯懦的鸵鸟心态；家族长硬将去龙潭探寻水源的重任强加在曹多奎身上，看起来是为解救家族办了一件大事，其实他是借机除异己报私仇，是为稳坐家族长的轿子，可谓一箭双雕。

曹多奎正要青充愣之际，一听说家族长叫他就顺溜溜地去了，家族长强加给他灾难性的派遣（对他来说就是这样），他只会瘫坐在地，回家拼命打老婆，说他的厄运都是老婆不会生养招致的，然后败掉家里唯有的家当，将十几只生鸡蛋一气喝尽，这可是老婆就算渴得喝尿，也没舍得动一只省下的啊。他这种心态就有弱者拔刀向更弱者的况味；他要求村人养活他老婆一辈子，又要求村人给他家盖几所大瓦房（村民咬牙切齿：家族长还住着草房子呢！），行进路上他对抬轿子的刁难，只求心理平衡，不问是非曲直。其实他是在给自己挖坑，越陷越深，以致陷进深不见底的龙潭。幽深的龙潭，不正是村人（包括曹多奎）幽暗内心世界的象征吗？混沌的潭水沉积的是愚昧者心理的痼疾和劣根。

《龙潭》语言坚韧富于质感，稳健老道的叙述营造出一种幽邃的氛围，有效地烘托了人物的内心世界；精妙的细节（喝鸡蛋、要瓦房、不下轿等）有力地彰显了人物深层文化心理而形成的性格，这里就不详述了。作家曹永如此年轻作品就如此成熟，前景何可限量！

《当代》

点评专栏

以历史的棱镜透视人心

——读王华的长篇小说《花河》人物记

一股气读完王华的长篇小说《花河》，眼睛休息几天，正好趁这几天来消化。《花河》的语言饱满温润又劲道，故事跌宕翻覆，历史乖戾狰狞，最震撼的还是其中的人物：在历史的棱镜下透视出他们人性中的丑与美、善与恶、亮丽与幽暗。

性情人

地主王土“不事”祖业不理家政，比他大十好几岁（先做妈后做婆娘）的婆娘哪里管得住他，他满三会镇玩耍，不是下棋就是拈花惹草，整个三会镇的“花儿”皆为他有。花儿们也愿意投怀送抱，何故？一是王土采花不白采，他付费：给她们开“免租条”，相当于现在的性服务，或者女工与上司的性交易。二是王土不光玩弄她们，还将她们当女人对待，这一条她们很看重。王土有几分贾宝玉的天性，不过他也有玩掉底的时候，玩到守空房的堂侄媳妇红杏床上，从伦理上讲就不地道了，尽管美其名曰救“荒废”。红杏这个人物也很出彩，她性情又仗义，不踏低攀高，爱我所爱无怨无悔。地主王土因管家袭击土改工作队获死刑。刑拘那天阴雨淅沥，雨中的王土从内到外透湿了也没人敢给他送雨具。红杏举着一把伞赶上来，并机智坦荡地说服执法人员，在透湿的雨天、荒寂的墓坑里，给赴死的王土生命中最后的温暖。这温暖无疑是王土风雨里美丽的彩虹，温暖他生命最后的路程，也是红杏初绽人性瑰丽之光。如果说红杏对王土这种举动是彩虹的话，那么她对王禾的爱情就是极夜里的坚守，几近一生漫长无望的守候，单凭性情难以胜任，还需道义在生活中历练成坚毅的人格作支撑。王家两代人遇到红杏该是他们阴霾天空透进来的一束阳光，照亮温暖他们生命的里程。不管时代如何变换，生活如何风雨绸缪，红杏依然固我，从内到外散发着美丽。

套中人

旧社会，王虫本来是受压迫的大多数佃户之一；解放后，他因加入革命队伍受伤复员回乡，成了光鲜人物。他原先的伤处结了痂，柔软的东西封锁起来，用坚硬的外壳对外，甚至黑白不分变本加厉地报复；尤其是“十年动乱”期间，人性扭曲更加疯狂。为此他也付出了沉重的代价，不仅失去双臂，还将自己送进牢狱，成了名副其实的肉骨碌——人虫一条。而等二品出身地主之家，因加入革命队伍又有文化成为当地的区长，光环和头衔是一种无形的套子，套牢了他柔软的内心，身份将其铸成“革命人”，连对象都是“革命伴侣”。当“历史”褪去，他失去一切光环，裸身跌进人生的低谷，成了地道的“黑五类”，他的柔软才有所流露（与红杏的水中情）。由此来看，等二品和王虫一样是“套中人”。他们为了身外的光环不敢正视自己的内心，将心性囚禁在自己的幽暗角落，活在耀眼的虚壳里！

白芍这个女子

白芍的人性在小说里表现得更为多彩多姿。在旧社会，佃户出身的白芍，一场病疫迫使十三岁的她成为孤儿，开始思考人生重大问题。为了吃饱穿暖的好日子，她甩了比她大七八岁的“娃娃媒”未婚夫王虫（佃户的儿子），攀上地主王土，还颇有心计地利用“半眼”促成了和王土的婚姻。好景不长，时代变更了，王土被镇压，财物也被分了，她却落了个“地主婆”的罪名。她的生活陷入了新的困境，又面临着选择。此时，王虫身上闪耀着残疾军人的光环，享受着抚恤津贴荣归故里。白芍又谋划着如何靠上当年被她甩掉的王虫。靠上他不仅生活有一份保障，还会将她“地主婆”的污点照亮。她鲜廉寡耻，将一个女人的体贴贤惠柔情蜜意奉送给王虫。王虫身上有伤心头有恨，因时变境迁无限膨胀，白芍的倾心不但没有感化他，他还不断地向她施暴，他还以报复的名义和村上多名女子发生暧昧关系，白芍身心俱伤也只得忍气吞声。白芍在攀附王虫的深洞里越陷越深，甚至心理变态编造谎言谗害相依为命的妹妹红杏，致使她双足残疾。其实，白芍在谋划好日子的征途上，也做了不少有情有义的事。她一直替妹妹着想，为妹妹“谋福利”（有的适得其反）。她担着“地主婆”的罪名，将王土的尸首背回家。她不愿将身子给“半眼”，却尽其所能安葬“半眼”。她对王虫有愧疚更有恩泽：王土的管家要置他于死地时，白芍给他报了信并给了他平生第一次女人的慰藉；当王虫锒铛入狱、祖坟被掘时，她冒大不韪为王虫的父亲收骨掩埋；王虫出狱成了一条人虫，白芍守候着他；白芍请法师为他做道场，甚至跪求自己的儿子为他举行隆重的葬礼。这一切表明白芍是一个有情有义、心地善良的女人，她的“恶”是幽微的，更是生活“逼良为娼”。白芍在谋划好日子的征途上，意外地一次次跌进灾难的深渊；白芍在历史拐角上左摇右摆而历尽磨难，其过程显示出她幽微的内心世界和摇曳的人性。

《花河》里的人物等二品、王虫、白芍最后都醒悟了，人性回归：等二品将家珍玉镯送给红杏；王虫即使成了一条虫也要回到父亲的坟前；白芍不再在意别人的目光，用最后的时间为她熟识的人做了“老衣”，是关怀更是提醒。《花河》里人性的回归具有极强的现实意义：喧嚣的尘世欲望的天地吞噬一切，最终谁都逃不脱时间安排的命运！何苦来着？何不“人”一样地活着？从这个意义上讲，《花河》不啻是世人的清心剂，更是警世钟。

家长里短念真经

——读央歌儿的长篇小说《家有真经》

央歌儿的长篇小说《家有真经》以东北人特有的简洁幽默的语言，给我们讲述了一个普通家庭两代人的生活追求和追求的演变，如一面镜子不仅折射出了几十年来社会不断变化的风貌，也折射出了人们内在思想观念的嬗变：本来受人崇敬的品质渐渐为人所弃置；本来受人尊重的知识分子日趋被轻慢，而权者、“款儿”日益凸显上升。文中还折射了特色国情：关系网。作家讲述的家长里短里隐含着整个社会的价值观的变化走向，隐含着深刻的批判和警示。

《家有真经》的主要人物何玉兰也是这个家庭的轴心人物，两个女儿求学、工作、婚姻都是她一手“百炼成钢”，还捎带着将女婿操练一把。她如此的能量却源自她的业余红娘身份。何玉兰当年错失两个知识男，后来事变境迁，他们都发达了，这让她后悔莫及。因此她认定，知识分子是这个社会的优质股（或潜力股）。她对刚分进单位的大学生特别热情：请家吃饭了、张罗对象了（她有档案管理员身份的便利）；并尽力想把自己的两个女儿培养成大学生（知识分子）。事与愿违，两个女儿都不是读书的料，只得花钱读个成人大专，还动用了她的人缘网络将两个女儿分别弄进学校、幼儿园上班，这也算走进了知识环境。给两个女儿选择女婿，何玉兰毫不含糊，非知识分子不入围。她托人给大女儿介绍的大学助教陈跃刚是一个老实巴交的矮子，生性活泼喜歌好舞的大女儿何秋慧并不入心，原因是她情有所属：

恋着一个相貌帅气家境不错的本单位小伙子徐永林。可小伙子文化低入不了何玉兰的法眼。她为了搞定大女儿与矮助教的婚姻，不惜自取其辱作践女儿。对懒散内向的小女儿而是采取另一套“操作”策略：费尽苦心设置见面场景，处心积虑“送货上门”，轻贱地谎称女儿怀孕，总算操作成了小女儿与朱俊松的婚姻。

何玉兰是个有梦想的老太婆，促成两个女儿的婚姻是阶段性的目标，下一个目标是操作女婿如何进步。大女婿陈跃刚比较老实，她不讲方式地硬操作，先是操作学历令他考研，再是操作经济令他出国打工，终因两人长期分居各有外遇走到婚姻崩溃的边缘。二女儿身体柔弱，不生育，但二女婿朱俊松高大魁梧、德才兼备，何玉兰不像对大女婿那样硬操作，而是采取怀柔政策。她动用自己的关系帮朱俊松的父亲去北京治腿，帮朱俊松运作升迁等，朱俊松虽是俊杰但不识时务，弄得鸡飞蛋打回老家当农民种树，二女儿的婚姻也走到了山穷水尽的境地。

何玉兰一枚家庭主妇能将两个女儿的求学、工作、婚姻，乃至女婿的升迁都运作得得心应手逢凶化吉，何也？这得力于她业余的红娘身份——网络了广泛的人脉。被大学除名的陈跃刚能恢复教职，还能捞到课题，是因为他有一个当系主任的好同学；朱俊松能起死回生也是靠原来的老上级关系。人际关系学是一门特色学问，弄通了一通百通，搞砸了百事皆休。随着时代的发展，编织人际关系网也由培养感情发展为“强强联手达到双赢”或“利益互补”。齐头并进的是人的思想和价值观，原先受人尊重的知识分子的社会地位逐步下降，诚实劳动难以致富，权钱勾结侵犯了公平、道义，这种倾向在储大柱、于新成、江秋慧、朱俊松等人身上或重或轻地得以体现。文本昭示了社会价值观嬗变的基本走势，隐含着作家对关系网的辛辣嘲讽，对扭曲价值观的批判。

小说的显著特色是用幽默简洁的东北话（还有大词小用）说道家长

里短，举重若轻地道出当今社会的真经，既富于亲和力，又富有可读性；再就是生活本身自相矛盾显露的冷幽默，何玉兰痛恨错失又苦苦追求的东西，瞬间就贬值了、就排斥了，看似行云流水实则绵里藏针，颇具反讽意味。小说设置何玉兰及其两个女儿三对夫妻的性格强弱搭配，形成对比反衬，相得益彰，使人物形象栩栩如生。

《家有真经》是一部既富有可读性又包含当前社会真经的丰厚之作。

爱的反正面

——读赵小赵的长篇小说《我的昙华林》

《我的昙华林》以“十年动乱”为背景演奏了一首悲怆的命运交响曲，画外音是叶赛宁的《白桦》诗朗诵，自始至终弥漫着青春的气息，虽寒凝大地依然涌动着爱的暗流，悲而不伤。这是我读这部长篇小说的初感。

小说的核心故事是“四人出逃”。出逃是为了完成爱人的遗愿，实现爱的承诺，也是对牛子精神、纯真爱情的执著。米娜的妈妈白露霜、米娜和木瓜背负一个“爱”字出逃义无反顾，白露霜忍辱负重不改对爱人的一诺千金，也是对自由艺术的痴迷；米娜缘于无法割舍的亲情和牛子精神的蚀骨入髓；木瓜的决绝不仅是对自由艺术的爱，更有唤醒他艺术天分的母爱。而“我”（蒋劲松）摇摆在去留之间，更是煎熬在拉锯的撕扯中。“我”因为是烈士的遗孤，出身好，根正苗红，加之黄团长的偏袒，有了读大学的机缘，放弃跟“米娜们”一起出逃。偶然看到黄团长的世故与势利并知道了自己尴尬的身世，加之和米娜的热恋促使“我”下定决心跟“米娜们”一起离开这个令“我”难堪厌恶的境地，远走高飞。待“我”弄明白了黄团长服毒自杀的真正原因和“我”与黄团长之间的血脉联系：黄团长自杀是知道了“我”不可阻拦的去意，“我”是黄团长生命的支柱，“我”的离去抽空了她的生命支撑。原来黄团长是“我”的亲生母亲，在自己身上倾注着母亲的情感。理解了黄团长当年选择的无奈和现在一次次冒险保护自己，这源于爱情的眷恋和作为母亲伟大的爱，“我”又打消了出逃之意决定留下来。黄团长虑及“米娜们”的出逃对“我”前途的影响，又反过来劝“我”跟“米娜们”一起出逃。母爱啊，天有多高母爱就有多高，海有多阔母爱就有多阔！

在这里，不敢断言性爱（情爱）的外延是否被冲决了，但其内涵肯定得到了极大的丰富。米娜无法预知和“我”再见的临别之际，献出第一次，以免爱的遗憾，这是爱的奉献、爱的纯粹、爱的彻底，如露珠般晶莹剔透、风铃般叮咚悦耳，是一首心灵琴瑟的协奏曲；白露霜与唐秘书正面苟合的轻贱愈显背后对爱人承诺的珍重；白露霜和木瓜身体的交流有母爱的絮语也有屈辱的宣泄；表姐与木瓜父亲的合唱是孤愤和枯毁重压下心灵的喘息；黄团长和财政局长皮肉摩擦是生存之权宜；刘晓辉和孟红梅是时政与冲动交姘的怪胎……

出逃败露，是爱的大会合大爆发：平日里沉默寡言的木瓜父亲为营救木瓜轰然响起父爱的雷霆；表姐为营救知心爱人如此美丽地倒在列车的巨轮下；米娜母女坚守着对亲人的承诺，弹奏着那首悲怆的命运交响曲，在烈火中永生；在枪声响起的那一刻，与米家花园火光交相辉映的是黄团长母爱的辉煌——她用自己的生命换取“我”的生命。

“爱的反面不是恨，是宽容。”其实，宽容也是爱的延伸，爱的另一种形式；何况，有时爱的正反面难以区分。

作家对人物力求多侧面立体化地刻画，人物形象丰满可信，如黄团长、白露霜等都有不同侧面的展现；作品从头至尾洋溢着青春的朝气，弥漫着浓郁的抒情氛围，这得力于作家对音乐的谙熟，多首世界名曲的烘托和叶赛宁诗歌的穿插，显示了作家多样的艺术功力。

《我的昙华林》并非十全十美。无巧不成书，这种技巧用得过头了就会引起读者的质疑；情节戏剧性过强也会冲淡读者对作品内涵的关注。

读孙频的小说《异香》：

一对男女青年带着各自的风尘、疲惫、痂痕，还有计谋，由一缕异香牵引，他们在山半坡邂逅了。因着环境的逼迫、生存的需要，两个异性青年窝进一只睡袋里，骨骼镶嵌皮肉叠加也没撞出一星火花，像两条鱼冷冰冰的，一直同游同吃同睡到第七天。女青年卫瑜八年的打工生涯令其身心疲惫，时时处处想着艳遇，给自己的身心找个归宿，一旦发现邂逅的男青年张楚河似乎是她想猎获的对象，她就张开所有的触角、调动所有的解数布网。张楚河自小缺失父母之爱由动物相伴长大，走向社会打拼，小有所成，身心却满结痂痕，得出和人打交道不如跟动物打交道安全，时时刻刻提防坠入别人设下的各种陷阱，他是在繁华都市里生活腻烦了，来深山老林想从不会说话的动植物身上求得慰藉。两人各怀目的，难怪干摩擦不起火星了！原来他们作为人的那些温良东西都被榨干抽空，只剩下冷冰冰的皮囊待价而沽。作家对当下人的心理把握得如此精准，表现得如此细腻，不可多见。

作家未满足细致真切地描摹当下人灰色的心理，好作品必须蕴含着正能量：正义的光芒、人性的温良、生活的希望……他们终于发现了从山下到山顶越来越浓郁的诡谲异香之源——山巅一家老、残、亡三口，依靠六十多岁的老妪之身给游客从山下往山上背旅行包吃饭，尽管他们阴阳两隔语言不通，依然相濡以沫生死不离。如果人性之美有山巅，这就是山巅，人之为人繁衍万年皆因根本，这就是根本——爱。这不啻于一束明亮的光束照彻了他们生命里暗淡的角落，一团火温暖他们清凉的心房。两个青年人或有所悟吧：他们的困境不仅是生活的逼仄，也不仅是城市的利益喧嚣，而是心里装满投机与防范。他们真正的困境是内心的贫乏与苍白，爱的缺失，尤其是宽广的爱。这也是现世人们困境的总根源吧。这里也隐含着作家对社会商业侵蚀的反抗和对自然醇厚人情的向往与致敬。

《异香》的艺术独具特色，以卫瑜的心理流动编织全篇，文字氤氲着女性的润泽和凄艳；诡谲的异香和人物的怪异使小说弥漫着神秘的氛围，引逗阅读兴趣；整体看来这是一篇向西方意识流小说致敬的作品。

读曾宪国的小说《大哥》：

《大哥》是一篇深切关注弱势群体生存困境的小说。来自山村的毛铁十七岁就进城打拼，二十年过去了，总算在“人市”立住脚跟。他虽是一名流浪城市尽历屈辱的农民工，但仍保有一颗未泯灭善良的心，想方设法尽力保护进城打工的弱女子。想不到，他遭遇了任胡子这只城市的“饿虎”。任胡子原在的工厂厂长与港商合营，裁掉一部分工人，他是厂里的技术骨干，原本安然无忧，却为工友打抱不平被厂里除名，还弄丢了老婆，生活无以为计，也挤进“人市”。一山不容二虎，两虎相遇一场恶战，两败俱伤，一死一进监狱。小说以白描的手法真切地讲述了弱势人群原本就逼仄的生存空间，加上官商勾结之挤压，使他们陷入更大的困境。小说接地气，深感底层人群的疼痛，直击当今社会的病灶，深切的人文关怀和强烈的批判意识是这篇小说的特色。

读王秀梅的小说《失疾》：

王秀梅手中的笔如听诊器探测当下人们的心灵疾病。挣扎在生活底层的夏早与鲍青青生意上搭帮生活上搭帮，他们各有家室，感情却缠夹一起；生活优裕的陶李夫妇感情也各有他（她）属，他们揣着明白玩着“糊涂”，游戏应付婚姻；张树的偷窃癖……病象丛生。作家的笔如X光探头，透视出当今人们生存的漂移与内心的虚幻迷茫，游弋于洁净的心灵场域和暧昧的情感黑洞之间，不管是挣钱人还是花钱人都被抽去了“主心骨”失守家园，飘忽于“外面”的世界——这大概是作家诊断的病根吧。作家手中的笔也是多棱镜，同时折射出人们善良温暖的趋向。《失疾》尤其注重艺术营造：身体疾病与精神疾病映照，苟延残喘的面包车颇具象征意味，贴着人物分别叙述形成互文，女性作家细腻机敏中见深刻，颇为难得。

读李清源的小说《苏让的救赎》：

《苏让的救赎》是一篇寓热于冷的小说。作家以剥葱式的笔触将父亲苏克修身上的怪癖、冷漠，甚至凶狠、不仁不义一层层剥去，勘探了他内心的苦水及苦水里蕴含的热度；儿子苏让是混在城市里的农民大学生，不可避免地身患时代病——疼痛与浮华。尽管如此，父子俩依然心存亲情、善良，一场事故中，吹尽黄沙始到金，他们有了共识，接纳了外丑内秀的谢春丽为亲人。常言常新，一切存在皆有根源，世界需要理解和宽容；作品塑造浑金璞玉式的人物，并触摸到人物内心深处的温热。

读李清源的小说《相见欢》：

《相见欢》（载《当代》2015年第5期）以简洁节制的语言、张弛有度的叙述，给我们讲述了一个破产的文化公司，确切地说是杜信美、孙豫和“我”等几个文化人，在当下失衡的文化生态环境里的遭际、挣扎以及命运，尤其是杜信美为了实现自己的梦想不惜拿青春赌明天，甚而被潜规则，到头来梦想破灭遍体鳞伤。实质上，他们为了生存已沦落为权力和金钱的艺妓。小说揭示了更深广的文化忧思：在权力与商品交姘大行其道、人文精神失落的情境下，警示社会决策者出台切实的政策，拯救具有高贵精神的文化和扶持具有崇高意义与社会价值的文化产品！

读李敬泽的散文《卫国之肝》：

李敬泽的散文《卫国之肝》（载《当代》2016年第1期），以激越的情感、凝练的语言、戏谑的腔调给我们讲述了两千多年前卫国的兴亡盛衰，故事已随时间沉埋湮灭，听来依然惊心动魄。首先是作者赋予历史人物以血肉、还原历史故事以现场，读来热血贲张；再者是撇去时间的蒙尘与迷乱的雾霭，看清了历史耻辱柱上丑陋的嘴脸与久远灵魂燃烧的火光，聆听了凄厉的呼号与无奈的沉默。作者意在借历史的火光和呼号来照彻、唤醒现代人的心灵！

读李敬泽的散文《游街》：

李敬泽的散文《游街》（载《当代》2016年第2期）以铿锵的语言，极富张力地讲述了春秋时期的齐国与鲁国瘴疠的一幕幕：齐襄王飞扬跋扈，视社会纲常人伦戒律为风月，为所欲为，终因任性而惹杀身之灾；其妹文姜放荡不羁，奔走于淫恶之途，肉体与心灵终究随尘埃飘忽没有归宿；鲁桓公纠结、屈辱丧生；鲁庄公竭力周旋，委曲求全……这都是谁惹的祸？权力是一头野马，套上缰绳驮你去阳光天地，挣脱龙套就是凶猛的禽兽；权力支撑的欲望更是洪水恶浪，汹涌澎湃，势不可挡，吞没常伦、吞没信义、吞没江山社稷，进而吞没自身和亲人。这于当今权力肆意、欲壑难填的一些人，醍醐也？警钟哉！——“笔涉往昔，意在当今。”

读李敬泽的散文《小白大白》：

李敬泽的散文《小白大白》（载《当代》2016年第3期）举重若轻地讲述了春秋时期的齐桓公身具诸多人性的弱点，可他根上正大明白，不计前嫌信用绝世奇才管仲。管仲除了雄才大略还有两个可贵的品质：担当与包容。在北狄入侵南楚分裂的历史境况下，他秉持华夏诸国有着一脉相承的文明、共同的祖先，是血肉相依的整体，必须同心相恤、守望相助，不能抛弃任何一个弱小的成员，铁肩担河山！再就是包容，他包容齐桓公所有的人性弱点，不以圣人苛责，他包容南楚的妄图分裂，并以共同的文化血脉使其认同，得以集中精力抗击入侵的北狄，终成大业，登上荣耀的巅峰。文章启示我们：看人看事要看本质，成大业者不仅要有雄才大略，更要具备担当的铁肩和包容的胸襟。

读李敬泽的散文《郑伯克段》：

《郑伯克段》讲述了郑庄公站在周王纲解纽、大时代开启的风口浪尖上，以儿子、兄长、郑国君主、东周卿士的多重身份，左冲右突辗转腾挪顾全大局，亦仁亦义恪尽职守全国护民。他的弟弟和母亲虎视其位，不得已起兵遣之，弟弟还好说，如此待母亲于外于内都无法交代，他不得不“入地”周全。他的两个大臣相戕，作为国君他无法秉持正义：他的一个臂膀折了，总不能把另一个也砍掉吧！真如此，岂不是国将不国？周王举兵进犯郑国，他积极应对，他部下的箭射中了周王的臂膀，有足够的把握置周王于死地，而他放走了周王，并派人带酒食去安抚。郑庄公不想看到的事都在他身边发生了，他不想做的事又不得不做，其内心矛盾、纠结，乃至伤痛，于乱世中保全着郑国。

读祝勇的散文《最好的时代 最坏的时代》：

《最好的时代 最坏的时代》讲述苏轼在北宋时期（文人认为最好的时代）多舛的命运遭际。苏轼才华超群见识高远，且尊重事实，出道不同凡响，可他的仕途就高走低一路坎坷，一贬再贬越贬越远，直至荒无人迹的海南。究其原因与他的耿直、口无遮拦的性格有关，容易得罪人；他才华熠熠、飘逸俊秀遭平庸者嫉妒；他独立的思想、实事求是的精神遭到王安石的打击和司马迁的排挤，左右不合时宜。苏轼沦落成尘碾成泥依然香如故，他以出世的精神温情地注视着人世，将家国理想转换为温暖的人间情怀，他无论身处何时何地都尽其所能为老百姓做事，他的生命一头连着坎坷的命运，一头连着深邃精致的精神世界，即使在最糟糕的境遇里，仍将生命中的时日打磨得明净生辉，他真正做到了“人可以如蚁美如神”！

《延河》

短评专栏

婉约的哀伤

——读惠雁的小说《母亲的哀求》

惠雁的小说《母亲的哀求》以温婉绵密的语言叙述了当下两代母亲的悲伤故事，塑造了忍屈负重的柳翠林这个鲜活的北方妇女形象，而年轻母亲小莲以“卖身契约”来医治腿伤的遭遇更令人震惊、深思。

柳翠林在镇上开了一家小店过着温饱略有结余的小日子，男人却得了糖尿病，漏屋偏遭连阴雨，儿子又患了羊角风。好不容易给儿子娶了媳妇、生了孙女，因儿子不断犯病，儿媳丢下刚满周岁的孙女走了。离婚的小莲经人介绍，愿嫁给她治腿伤的人家。翠林倾家负债给小莲治好了腿伤，满心希望给儿子圆房抱孙子，意外地小莲的前婆婆带着小莲六岁的儿子找来了。一边是十多万的良心债，一边是儿子这块心头肉撕裂着小莲。倾家荡产的柳翠林会遭遇人财两空吗？这都是谁惹的祸？

作家用细腻的笔触、精到的心理描写刻画了有血有肉有骨的北方妇女柳翠林。她忍屈负重不离不弃勤俭持家。丈夫患了病南跑北奔医治，儿子患了病天南海北求医，她始终坚持一个信念：病总会治好的。她不惜重金挽留儿媳，一旦发现儿媳去意决绝，又破口大骂；不惮负债给愿嫁儿子的小莲医治腿伤，还不忘掌控小莲。而她自己含辛茹苦经营小店和自家的土地，省吃俭用支撑着一个风雨飘摇的家。柳翠林坚韧执着、委曲求全又不失硬气。年轻的小莲就不一样了，她摊上一个“窝囊鬼”，无能医治她严重的腿伤，由母亲的撺掇离婚寻求新的活路。活路和亲骨肉这两只巨手撕扯着她的心。小莲这个人物让我们想起柔石的小说《为奴隶的母亲》中的阿秀，为着生活与老秀才签了契约，屈辱于做生育机器，最后一颗母亲的心为春宝和秋宝两个儿子撕裂。一个世纪过去了，阿秀又一次站在我们面前，让人不寒而栗。

作家惠雁以悲悯的情怀给我们讲述了两位母亲的不同命运，她们的遭际有偶然性，更有社会性，令人不得不反思！她们是弱势群体中的弱势者，她们的命运谁来关注、谁来负责？这是作家创作这篇小说的初衷吧，也是作家的良心与责任。

《母亲的哀求》艺术上不乏可圈可点之处。我一股气读完这篇小说是因为她的语言魅力，温婉、朴素、纯净、绵密熨帖地缠绕着读者的心头。细致入微的心理描写不仅让读者看到人物的行为，还让读者走进人物行为背后的动因——内心世界，人物在读者眼前血肉丰满地立起来活起来。作品开头柳翠林提着苦菜篮子看到“遭罪的生灵”和后文珍珍与狗狗的细节描写富有暗示意味，前者暗示女主人苦难的遭际，后者暗示了孩子对妈妈的渴盼。这些细节的暗示性赋予了小说含蓄的品质。柳翠林和小莲一刚一柔擦出鲜明的性格火花，相得益彰。

我们有理由对惠雁有更高的期待：进一步磨砺透视生活的思想，使作品提升到新的审美高度，迈进优秀作家的行列。

诗意的悲伤

——读秋子红的小说《名声飞扬的爱情》

秋子红的小说《名声飞扬的爱情》营造了乡村的诗意，诗意里包裹着自由人性与世俗规范的矛盾冲突所导致的悲剧，引人回味深思。

《名声飞扬的爱情》以舒缓诗意的语言给我们讲述了一个并不新奇的故事，故事约摸发生在上世纪八十年代的偏僻乡村，多才多艺的师范生肖蕴华屈服于母亲的拐棍和威吓，放弃城市的生活回到乡村，和“一手好针线”的女子结了婚，并在母亲的监督下生了三个女儿。他们夫妻间到底隔着十年诗书的厚障壁，“隔着江海湖泊天涯万里”，他们客气沉默的背后“飘逸出直达发梢的冷”。在学校里，肖蕴华面对另一个人时，他压抑的情感和心性飘逸而出。这个人是教英语的青年女子唐凤仪，他们心有灵犀，以书为媒，“目光温存含情脉脉”，两颗年轻的心碰撞出火花，燃起激情的火焰而不能自控，这火焰未能点亮他们的幸福，却烧焦了他们的生活。事发后，肖蕴华被发配到荒远山沟的鸡坡小学，与妻子不仅隔着“铅字的书”，还隔着“沸沸扬扬的流言蜚语”，起初他还能将年华埋在书本里悄悄流逝，后来只得在古老的戏词里感叹了。这不仅是肖蕴华一个人的悲剧，还缠裹了他的妻子和唐凤仪以及女儿肖芳卉。

由传统的伦理说，肖蕴华是个听话孝顺的儿子，而他又不能顺应“事实”，压抑不住的激情和心性越过伦理的围墙飞向他憧憬的天空；世俗的规范义不容辞地给了他当头一棒，他折了翅膀跌进人生的深渊。说到底，这是一个追求美好幸福的自由心灵与世俗规范较量的故事，也是天然人性与传统伦理的较量。在这场较量中，人性（个人的心灵）的力量是多么弱小，而世俗的力量是那么庞大，人性一触即败，世俗扛起胜利的大旗昂然阔步。这不禁让我们想起马嵬坡的唐玄宗与杨贵妃、张生与崔莺莺、贾宝玉与林黛玉。这是一个古老长青的主题，永远触动着人们柔软的部位，给我们疼痛，让我们思考。

《名声飞扬的爱情》是一篇不染时尘、具有古典诗词韵致的小说，它不以当下流行的血腥和重口味来吸引读者眼球，而以意境和情韵拨动读者心灵的琴弦。首先是纯净自然的乡村图景："麦子已褪去了冬天凝重的墨绿，焕发出了葱茏的碧绿，地头上有几棵野桃树绽开了一树红艳艳的花，西斜的阳光从鲁班桥镇的方向照射过来，暖烘烘的。"这是鲁班桥镇深春的图景，更是肖蕴华与唐凤仪情感蓬勃的图景。这种以景写情、情景交融的写法在时下小说里不多见了。其次是肖蕴华年轻时埋头书页里，将心灵的喧响交给文字，到了老年只去躺着听那呜呜咽咽的秦腔，一字未提孤寂与悲伤，而孤寂与悲伤却如潮水汹涌而来。最后是儿童视角省略了世俗的笔墨，有助于文本的纯净与诗意。由上所言，诗词意境的营造和传统笔法的运用赋予小说弦外之音，于不言之处见含蓄蕴藉的品质。

《名声飞扬的爱情》没给我提供"新奇"的故事和思想，质朴含蓄如一首乐府诗，清新如一幅乡村水墨画，读来如沐清泉洗涤身心。

《星火中短篇小说》

短评专栏

道义何以脑血涂地

——读范金泉的中篇小说《续家谱》

范金泉的中篇小说《续家谱》以轻松的乡土语言讲述了一个沉重的故事：道义化身的范怀安、范怀古惨死在邪恶者软舞手里，令人心寒，引人深思。

《续家谱》以范姓家族续家谱为切入口，用主副两条线索讲述了道义与邪恶较量的凄惨与壮烈。主线：范怀安在兵荒马乱危难之际收留了女子林静；在饿死人的饥荒岁月收养了软舞；危困不做贼，怒打孽子，痛拒不义。范怀古不惧淫威誓死捍卫“齐鲁人文第一家”的尊严。这一条道义之路世世代代亦沧桑亦辉煌绵亘逶迤，而现今却面临山重水复疑无路了。副线：软舞如何残害救命恩人养父母致死，发迹暴富勾结黑白两道祸害乡里，陷害家族长挟持强奸民义，劫持“齐鲁人文第一家”。这条邪恶之途隐匿于历史的阴影里，如今之张扬猖獗实属罕见。

道义如此一败涂地于邪恶，何也？

软舞圈养黑帮、横行乡里、残害人命何为？牟取暴利满足贪欲。他为何免于法律的制裁？派出所为何抓捕拒绝软舞入族谱的家族长范怀古？软舞一句话范怀古就从看守所里出来了，这法治机关是软舞家的菜园子吗？县乡干部为何听软舞的呼唤，帮他胁迫百姓？侄子孙清扬、睿民本应该站在范怀古这边维护“齐鲁人文第一家”的传统伦理，却反过来帮着软舞说劝怀古。这是怎么了？这个社会病了，生了肿瘤——贪欲！钱财（变相的）所向凡墙皆为门，不管是权、法，还是伦理亲情……所到之处无坚不摧。由此看来，怀古老人面对的敌手不是软舞一人，而是整个社会的贪欲，其不被吞噬、击得脑血涂地才怪呢！

道义本身没有力量和谁较量，它的力量来自人心所向，当一个时代背对它的时候，它是那样的孱弱苍白，不仅无力与不道不义者较量，还任凭其挟持蹂躏（“齐鲁人文第一家”不是被软舞窃为己有了嘛？这不是传统文化伦理彻底被颠覆的明证嘛！）。

谁的故乡不蚕食

——读王保忠的中篇小说《守村的汉子》

王保忠的中篇小说《守村的汉子》（载《星火中短篇小说》2013年第5期）以沉静的乡土语言，讲述某山村人都奔城市去了，村长满怀空寂的村庄和山野，只得和一条小狗交谈。作家对渐行渐远的乡村文明的眷恋和忧思流露于字里行间。

以时下流行的血腥、重口味为小说的卖点来看，《守村的汉子》并不出彩，两万多字的篇幅没有惊险的情节、悬疑的故事，多是一些家长里短：驴子吃草、鸡斗架、接了个电话，再就是来了一伙又一伙看山的、拍片子的，还有村长原来的老婆，也走了。如此而已，甚至不大合小说之规倒似散文。这种松散的行文最吃作家功力，更透出无边无际的忧思和焦虑：人的故乡，生命的根基，精神的家园，伦理的土壤日益被蚕食。这“蚕”分别来自不同的层面。人们的物质欲望：村人丢弃家园、丢弃亲人外出打工。利益的驱使：一拨拨来村里考察拍片的城里人。权力的蛮横：秘书不容分说的电话（一些地方政府以卖地皮来维持）。人情淡漠甚至善恶莫辨：村长女人撇子弃夫出走，城里人将小狗抛到树杈上，还对老汉恩将仇报。

也许有人说，这是乡村城市化进程的必然疼痛。相信作家留恋的不是坑洼的土路也不是破败的窑洞，而是那种乡村的精神质地、价值观，那种完整的乡村伦理，那种乡村宜于心灵栖息的安恬、惬意。作家忧虑的不是一幢幢楼房竖起，也不是一处处破窑洞消失，而是原有乡村精神、价值观、伦理被连根拔起，新伦理体系建立岂是一朝一夕之功？“现实法律和道德规范背后的伦理源头被掏空，这些法律和道德法则对于许多人来说，只是外在的、强制性的规范，没有内化为自觉的、天经地义的良知；原有维系人们正常生活的文化伦理、价值观溃散了，新的秩序尚未形成，人们处于一片迷茫混沌中，找不到精神傍依。”加之市场经济之风煽起人的私欲潮流、权力的飞扬跋扈，新的伦理秩序栅栏几近望风披靡。进城的农民工更是精神飘零者：“他们在城市和故乡之间的精神奔突和心灵辗转，他们人性中潜伏的游移不定的因子，在强大的外力作用下，最终导致变异与破裂走向毁灭的极端。”此不堪忧何以堪忧？！

“最大的技巧就是没有技巧。”这句话是不是可以这样理解：大巧如拙，或技巧出神入化已看不出。《守村的汉子》正是如此吧，整篇叙述语言自然质朴熨帖；过往乡村生活思忆和现实交织呈现（中国式的意识流）；雪人的雕塑与毁坏暗示了对温暖生活的留恋和破灭；狗（还有其他生物）与人不分主次的叙述营造了山村的空寂与凋敝，等等，这些技巧融化于家常话的娓娓道来中，草蛇灰线不着痕迹，显示了作家的硬功夫。